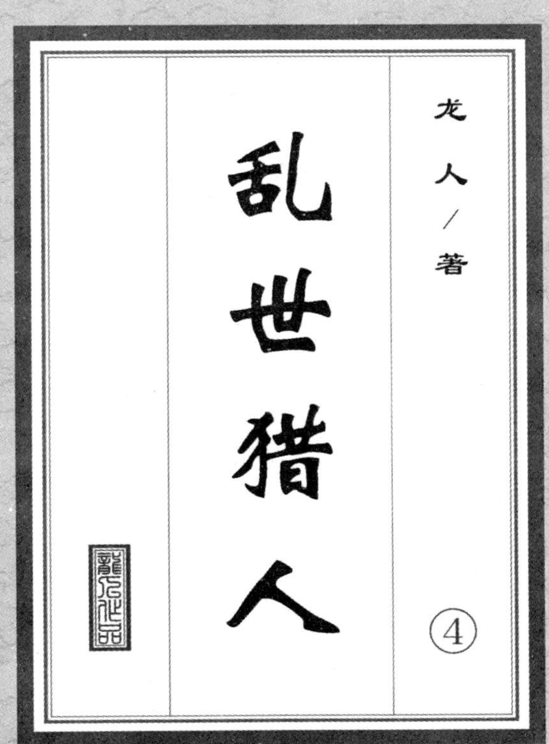

乱世猎人

龙人/著

④

二十一世纪出版社集团
21st Century Publishing Group
全国百佳出版社

图书在版编目（CIP）数据

乱世猎人：全 14 册 / 龙人著 . -- 南昌：二十一世纪出版社集团，2017.10

ISBN 978-7-5568-3104-3

Ⅰ . ①乱… Ⅱ . ①龙… Ⅲ . ①长篇小说－中国－当代 Ⅳ . ① I247.5

中国版本图书馆 CIP 数据核字 (2017) 第 243763 号

乱世猎人：全14册 龙 人 著

责任编辑 敖登格日乐
出版发行 二十一世纪出版社集团
（江西省南昌市子安路75号 330025）
www.21cccc.com cc21@163.net
出 版 人 张秋林
经　　销 新华书店
印　　刷 北京龙跃印务有限公司
版　　次 2018年2月第1版 2018年2月第1次印刷
开　　本 710mm × 1000mm 1/16
印　　张 224
字　　数 2327千
书　　号 ISBN 978-7-5568-3104-3
定　　价 700.00元（全14册）

赣版权登字—04—2017—746

如发现印装质量问题，请寄本社图书发行公司调换 0791-86524997

目　录

第四十三章　沉沙剑影

毕不胜的脸色在这一刻竟平静得有些异常，便像是根本不知道蔡风这一雷霆一击的威力，只是淡淡地问道："你说的可是真的？"

众人又是一呆，蔡风似乎并没有什么惊讶，依然立如山岳，气势不断地疯长，那掠过的黄沙，那吹过的风每一点都似乎在增长蔡风的气势。

"无论真假，你们都没有选择的权利。"蔡风的声音无比冷酷地道。

毕不胜一阵苦涩地大笑，沉声道："那好，我答应你。"

"老毕，不行！"突飞惊怒呼道，说话间，身体若一道惊风一般向蔡风扑去，手中的大铁杵掀起一道狂野无匹的劲风。

"师兄！"土门花扑鲁一声惊呼，也跟在突飞惊身后向蔡风扑去。

十道人影同时飞动，若流花一般鼓涌着强劲无比的气劲，将那凄厉的北风扰得愈加狂野。

蔡风若一层凄迷的雾气，在苍漠的大漠之中，形成异常凄艳的姿影。

蔡风一声冷哼，眼神中暴射出无穷的杀机，他本有心暂留几人的性命，但这一刻对方竟如此不知好歹，只好痛下杀手了。

突飞惊眼前突然一片迷茫，铺天盖地的全是潮水般的黄沙激冲激撞而至。

"哈！"突飞惊一声狂喝，手中的大铁杵若疯龙般击在那一堵黄沙筑起的墙上。

"噗！"黄沙若烟云一般，回散飞去。

虚空更乱，乱得几乎成了无法收拾的死局，最乱的并不是那飞舞、狂喷的黄沙。

是剑，剑是最乱的，乱得没有一点头绪，乱得没有一点规律，满天都是，每一寸空间都是，每一丝风都被绞成了七八段，每一缕阳光都被扭曲成千万点寒星。

在闪烁，在鼓动，在疯狂地折射。

是蔡风失手了，应该是，所有的人都在想，这应该是蔡风的剑，但蔡风的人呢？

没有人看到蔡风的人，是否也被满天都是的剑给绞成虚无呢？是不是那残红般的阳光正是被绞得飞散的鲜血呢？

没有人可以解答，似乎这一切都变成了一种虚无的梦幻，变成了一个不太现实的神话。

土门花扑鲁有惊呼，毕不胜有惊呼，几乎每个人都有惊呼，因为他们几乎不知道该如何下手，该如何才能够将这乱成一团糟、连头绪都没有的剑招破去，这是怎样一种残局，这是如何一种悲哀。

的确有些悲哀，但这已经是必须面对的现实，因此，每一个人都倾尽全力，都倾尽全力地击出。

他们必须这样，他们不想死得这么快，也不想死，因此，他们必须出击。

疯狂地出击，像是匕首游走于虚空之中的狂龙，向那无处不存的剑墙袭去，但这一剑，天地似乎突然变了。

变得有些可怕，有些怪异，那封闭了千万层的剑墙在刹那间像是崩塌成了数块的山石，那本凝聚于身上的气势若泻涌之洪，蜂拥而出，在刹那间，几乎注满所有的空间，几乎在每一寸空间都形成无形的风暴，狂、野。

那七件兵器，在同时间内感觉到那种要命的黏力，更要命的却是来自无数个方向不同气劲，似乎在不断地吸扯着他们兵刃中的力量，更让他们有一种有力难使的感觉。

先是他们的兵器，然后便是握兵器的手，无数缕分散的气流在不断地由各个方向吸扯着他们的手，几欲将他们的手绞裂成无数的碎片。

每个人的心都在发凉，极凉，这比死亡似乎还要可怕，死亡似乎只是短短的一瞬，而这种感觉便像蚕食桑叶一般，让死亡的感觉渐渐地向你靠近，渐渐地让你品尝死来临之前的那种感觉。

剑呢？蔡风那无处不在的剑为什么不刺在他们的身上？为什么不击在他们的兵刃上，不是无处不在吗？不是每一寸空间里都有吗？

天地之间唯有一片苍茫，迷失了自己的，是七个面对着可怕死亡的威胁。

“呀!”毕不胜一声狂号，竟闭上眼睛。先是毕不胜，再是土门花扑鲁，然后才是突飞惊，其他的四人全都闭上眼睛。

七个人全都闭上了眼睛，天地一片黑暗，一片昏沉，但那满天的剑似乎已经不再存在。

虚空之中只有无数的气劲在交织，飞旋，在做着似乎永无休止的运动。

“当，叮……”

这一阵响声极为清脆，极为响亮，便像是暮霭中的钟声，也像是那似远似近徘徊在风中的风铃声。

数声闷哼，那七道狂龙般的身影从那一片黄沙之中若弹丸一般弹射而出。

鲜血，飞洒，地上点点红斑在瞬间便被那流动的黄沙掩盖。

风声变得轻了许多，没有刚才的那种狂野，但是那种凄厉的色调，似乎变得更浓，更有韵律。

土门花扑鲁、突飞惊诸人脸色都变得难看，便像是天空之中那已飘洒而下的几片衣服碎片，那般单薄。

蔡风的身子犹若一阵残风，没有丝毫放松，随着他们的七道躯体弹出，也跟着飘逸而至，手中没有剑，剑不知道在哪儿，但任何人都知道那柄剑的存在，那柄剑一定存在。

没有谁会相信蔡风没有剑，但那柄剑到底会从什么地方射出，到底会在什么地方作出最狂野的攻击，却是没有人可以想象的，或许正像刚才一样，每一寸空间都飘洒着剑，每一寸空间之中都有让人惊诧的气劲。

蔡风的出现与他消失一般突然，便像是他的剑一般，出剑和收剑却是那般无可捉摸，但有一点绝对可以肯定，在蔡风消失的时候，他一定出了剑。

无处不在的剑气掩住了他存在的那一丁点儿空间，那几乎是一个最可怕的配合。

隐形的敌人才是最可怕的，土门花扑鲁从来都没有见过如此可怕的攻击，她的确想不到世间竟会有如此可怕的剑法。在她的心中出现了一丝暗影，她也许听说过对方是北魏第一刀的儿子，但北魏第一刀的儿子，剑术却如此可怕，那他的刀法又是怎样一个厉害之法呢？她来不及想象。

她没有机会去想象，蔡风没有给任何人想象的机会，在他们犹未曾立稳身形的时候，便已经出剑了。

剑依然不知道是从哪儿射出，依然似乎没有任何踪影，但蔡风这一次却没有消失，他的脸比剑光还要寒，有一丝近乎冷酷的意外。

剑，裹在黄沙之中，似是黄沙之中的游龙，剑似乎本就已经埋在黄沙之中数个世纪，这一朝突然醒来，那积压了几百年的怨气在这一刻疯狂地爆发出来。

七个人都有一丝近乎乏力的感觉，或许是因为这剑式的霸道，更有可能是蔡风的眼睛。

亮，亮得便像暗夜中的明月，闪烁着坚决而猩热的厉芒，便若是临世的魔神，展现出那无与伦比的气魄。

那几乎已经不再是一双眼睛，而应该说那是剑魂，剑之魂，剑之魄，那似乎是灵性的剑只在这一刹那间便与那双眼睛，以一种奇异的形式融合。

天地间，没有剑，没有人，只有一双眼睛，一双长剑，比刀更可怕的眼睛，那种疯狂，那种野性，那种难以解说的狠辣，便若有质之剑，深深地插入每一个人的心中，紧紧地戳着每一个人的神情。

毕不胜一声狂号，身形犹未立稳，便向那狂野的剑招上扑去。

“不可！”土门花扑鲁一声惊呼，几人全都顾不上蔡风那无可匹衡的剑式，疯狂地向蔡风那狂野的剑招上冲去。

“不要管我！”毕不胜怒吼道。

剑在扩张，似乎要吞噬所有的生命，黄沙大狂野地奔涌，若山崩的气势在剑尖流泻，流泻，在那双眼睛之中酝酿，酝酿，在那眼神之中奔泻，奔涌。

“轰！叮……”

一只铁杵正击在那狂流奔泻的潮头，便像是迎向狂潮的轻木，弹飞而出，拖起一声狂号。

一柄弯刀斩在这奔流之上，便若飘飞的鸿毛，悠然而去，天空中拖起数点灿烂而凄艳的血红。

“嘭！当！当！”

接二连三的爆响，接二连三的闷哼，一个个便像是闷葫芦一般在黄沙之中滚成一团极有动感的球。

这是蔡风的剑，狂野而惊魂动魄的一剑，虽然只有那么看似简单的剑，但却蕴藏着无穷的机变与疯狂的能量。

在几道兵刃先后冲击到那剑招之上时，那本来蓄势已久的力量便疯狂地迸发而出，形成一种难以抗拒的反弹之力，这便是无相神功的厉害之处，而黄门左手剑更可以借力打力，与百年前的后燕国君慕容重所创的以彼之道还至彼身之盖世武学极为相似，因此刚一交手，土门花扑鲁诸人全被那股反弹力量弹了出去，更为蔡风的剑气所绞伤。

这种结果是几人根本没有想过的，谁也估不到世间竟会有如此可怕的剑法，这之中自然有他们失算的原因。

蔡风的第二式剑法与第一式所走的路子似乎完全不同，但其气势却绝对没有任何减弱的表现，甚至更强，因此，土门花扑鲁诸人全以第一式的那种劲道去抗击，殊不知这一刚一柔刚好让他们上了个大当。

蔡风一声长啸，身形在微微一滞之后，又若灵蛇一般向七人飙去。

“慢着!”毕不胜似乎极为疲惫地喊了一声，手臂上的鲜血凄惨地滑落而下。

蔡风的剑立刻凝在半空之中，没有再进半分，但目光依然冷峻至极地望着七个人，那股冷肃的杀意没有丝毫减退，只有凝于剑身，便像流光溢彩的电条。

这一剑众人才真正的看清了蔡风的剑，也是那般平凡，并没有异样的现象，有，也只是那在剑身上流溢的劲气。

如此平凡的一柄剑，却能够达到那种狂野的气势，土门花扑鲁与突飞惊诸人的心不由得全都在发寒。

蔡风的武功的确极为骇人，那种疯狂的威势，是他们想都没有想过的，这时候蔡风的武功与那晚相比，几乎是完全不同的两个级别，他们自然有些不解，不过这却是事实。

更奇的，却是蔡风竟是以左手握剑。左手握剑能有如此威力的人，天下又能有几个?

蔡风的表情依然像这柄剑一般冷，冷得有些发涩，但那果决的气势却绝对超然。

土门花扑鲁的手在淌着血，虽然伤口不是很大，伤得也不是很重，但形态却有些狼狈，那本来都极厚的衣服，几乎都被那四射而散的剑气割得七零八落的，突飞惊与其余几人全都不例外。

没有人可以形容出，在投身入那疯狂剑气之中时的那种可怕的感受。

黄沙在扬，淡淡地扬起，又淡淡地坠下，风吹得极寒，最寒的依然是众人的心底。

风，狠狠地吹动着蔡风身上的那件修长而又微寒的风衣，震荡出一波又一波的细纹，又别具一种异样的韵律，更多的却是一种惊魂动魄的震撼。

“你们还有什么话说?”蔡风声音极为冰冷地问道。

“我希望你刚才的话依然没有改。”毕不胜有些怆然地道。

“老毕!”突飞惊也有些惨然地呼了一声。

其余的几人神色也有些惨然，有些狼狈地由黄沙之中爬起，握紧了手中的兵刃，并立于毕不胜的身边，而土门花扑鲁也毫不畏怯地立在毕不胜之前，似是要紧护着毕不胜，但眼神之中却有一丝凄迷而微微有些伤感的基调。

蔡风有些讶异地望了毕不胜一眼，眼中露出一丝淡然的欣赏之色，心中却为这七人的回护之情而微微震撼，不过凌伯的死，凌能丽的失踪早已让他的心变得有些冷硬，这已经成了一个不能更改的结局，无论是谁回击着他，都必须讨回这一笔血债，除非对方先杀死他。

“看你还有一些男子汉的气魄，我可以再给你一次机会。”蔡风声音之中依然有几缕抹不去的杀机。

“不可以。老毕，我们要死便一起死，若是我们眼睁睁地看着你为别人所害，我们岂还有脸活在这个世上?”一个长满络腮胡子的汉子呼道。

毕不胜扫了那汉子一眼，脸上的肌肉微微抽动了一下，怆然一笑道：“巴噜，你不必说，这是我做的，自然要承担责任，我意已决，若是你们执意要阻，我便立刻横刀于你们的身前。”

众人听了毕不胜那决断的声音，不由得心头都充满了一股酸涩之意，但谁都知道这已经是一个难以解开的死局。

沙雾微微有些凄迷，便如西斜的夕阳，残虹高挂，风依然干冽冽地吹，却将大漠渲染得有些死寂，有些伤感。

虚空中弥漫的不仅仅是那浓浓的杀机，更有一种悲哀的旋律。

世间的一切总是不能有美满的结局，此刻便似乎是如此。

蔡风淡淡地望着毕不胜，望着土门花扑鲁，望着那七个静立在一起的人，他知道，当一个人要选择死亡的时候，将是多么艰难的一个抉择，甚至有些苦涩。

“你要怎样对待他?”土门花扑鲁声音有些幽怨地问道，眼中闪烁着难以解说的痛苦。

蔡风心头微微闪过一丝异样的神情，淡漠地道：“他只有一个结局，那便是死！这是谁也无法改变的事实，谁也救不了他。至于怎么处置，我不必告诉你，那样对你、对我、对他都似乎要好一些。”

土门花扑鲁与诸人禁不住都为之色变，虽然他们明知道结局只能是这样，但从别人口中说出来，却又变成了另一种意味。

毕不胜的神色却变得极为平静，他似乎早已打定了念头，因此，对蔡风的话并不感到有任何惊诧，似乎死亡，并不是一件怎么可怕的事情。

“我知道你们对我好，咱们一起出生入死这么多年，我自然明白你们的情意。但你们也应该明白我毕不胜的性格，我只有一件事情转托给突兄弟。”毕不胜伸出那双沾满自己鲜血的手，在空中虚虚地按了一下，平静地道。

土门花扑鲁诸人的心头微酸，眼角微微泛出一丝晶莹。

突飞惊心神微震，有些怆然地道：“咱们情如兄弟，你有什么事便直说无妨，只要兄弟我能做到的，便是拼了性命也在所不惜!”

“老毕，你还是三思。”巴噜凄然地道。

毕不胜面上微显出有些苦涩的表情，并不答话，反而重重地拍了拍突飞惊的肩头，满意而稍显欣慰地笑了笑，道：“老毕最难放下的便是依阿娜与阿雁，我希望你能够代我好好地照顾他们，将阿雁抚养成人。我的儿子要做突厥第一勇士，明白吗?”

众人一惊，唯有突飞惊的身子在微微颤抖，闪烁着泪花的眼中，却有一种莫名的悲哀，莫名的激动，不由得声音微微有些颤抖地答道：“我知道，我一定不会有负你所望，阿雁定会成为我塞外有史以来最崇高的勇士，你放心好了！”

“依阿娜是个好妻子，我相信有你与她一起教导阿雁，他一定是一个很出色的勇士。不过，我的死是我自找的，绝对不怪谁，叫他不要想着报仇，知道吗？”毕不胜惨然道。

在场几人全都呆立着，眼神中鼓动着恨意，但却更多的是无奈，因为他们知道，无论毕不胜的儿子阿雁再如何勇猛，都不可能有望胜过蔡风手中的剑。

在他们的心中早已烙上了这种可怕剑式的痕迹。他们从来都未见过如此可怕的剑招，七人联手都无法破入蔡风剑招的攻势之内。甚至在两三招之中便让他们狼狈不堪，如此剑法，便是完全综合了七人的武功，依然是无济于事，他们自然明白毕不胜语意中的意思。

蔡风依然目无表情，冷得便像是坚冰，眼前的一切都似乎与他并无多大关系。在他的心中填塞的只是凌伯的仇恨！那个极善良而又随和的老人。他心中翻涌着的，也是凌能丽那生死未卜的行踪，是否在受苦受辱？而这一切全都是眼前这些人干的，罪魁祸首虽然并不是他们，但他们却是直接的凶手！

他是猎人，自从再一次从那小村中出来之后，他便成了真正的猎人，猎人都知道，对狼的仁慈便是对自己的残忍。更何况他曾经发过誓，一定要用凶手的血来祭凌伯的在天之灵。所以，他绝对没有半丝不忍的感觉。

土门花扑鲁冷冷地瞥望了蔡风一眼，有些悲愤地道：“老毕，你放心去吧，我们知道如何去做，也明白你的意思！”

毕不胜微微露出一丝欣慰的笑意，拍了拍土门花扑鲁那娇秀的肩膀一下，有些感激地道：“你一直都是我们之中最聪明的，有你这句话我便安心了。只要是真的对我们族人有利的，你们千万要以大局着想，不可以因些小事而误了整个族人的幸福，明白吗？”

土门花扑鲁极为坚强地点了点头，却说不出话来。

“好了没有？”蔡风冷冷地道。

土门花扑鲁脸色微微一变，回头怒叱道："那你连我们也一起杀死好了！"

蔡风并未发怒，手中的剑缓缓垂下，插入脚下的黄沙，冷冷一笑，道："每个人都有朋友、亲人，每个人都会有感情，我已给了你们机会，而且是有利你千万族人的机会，而你们却给过别人机会没有？你们在杀死别人的时候，可曾想到过别人的亲人和朋友会是怎样一个反应呢？天道轮回，报应不爽，无论是谁所造的孽，都必须承担本应有的责任。我蔡风虽然不是一个好杀的人，但若是谁想对付我蔡风，谁杀了我的朋友与亲人，我也绝不会手慈心软，无论是谁，我都会要他加倍奉还。这是无可改变的事实。多杀几个人，少杀几个人那只是一件很轻松的事，你们每一个人都是我的敌人，我大可不必对他手软！"

土门花扑鲁一呆，而其他几人也都呆住了。

毕不胜脸色有些黯然地笑了笑，声音亦有些惨然地问道："你要我怎么做？"

蔡风依然极冷地望了他一眼，木然地道："我自然要废去你的武功，再带到那小村之中的坟墓前以你的血去祭那位老人的在天之灵了！"

"你要废掉他的武功？"突飞惊骇然道。

"我曾说过，他不会比鲜于修文好多少。"蔡风像是主宰生死的判官一样，冷漠地道。

"好！""咔嚓！——"

"老毕……"几人一齐悲呼，禁不住全都抓住毕不胜颤抖的躯体，眼中的泪不自觉地滑落出来。

毕不胜竟然自己废了自己的武功。

"我跟你拼了！"巴噜一声狂吼，手中的大刀若一道光墙般向蔡风劈去。

"巴噜……"毕不胜有些虚弱地一声惨呼，那无力的手轻轻一带巴噜的衣角，却毫无作用，哪里可以能阻止得了他的去势？

"巴噜……"土门花扑鲁也娇叱道，但谁也来不及阻止巴噜的动作。

蔡风的脸色依然极为平静，就像是在看风景一般。对于巴噜的举动根本就没有丝毫在意。

巴噜的眼神之中充满了无限的杀机，像一只粗暴的野兽，似乎连自己的生命都根本不在乎了。

这一刀的气势极烈，几乎将所有的愤怒，所有的杀机全都融入了这一刀之中。

刀越来越近，但蔡风依然无动于衷，只是风中的风衣极为自然地轻摆着，是那般优雅，那般宁静。

五尺……四尺……三尺——便在这一刻，地上的黄沙发生了一点变故！

只一点点而已，那本来流动飞扬的黄沙之中，突然多出了一双手，一双极为精巧，却又极为有力的双手。

这双手出来得极为及时，便像是早就算准了巴噜在这一刻，这个时候会行到这里一般！

“嘭……”便在巴噜的刀距蔡风不到两尺的时候，那一双手便已经与巴噜的腿相遇。

蔡风的眼睛都未曾眨一下，土门花扑鲁却一声惊呼，但她还未来得及呼出声来。

黄沙却在刹那之间如海上扬起的巨浪，“轰——”地一声爆响。

巴噜一声闷哼，整个身子便像是一颗沙漠中的淘沙，向空中弹射而起，同时空中更有一道黑影，也跟着冲天而起。

“呀……”

“哇……”

一声惨哼，那道黑影，在漫天黄沙之中奇迹般地追上巴噜那硕大的躯体，一脚重重地踢在巴噜的腰间。

空中飞洒出一片红霞。巴噜在全无反抗的情况之下狂喷出一口鲜血，像西边那惨红的夕阳。

“巴噜……”数声惊呼，土门花扑鲁与突飞惊若两只大鸟一般向空中飞坠的巴噜迎去。

“噗……”土门花扑鲁与突飞惊两人竟接了个空，巴噜的身形横着直飞出近四丈才重重地落在黄沙之上，黄沙很快便掩埋了他的血迹。

“巴噜……”几人来不及看那正从天空之中冉冉而降的人一眼，全都向巴噜扑了过去。

“咳……咳……”巴噜咳出两大口鲜血，神情极为委顿。

土门花扑鲁忙扶起巴噜，急切地问道：“你怎么样了？”

毕不胜苍白的容颜上泛起一阵微红，用颤抖的声音道：“你……你不是说过不伤害他们的吗？”

蔡风冷漠地一笑，道：“我是没有伤他们的意思，但他却要杀我，这是另一回事，留下他一命，这已经是够仁慈的了，若不是看在他是一条热血汉子，是因为友情而愤怒得出手的话，恐怕此刻他已经是两段，而不是你所见到的可以说话的人了！”

从空中冉冉降下的人，正是长生，只见他一脸冰冷，便是任何东西都难以烤化的坚冰。

“这只是一个警告，人不能只凭着一时冲动便可以贸然行事，所有的事情都要用脑子去考虑，一个莽夫是成不了事的。既然你们已占有了这个机会，便要好好地珍惜，若是谁还想要试一试的话，不妨先从我的手底下过去！”长生神情中有一丝淡漠地道。

土门花扑鲁恨恨地瞪了长生一眼，那几人目中也全都充满了愤怒，但他们心中亦暗惊长生的武功。

巴噜的武功本不差，而在长生手下却若纸鸢一般毫无动作地便被击倒，虽然事出有些突然，可刚才长生所露出的那一手轻功，便足以让场中所有人为之震慑。

长生静立时的那种气势虽不若蔡风那般有霸气，但那一派高手的风范，却是谁也不能否认的。特别是那充满灵性与野性的眼睛，更具有一种慑人的魔力。

巴噜眼中尽是痛苦与愤怒，但却无可奈何，他根本就无法再有动手的能力，而蔡风的身边像长生这种神秘的高手不知道还有多少，若是蔡风要杀死他们七人的话，根本就用不着自己动手，只要有两个如长生这般身手便足以收拾他们了。他们从开始到结束，根本就没有丝毫讨价还价的本钱，蔡风能给他们选择的条件，已经是极给他们的机会了，但这个机会，他们能感激蔡风吗？但是这又能恨蔡风吗？

这本是一件极为头大的事，恩怨本就极为难以分清。

蔡风长长地吸了一口气，淡漠地道："我本不想伤害任何人，但这一切都是你们自找的，恨谁的理由都没有，但若你们要怪我，我也无所谓！"

土门花扑鲁望了蔡风一眼，深深地吸了一口气，淡淡地道："那公子现在可否讲出合作的方法呢？"

蔡风向长生打了一个眼色，长生极为利落地将鲜于修文的躯体抛开，蔡风这才开口道："其实也很简单，你们并不需要出多大的力，不如我们到帐篷之中细谈吧。"

长生以极为熟练的手法编织好帐篷，才转身过来，对扶着毕不胜的突飞惊淡漠地道："请把他交给我！"

突飞惊眼中射出无比愤怒的神色，有些悲哀地望了毕不胜一眼，但并没有放手的意思。

毕不胜有些怆然地道："你放开我，让我跟他们一起去，不必为我难过，只要你能为我好好地照顾依阿娜和阿雁，我便心愿已了！"

突飞惊与土门花扑鲁及众人不由得悲从中来，但眼下已经是不能改变的事情。

长生伸手将毕不胜一提，偌大的躯体，便像是一片鹅毛般离地而起。

"你怎能这样对他？"土门花扑鲁气得粉面煞白地怒声道。

长生扭头淡漠地道："这已经是对他最仁慈的做法了，当初你们杀死那老人的时候，可曾让他痛快地留下遗言？你可曾在抓走凌姑娘之时想过她的心情?”说着，并不理会几人的表情，提着毕不胜大步而去。

蔡风扫了剩下的六人一眼，淡漠地道：“这件事情所牵连极广，我不想让太多的人知道，你们之中最好先只能有一个人知道，在这里我相信的便是土门姑娘，因此，只能相烦几位在外面相候了！”

“你想要什么诡计?”突飞惊愤怒地吼道，同时禁不住扭头望了脸色有些难看的土门花扑鲁一眼，其余几人的神色也极为难看。

“对你们，我没有必要耍任何诡计。若说得不好听一些，人绝对不会对小蚂蚁有什么诡计，那是因为太不值得！”蔡风毫不客气地道。

六人的脸色都变得极为难堪，虽然这是事实，可谁也难以接受这种露骨的说法，这几乎有些近乎污辱之意。

土门花扑鲁望了众人一眼，深深地吸了一口气，冷漠而又似乎有些矛盾地道：“你为什么只相信我?”

蔡风哂然一笑，有些傲然地道：“因为我很难相信一个莽夫！”

几人不由得一呆，蔡风的回答的确干脆，但也将几人全都骂了，虽然几人极不服气，却是无可奈何之事。

土门花扑鲁不由得望了众人一眼，咬了咬牙道：“好，我跟你去！”

蔡风极为欣赏地转身向帐篷中走去，但眼角间不经意地又流露出一丝忧郁之色。

“我们也该去了！”烦难睁开那似空洞又似有无限深远的眸子，平静得没有半丝杂音地道。

蔡伤似从梦中悠然醒来，眼神中似乎多了几许伤感，几许无奈。因为他知道，这一去，将会再也难见到这如慈父般养育了他多年的师父。但他却知道，追求天道，超越轮回，却是每个武人都梦寐以求之事，他不可能阻止得了这三十年之约，他也没有这个能力！

“痴儿！”烦难大师微微有些叹息地柔声道。

蔡伤的心神微微一震，露出一丝极为苦涩的笑容，道：“徒儿始终无法悟得天道之真，看不破轮回之劫，真是有愧师父这么多年来的教导。”

“哈哈哈……”佛陀淡淡笑道，“问世间，何为情？何为义？何为你我？何为生死？何为佛？一切自心起，天心为心，人心为心，道心为心，佛心亦为心，情心自还是心，无心则无天、无道、无佛、无情、无人、无我！有心则天在外，佛在外，道在外，情亦在外。便看不透自己，看不明世理，嚣乱只因外物，殊不知缘起自心。师侄，你是看不透自己，才无法看清天，认清地，更无法自尘缘的‘情’字之中走出来。因此，你悟不通天道，看不破轮回之劫早在情理之中！”

烦难不由得微微颔首，却不再言语，而蔡伤却似有所悟，但却仍是有些迷惑。

“我们是该走了，天痴早已起程，恐怕他会比我们更早到一步！”佛陀浅笑道。

“师父……”蔡伤欲言又止，有些不舍地望了望烦难。

烦难扭过那深邃若海，又空洞如天的眸子，微微露出一丝慈祥而宁和的笑意，道：“一切随缘，万事不可勉强，为师今日之去，是天意之使，也是为师之幸，吾徒不必挂碍，你尘缘未尽，但慧根仍深，只要时机一到，你有机会与为师聚于轮回之外。只是为师要奉劝你，若是陷情太深，恐怕，你这一世永远也无法知晓天道之意！”

蔡伤目中神芒尽敛，似做错了事的孩子一般，低应道：“师父，我……”

“你什么都不必说，为师早已明了，这是定数。虽然你是我的弟子，但并非佛门中人，为师并不怪你，但是今后，你要小心，可能会因此而引来许多不必要的麻烦，但这也是天意的使然，为师也只能顺应天意而行……好了，我们也该起程了……”烦难大师说着微微欠身而起，若一阵轻风一般向门外行去。

帐外的黄沙依然无情地翻转而行，但帐内已感觉不到北风的寒冰。

蔡风将风衣向一根突起的钩子上一挂，露出一种魔豹般冲满力感和野性的身材，在紧裹的劲装之中，似蕴藏着一种不可测的神秘。

土门花扑鲁的眼神微亮，但只是一刹那，瞬间即变得极为冷沉，似是置于冰山之顶的寒玉，自有一种难以形容的魅力！

蔡风扭过头来，显得微微有些讶然，但并没有过分的表情，只是有些冷然地道：“何不坐下来，今日，我想应该没有赶路的必要！”

“有什么话不妨直说，便是今日不赶路，我也不想待在你的帐中！”土门花扑鲁极不客气地道，神色之间多了一份坚决。

“如果你是这么想的话，那我们便没有合作的必要！”蔡风也显得极为平静地道。

土门花扑鲁眼中显出一丝怒意，惊问道：“这与我们合作有关系吗？”

蔡风冷冷地望着她，像是在打量一只猎物一般，仔细认真，那逼人的目光若冷电一般突破空间，自土门花扑鲁的心间流过。

土门花扑鲁禁不住微微退了两步，有些惧意地盯着蔡风，声音有些颤抖地问道：“你想干什么？”

蔡风漠然道：“我只是想看看你与外面的那些下三流角色有什么分别，是不是高估你了。”

“你……”土门花扑鲁像是受到了极大的污辱一般，脸色煞白地呼道，却没有办法说完这一句话。

蔡风并不再有过多的表情，只是漠然地继续道：“任何合作都必须有诚意，更何况这一次所关事大，所牵连到的问题绝不是你们妇人之辈所能想象的，这更需要诚意。若是你连这最起码的诚意都没有，那这件事便不谈也罢。本来还当你是有勇有谋之辈，我可以抛开仇怨为大局着想，现在看来，你也不过是妇人之心，如何能担如此重务？”

土门花扑鲁脸色一阵红一阵白，但却不得不承认蔡风所说的有理，便只好依言向一个角落静静地坐了下去，眼睛里有一丝矛盾而凄迷的神采。

蔡风并没有征服者的欢快，反而现出一丝凝重与伤感。轻扫了土门花扑鲁那充满野性却又美艳的脸容一眼，又仰头注视着帐顶，吸了一口气，凝重地问道："你想不想让你们的族人摆脱柔然人的控制?"

土门花扑鲁一呆，有些不解地道："我当然希望如此，难道你有这个能力?"

蔡风哑然，但又转为冷漠地道："你似乎不像一个杀手，连这么一点耐心也没有，简直是不配做一名杀手!"

土门花扑鲁露出一丝不屑的神色，冷笑地回敬道："不要忘了，你差点便死在我的刀下!"

"不会再有下一次!"蔡风极为肯定地道，同时眉宇间闪出一丝令人难以察觉的杀意。

"谁都是这么想，但事实往往会与想法有一个难以修补的距离!"土门花扑鲁悠然道。

"好，我们以后再看便知道，今日，我不想谈我们之间的怨隙，那对你、对我都绝对不会有好处。"蔡风冷漠地道。

土门花扑鲁不再言语。

蔡风这才吸了一口气，道："我知道你是土门巴扑鲁的女儿，突厥的大公主，因此，在你们的族中应该可以有进言的机会，我自然没有能力让你们突厥人完全摆脱柔然王阿那壤的控制，但是破六韩拔陵有!"

"破六韩拔陵?"土门花扑鲁更有些不明白地反问道。

"不错，破六韩拔陵有这个能力!"蔡风肯定地道。

土门花扑鲁突然觉得有些好笑，觉得蔡风的合作问题变得极为有趣，不知道为什么，反正她似乎对蔡风有一种极为信赖的感觉。或许是因为给她留下的那种神秘不可测的印象太深刻了，让她觉得世间似是没有什么事情可以难倒蔡风。

"你是不是认为我是在说疯话、说废话?"蔡风若鹰隼的眼睛一瞬不移地盯着土门花扑鲁的眼睛问道。

土门花扑鲁禁不住感觉到脸有些烫，不自觉地垂下头以避开蔡风可以灼伤皮肤的目光，低声道："不，我没有这么认为。虽然我不知道这与我们的合作有什么联系，但想来，你定有深意。”

蔡风眼神微松，口气变得舒缓了一些，又似乎有些欣慰地道：“算我没有看错人!”

“但我不明白，为什么你会认为破六韩拔陵有呢？而就算破六韩拔陵有这个能力，他又如何肯助我的族人呢?”土门花扑鲁有些不解地问道，有些凝惑而迷茫地望着蔡风。

“这便是我们今日合作的重要所在。”蔡风自信而又有些神秘地道。

土门花扑鲁眼中也射出了几缕狂热，或许是因为蔡风的自信使她感染到了希望。

“你似乎很有信心?”土门花扑鲁俏脸缓和了很多，问道。

“我蔡风无论是做什么事情都会有信心，若是没有信心的事，便干脆不去做!”蔡风神采飞扬地道。

“只是我仍然不明白你到底有什么高招，能让破六韩拔陵助我族人一臂之力!”土门花扑鲁毫不作伪地道。

第四十四章　化敌为友

蔡风淡然笑了笑，道："破六韩拔陵当然不会那么傻，去助你们的族人，他也没有那份闲情和心情去做这件事情，但这件事情却由不得他，他想做也得做，不想做也得做，控制权便是操在我们的手中！"

"此话怎讲？"土门花扑鲁眼中神光暴射地问道。

"当前，破六韩拔陵的最大敌人，当然是北魏朝廷，他不仅不会帮你们族人对付阿那壤，而且还定会想尽办法去拉拢阿那壤，这对你们绝对是不利的。但阿那壤为人高傲自大，而破六韩拔陵野心勃勃，对于破六韩拔陵，阿那壤绝对不会轻心以对！"蔡风淡然道。

"你怎知道？"土门花扑鲁怀疑地问道。

蔡风悠然道："怪就怪破六韩拔陵在那几次柔然人袭六镇时所表现的能力太好，阿那壤乃是高傲自大之人，岂会受如此之气？更何况他更深明破六韩拔陵的军事才能，若是破六韩拔陵一旦成了气候，或是割地为国，对他们柔然族自然是大大地构成威胁，除破六韩拔陵之外的北魏将领，阿那壤根本不放在眼里，与其让破六韩拔陵夺得北魏天下，不如让北魏保持现状。这便是破六韩拔陵的心病！"

土门花扑鲁虽然只是一个杀手，但作为突厥的公主，对自己族中及天下的形势了解的也并不少，自然明白蔡风说的不错，禁不住有些微微兴奋地道："你是说破六韩拔陵最终还是会出袭阿那壤？"

"不，应该是阿那壤会出袭破六韩拔陵，而破六韩拔陵却不得不应战！"蔡风补充道。

"但那又与我们族人有什么关系呢?"土门花扑鲁又问道。

蔡风神秘地一笑，道："你还不明白？你们突厥无法摆脱柔然阿那壤的控制，是因为阿那壤的兵力强大，足以将你整个突厥毁于一旦，并不是因为阿那壤一个人有什么通天的本领。"

土门花扑鲁眼睛一亮，恍然道："我明白了，若是阿那壤的柔然军变得毫无威胁，那么便是我们突厥强大的时候了，对吗?"

"你果然没有让我失望。"蔡风欣慰地吸了一口气，接着道，"但事情远不止这么简单，阿那壤什么时候才会出兵，那仍是一个未知数，因此，我们必须合作，让阿那壤早日出兵，同时，你们也要保住你们族的实力，这样才可能一次便摆脱阿那壤的控制，我们更不能让破六韩拔陵与阿那壤修好。相信说到这里你应该明白怎么做了。"

土门花扑鲁神情变得极为欢快地点点头道："我自然知道怎么做。"顿了一顿，又问道："可是你又为什么要帮我呢？而且还抛去仇怨为我的族人着想?"

蔡风冷酷地一笑，道："你刚才不是已经听到凌能丽此刻在破六韩拔陵的手中吗?"

"就因为这?"土门花扑鲁有些不敢相信地道。

"难道还不够?"蔡风目中射出深刻的痛苦，声音微微激动地反问道。

土门花扑鲁不由得愕然了，微有些歉意地道："我们也想不到事情会弄到这种地步，对不起!"

"你不必说什么，任何东西都不会逃过劫运。若不是因为你们可以将功折罪，那你绝对不会看到今夕的大漠落日!"蔡风的声音若由空中流过的冰雹，令土门花扑鲁的心头生出一股寒意。

蔡风望了望土门花扑鲁那有些色变的俏脸，淡漠而苦涩地道："破六韩拔陵与我的仇隙也并不是今日才开始的，无论怎样，他绝对不会放过我。因为，他的儿子，破六韩灭魏便是死在我的手中。我不去找他算账，终有一天，他也会来找我算账的。只不过是因为这件事，使我与他之间的冲突激化，我们的决战早一些进行而已。"

“我听说过，而且还听说你曾让破六韩拔陵受了伤？并因此而成为军中的风云人物。”土门花扑鲁有些倾慕地问道。

“那只是过去，我要的不是破六韩拔陵受伤，而是要他在这个世界上消失，包括鲜于家族，没有人在惹了我蔡风之后有好结果！”蔡风有些霸气凌然地道。

“可是，你真的有把握能够胜得了破六韩拔陵吗？更何况破六韩拔陵拥有数十万大军，连官兵都闻风丧胆，朝廷也无法可想，还派出黄门侍郎郦道元来安抚六镇，你又凭什么战胜破六韩拔陵，又怎么能够挑动阿那瓌去斗破六韩拔陵呢？”土门花扑鲁质疑地问道。

蔡风的目光转为悠远，自信地道：“破六韩拔陵不会是一个蠢人，他会在占着绝大的优势之下，接受朝廷的招安吗？谁不想做皇帝？谁不知道只要他接受了招安，以后便不会有好日子过！只凭这些，他便不会接受招安，那么要对付他的人，便不会是我蔡风一个，而是朝廷的百万大军。而另外的，阿那瓌只要出兵及时，那破六韩拔陵真的只会是四面楚歌的局面，毫无回转的余地！至于如何让阿那瓌及时出兵，这之间便必须要你们相助，再加上朝廷的一些手段，相信并不是一件很难的事情。土门姑娘认为如何呢？”

土门花扑鲁呆呆地望着蔡风，眼中尽是惊佩，却忘了回应蔡风的问话，良久才醒悟过来，佩服地道：“这一刻，我真的明白了，为什么你如此快便能够查出我们的行踪，为什么破六韩拔陵与鲜于修礼会如此重视你的存在。想来，你能够自元府偷出‘圣舍利’也并不是偶然！”

“可惜，我仍是被你算计，还被夺去‘圣舍利’，看来，你也不比我差！”蔡风揶揄道。

土门花扑鲁有些不好意思地道：“每个人都有自己的缺点，每个缺点都可能是致命的，我们只不过拣了一个小便宜，抓住了你那个缺点而已。否则就算我们人数再多一倍，也无法得成愿望，只可惜，我仍只是为别人做了嫁衣裳。”

“人不一定只靠武功便可以立足于江湖，能立足江湖而不败的人，便必须是武功与智慧全都达到不败之境。勇而不智者，唯有匹夫之勇；智而无勇者，唯知要些手腕，终难成一方之主。你们让我上当，是你们智慧所至，我有何不服？能够发现敌人的缺点，这便是最大的优点。有缺点暴露出来的人，并不是一个真正的高手。你们给我的，只是教训！”蔡风并没有丝毫动怒，只是极为平静地道。

“你的确是一个可怕的对手！”土门花扑鲁由衷地道。

“因此，你最好不要成为我的敌人，也只有我们合作成功，我们才有怨释的机会！”蔡风毫不客气地道。

“凌姑娘若知道你如此对她，她定会很高兴的。”土门花扑鲁似乎有些感慨地道。

“但她若知道我放了你们这些凶手，她可能这一辈子也不肯原谅我。”蔡风神情变得忧郁地道。

土门花扑鲁也不由得有些黯然，瞬即，俏脸变得一阵异常的羞红，因为她发现自己竟会有了感情，竟会因为别人的忧伤而忧伤，竟会因为别人的表情而牵动自己的心绪。这在以前，几乎是不可能的事，那些日子，除了杀人，仍是杀人，几乎已经完全淡忘了自己是个女人，完全忘了自己也会有感情。而这一刻她竟发现自己的情绪有变，自然便会感到有一丝难为情的感觉。

蔡风并没有发现有什么异样，只是陷入了一种记忆之中，似乎感觉到了凌能丽那种境遇之中的惨况，十指都紧握成拳头，捏得好紧好紧，虚空之中竟有一连串关节收紧的爆响。

土门花扑鲁竟似能够读懂蔡风心中的痛苦，虽然她本是一个无情的杀手，但情义天生便存在于每个人的脑中，谁也无法摆脱情与义的纠缠，只不过有的人擅于压抑感情而已，而这一刻，土门花扑鲁似是从感情禁锢的阴影中苏醒过来。

“呜呜呜呜……”

几声哀号的哑呜，划破了大漠的宁静，在这苍茫而广野的虚空中，拉起了一连串惊心动魄的震撼。

蔡风与土门花扑鲁的脸色微微一变，但却并没有为之所动。

蔡风是不屑动，而土门花扑鲁是因为蔡风没有动才没有动。

蔡风的神情太镇定，便像立于大漠寒风下千年不倒的胡杨，似乎没有什么东西能够让他分一下心神。

蔡风微微地抬起眼，盯着土门花扑鲁的眼睛，目光变得极为温柔，便像是和煦的春风拂过大草原，立刻让土门花扑鲁的心底注满了生机与活力。

“发生了什么事?”土门花扑鲁有些不好意思地问道。

蔡风哂然一笑，极为轻松地道：“是破六韩拔陵的人来了。”

残阳不残!

大漠的落日比什么都圆，那种不沾杂质的优雅与浮动的黄沙全是两种不能混为一谈的境界。

美，并不是一种境界，而是一种感官的享受。其实，立在落日的余晖之中，看那扬上半空的沙尘，也是极有意思的一件事。

长生很享受这种感觉，沙漠之中的景色与太行山上那林密阴昏的感觉绝对不同，便是心情也绝对不会相同。

那升上天空的，并不是狼烟，只是黄沙，那奔驰的马队，将这苍龙一般扬起的黄沙赋予了动的生命，那种游荡的景观，立成一种让人激动的战意。

大漠依然如故，干冽冽的风，转动着干冽冽的沙，打着旋而在沙漠上推移、流走。

突飞惊的眼神之中似露出一些幸灾乐祸的色调。

长生并没有丝毫的惊色，只是漠然地扭过头来向突飞惊打量了一眼，又看了看另外几人，显得毫无感情地道：“你们最好不要有任何异动，否则后果自负。”

“你不觉得你已经自身难保了吗?”巴噜微咳了一声，极为不服气地反嘲道。

长生不屑地一笑道："这应该是你们自己才对。"

"哼，别以为你们武功好便有什么了不起，我倒要看看你怎么对付这些人。"突飞惊不屑地道，语气之中自有一股难释的怨气。

长生再次扭过头来，望向那逐渐变得清晰的骑兵，无比冷漠地道："如果你们想与这些蠢货一起去死的活，你不妨便试着动手看看。"

"你以为我们不敢？"突飞惊怒气顿生低吼道，手中的大铁杵竟捏得咯吱咯吱作响。

"呜……呜……呜……"号角声在空气之中不住地震荡着，显得有些凄厉，也有些苍豪。

残阳在长生的脸上映出一股浓浓的杀机，天边的晚霞有些异样的艳红。

瞬即，那近百匹骏马飞驰而至。扬起的黄沙，使远处的夕阳变得有些异样。

黄沙在天空中飞扬，流沙在地面上若波纹一般流淌，很自然，很缓和。但是突飞惊的眼神却变得有些异样，那与突飞惊并立的诸人也似感觉到了一丝异样的气氛。

地上的流沙竟是逆着风向而流，不经意之中，流沙竟突然改变了流向，便像是水竟是由低处向高处流一般让人难以置信。

但事实是如此，改变方向的是由长生的脚下开始，如微浪一般向那近百匹马流去。

马嘶之声已清晰可闻，甚至那马首领队之人脸上的一道马疤也看得极为清楚。

突飞惊认识这个人，在鲜于修礼的府上，他见过这人。因此，他知道这人是北部极有名的马贼之一。虽然这一帮人已经投入了破六韩拔陵的军中，但其在漠外的威名却并没有消失，所以突飞惊认识。

长生不认识，但他却知道这是破六韩拔陵的人，至少与破六韩拔陵有极好的关系，只凭那在风中飘扬的旌旗，那若苍龙的"元"字，他便知道应该怎样去对付这些人。

长生发现了这些人，这些人也同样发现了长生与突飞惊诸人。但他们却不认识长生，也并未对突飞惊留下什么印象，但他们却深刻地感觉到了一种难以吹散的杀气，似变成了空中的一团积雨云，自有一股难释的压抑。

那脸有刀疤的人便静立在十丈之外，他的马也便静立在那里，那近百匹战马瞬间竟变得很宁静，马背上的人不再似先前那般呼啸狂野，虽然他们凶悍若大漠的狼群，可是他们也很容易感察到危机。

“你们是什么人?”那脸有刀疤的汉子声音极为浑重地问道。此刻似乎并没有马贼的那种悍野的凶性，或许是因为长生诸人的出现大大地出乎他们的意料之外，也许是因为凝于虚空的那浓浓的杀机让他们的凶性有些收敛，但这个开场的确让突飞惊大为意外。

当他认出眼前那立于马背之人正是有名的马贼刀疤三时，便以为会立刻有一场劫杀。可这一刻，刀疤三竟以礼相向，的确不是他一贯的作风，但事实却是这样。

“我便是我，你可是破六韩拔陵的走狗?”长生没有半点情面地反问道。

刀疤三一愣，立刻气得“哇哇”大叫，他没有想到自己一改往日嚣张的作风以礼相询，反而受此窝囊气，不由得怒吼道：“妈的，何方野种竟敢如此辱我刀疤三，先将你碎尸万段再说!”

“杀……”刀疤三一挥手，身后立刻飞出十数骑。

“哦……哦……”马背上的马贼手中挥舞着长长的斩马刀，口中不住地呼喝着向长生与突飞惊诸人飞驰而至。

长生眼角射出一丝不经意的杀机，眼神变得锋利尖锐，便像是两柄横过天空的利剑。

“呀……呀……呀……”众马贼眼中显出极烈而狂热的战意，似乎杀人本身就是一种极为欢快的事。

长生一声长啸，似乎将积压了千年的闷气，在这一声长啸之中尽呼而出，高昂若裂帛般狂野，便若先前飘荡在虚空原野中的号角之声，但却比号角之声更为强烈。

刀疤三似乎微微有些惊异，但却绝对没有退避的意思。马贼有马贼的自信，那便是自己手中的刀，没有任何东西可以阻得住他杀人的意图。他自然没有考虑到可能被人杀，因为他对自己的实力极为自信。

并不是每个人都会对自己的自信永远不变，特别是当遇到挫折时。

刀疤三的自信仍在，是因为他并不知道危险所在，但那驰出的人却深深地感觉到了危险的存在。

那便是长生，危机由长生而起，由长生而出，出自腰际，出自剑之身，那亮丽如虹的剑身，涌动着一丝难以捉摸的杀意，比那干冽冽的寒风更野，比那流动的黄沙还深沉，比那飞扬的沙雾更有动感。

长生的剑是在长生的身子化成一抹淡影时射出的，长生的身子化成一抹淡影，是在他一声长啸击破天顶最底的那片云开始的。

刀疤三的惊异便是因为长生的剑，但他并没有真正地感觉到这柄剑的威胁与危险，但那些马已经感受到了，那马背之上的骑士已经感受到了。那在空中挥舞的斩马刀似乎也感觉到了这种让人心惊的杀意，竟发出一阵低低的嘶鸣。

那是破空之声，那是飘浮在空气之中的沙粒与刀锋摩擦的声音，像是鬼在哭，像是狼在嚎，那震荡的刀身，反映着夕阳的色彩，成就了一种难以抗拒的妖异。

这是一些充满血腥，注满杀意的刀，不知道饮过多少人的鲜血，那浓浓的血腥之气，似是随着刀锋在风中涌动。

马贼的刀，便是如此，便有这般狠！

长生的眼睛在这之中变得很亮很亮，就像是刀身上反映的残霞，就像剑身游走的寒芒。

当马背上的马贼发现这双比星星还亮的眼睛时，长生的身子已冲入了他们散开的马群之间。

“当……”这声脆响立刻打破了本来已有的宁静之平衡。

“呀……”一声惨叫却似在宣布战争的开始。

长生的剑仍在闪烁，但，却是在马背之上，那是马贼的马，马上的马贼此刻却成了沙漠之中露出沙面的一截胡杨。

那柄长而沉重的斩马刀，竟似美丽的纸鸢，在虚空之中划过一道还算美丽的弧线，远远地坠入沙尘之中，便像是那倒霉的马贼，一头扎入黄沙之中。

刀疤三此刻显得有些动容了，因为他完全没有想到，对方如此年轻，却有如此的神力，那一剑之中，虽然有许多巧劲，但那种圆润而优美的动作之中，绝对不会少了那雄浑的臂力之作用，没有超凡的臂力，绝对不可能将那柄近五尺长的斩马刀劈飞那么远，更不可能将那沉若石头的壮汉劈入沙中。

“呀哈……”几名马贼在一刹那间便回过神来，发现了正在得意的长生，那横空而过的斩马刀在刹那之间全都改变了方向，向长生的身上劈至，数柄刀划过的弧线在虚空之中，便似织成了一种极密的网罗，只待罩住长生之时，便将他分割成无数的小块。

长生自然感应到了那浓烈无比的杀气与战意，他似没有想到这些马贼的反应能力与战意强悍至此，而且这种由千百次作战得出的简单而有效的杀招更有着意想不到的威力。

这一刻，长生知道，再也不能粗心大意。说到作战经验，他比这些纵横大漠的马贼的确要差上许多。而马背上的作战经验，更与之相差太远，自己手中只是轻便的剑，更没有那种专为马背上使用的斩马刀杀伤力大，唯一可以绝对优势的，便只有武功。可是武功在马背之上又受到限制，而对方的武功虽然称不上什么武林高手，可都具有一身经过千锤百炼的马上对敌之术，甚至比一些武功更有效。再加上马贼那悍不畏死的精神，的确是极为可怕的一个局面。

长生没有任何考虑的机会，他知道绝不可以冲上半空，那样将会成为对方练箭的活靶，那绝对不会比这在众刀夹击时更轻松。

“呀……”长生一声轻啸，坐下的战马一声狂嘶，竟整个向下一矮，四蹄一齐陷入黄沙之中。

长生的身子借机一伏，由马背上平蹿而过。

马贼们没有想到长生竟会如此逃生之法，更没有想到长生有如此神力，将马的身子压入沙中，仅凭这一点，便足以让人心惊了。

让人心惊的更是长生的剑，他极为恼怒这些马贼如此凶悍，是以手下绝没有半点容情成分，当那马贼仍未从长生刚才出乎意料的一招之中复醒过来，便一下子斩断了对方的马蹄。

“唏吁吁……”那战马一声悲嘶，向前扑倒。那马贼身子一歪，本来改向斩长生的一刀立刻偏移了一个位置，竟落在另一柄斩马刀之上。

长生的身子若一团旋风般，在黄沙之上飞旋。

黄沙若雨暴一般向天空中升起，所有人的视线在这一刻都变得十分模糊。

“啊……”一声惨呻，一声马嘶，显然是那名马失前蹄的马贼被另一匹战马踩伤，但绝对没有人敢忽视一件东西。

那便是长生的剑！长生的剑在哪里？

没有几个人知道，因为没有几个人知道长生的具体位置，黄沙扬起太烈，没有人能睁得开眼睛，这是马贼的悲哀。

剑也是剑，但却失去了剑的形象，便像一条飞舞的沙龙，在呼啸的风沙之中，显出异样的凄厉。

刀疤三的眼睛变得好亮，似乎从这一剑之中看到了所有的危机，看到了一些让人振奋的能量。

不知在什么时候，他的手中已经多了一张大弓，像是凭空而来的大弓，在刀疤三的手中显得是那般灵活，那般有动感与力感。

他要射杀长生，无论对方是谁，他绝不容许这种可怕的敌人活在世上，那是一种来自心底的威胁感，就因为那游戈于黄沙之中的剑！

“呀……”一声惨叫使那弥漫于战场中黄沙显得更为惊心动魄。

死去的当然不是长生。长生便像是他的剑一般绝对没有半点波动，便像是杀人时的心情一般，平静得可怕。说到猎人，长生才是真正的猎人！

他的每一个步子，每一次闪跃，每一次出击，无不展现出一个高手的气魄与魅力，更有一种难以解说的动感美。

突飞惊是一个比较粗野的人，他的脾气更有些傲，几乎从来都不想承认别人比他强，可是到了这一刻，他也不得不承认，长生的武功是他无法比拟的，无论是从感观还是从力度上去看，他都不是长生的对手。说到凶悍勇猛，长生绝不输于他，只凭长生那连马带人一齐斩成两截的杀意，便可以感受到那蕴藏在心底，如将爆之火山的杀意！

刀疤三的出现，并不是意外，但长生的出现，却是意外。

“嗖……嗖……”刀疤三的箭极快，极狠，便像是两只钻天的云雀，当所有人的眼睛仍没有什么反应的时候，便已经冲入了沙雾之中。刀疤三的眼力极好，他很清楚地看清了腾跃于沙雾之中长生的位置，是以，他的这两箭，只想来个一击致命！

事实若照他所想的，那长生的确是死定了，因为这两箭太狠、太猛。但想归想，事实始终是事实，绝对不是谁想便能够做到的。

那两支劲箭的确穿入了沙雾，但却没有射中长生。不是这两支劲箭力弱，也不是长生真的能够闪过这两支劲箭，而是这两支劲箭的确没有对长生起到任何影响。

因为一只手，一只由沙底伸出的手，然后便是一个顶着毛毡的人！

来得那般突然，那般不可思议……

一切都似是在长生的意料之中。一切都出乎刀疤三的意料之外，他甚至不知道，这样一个人，这样一只手到底是从什么地方出现的，因为黄沙太大，虽然他刚才能准确地看清长生的位置，但在这一刻，他并没有聚中精力去看沙雾之中的战况，他太自信了，自信自己的箭一定可以洞穿长生的胸膛，所以他认为没有必要再去看沙雾之中的战况。

当刀疤三发现那突然出现的人之时，那十匹战马却只有四匹有主人了。

全都死了，死在长生的剑下，也是死在那由沙中蹿出的人手中那柄闪烁着银芒的刀下。

很年轻的一个人，和长生并不会相差多少。这种情况虽然突飞惊先前见过长生的出现，但现在仍然为之神颤。更可怕的是，这些由黄沙之中蹿出来的人，似乎每一个都是那般可怕，似乎每一个都足以成为当今的高手。

便是那柄银刀，那闪烁奔流的弧线，绝对不是突飞惊可以比拟的。

长生似早就知道那柄银刀的厉害，也似乎早就知道结局是这样。

当沙尘尽敛之时，剩下的最后两名马贼极为安静地倒下了，甚至连惨叫都没有发出，因为，他们的喉间已分别钉上了一支劲箭。

那是刀疤三的劲箭，刚才刀疤三想射杀长生而未成。这时候，那与长生一般年轻的人，极为优雅地将那两支劲箭钉入了最后剩下的两名马贼之咽喉，便像是为情人拈花一般温柔。可是刀疤三的眼睛却绿了。

那是一种可以将人生吞活剥的杀机，对长生也对那拈花的青年！

这似拈花的青年，不是别人，正是游四，葛荣手下最年轻有为的人，而这一刻却是如此优雅，如此潇洒，只是那银刀上所滑落的血痕极损那种温柔的风情。

游四并没有还刀入鞘，而且将银刀极为轻柔地在身边的马贼尸身之上擦了擦，将那些未干的血迹全都抹去，那种动作便像是吟诗，也像是在作画，让人无论如何，也不可能将这种动作与一个剑手联系起来。

刀疤三的气息竟变得极为平静，他知道眼前的人绝对不会是好惹的，只望那两人气定神闲的模样，便足以让任何人考虑一下后果。

刀疤三没有率众冲杀，这并不是因为这两个人的可怕。无论这两个人多么可怕，但终归是人，虽然这两人的武功很好，但又如何能够与这么多强悍的马贼相抗衡呢？他担心的，只是那不远处的一顶帐篷，莫测高深的帐篷！刀疤三也是一个高手，不仅是高手，而且天生便似有些野兽的灵觉，他深深地感应到那存在于帐篷之内的危机。那是一种直觉，也是刀疤三这么多年纵横大漠而未死的重要因素。

长生与游四并排而立，像是立于大漠之中两块未被风化的岩石。

风微微地掀动着他们的衣角，那飘浮的衣摆若扬洒在风中的杨柳，自然恬静之中，有一种自得的优雅。

突飞惊诸人惊异地望着游四的身形，心头却极为骇异，他们根本就弄不清，蔡风身边到底有多少人，而像长生这种高手又有多少？想到此处，不由得心惊地望了望自己脚下的黄沙，似乎脚下每一寸黄沙之底，都有可能钻出一柄刀，一柄剑，每一寸黄沙之下都潜伏着一股不能察觉的杀机。只不过，他们根本不知道这潜伏的杀机在什么时候爆发。

那逆流的流沙，依然在逆流，但是已经没有几个人去注意那不经意间的细小变化。

“你是破六韩拔陵的人？”游四也轻柔地问着同一个问题，不过措辞可比长生要优雅得多。

“你们到底是什么人？”刀疤三目中射出寒芒，冷厉地问道。

“你不必知道我是谁，只要明白我是破六韩拔陵的敌人便行了，其他的一切只是多余的！”游四有些傲慢地应道。

“你不觉得自己很狂妄吗？”刀疤三冷笑着道。

“这个世间的狂人并不止我一个，只是你太孤陋寡闻了而已！”游四淡然笑道。

刀疤三怒火大升，狂吼道：“你简直是太不识抬举，给脸不要脸，那你就给我去死吧！”说着手臂一挥，数十张大弓，便像玩魔术一般来到众马贼的手中。

长生与游四不由得骇然，难怪破六韩拔陵几乎是战无不胜。单凭这些箭手那种熟练而灵活的操弓动作，便知道，这些人无一不是以一敌百的沙场老手，朝廷方面岂有胜仗可打？长生与游四吃惊，突飞惊也同样吃惊，他还是第一次见到破六韩拔陵的属下集体出击，这种利落的动作，与那些战马的错位顺序，足见这些人的作战功底，便是他们突厥族的勇士队伍也不过如此，这岂不让人骇然？

刀疤三的眼神变得无比狠厉，因为他知道，只要他的大弦一松，那些可厌的敌人便会成为一团长满刺的尸体！

长生与游四的眼睛眯得很紧，从两道缝隙之中所挤出的目光便像是冰片一般锋利。就在刀疤三的大弓将要拉满的时候，长生与游四的口中同时发出一阵裂帛般的尖啸，若两柄无形的利剑直插入云霄！

“轰……轰……”

黄沙再一次冲天而起，就若有数十包火药在黄沙之底炸开。

那正是刀疤三众马贼的脚底。

“呀……唏吁吁……”情景混乱到了极点。战马、马贼便似感到世界末日的来临，乱成一团。

那本全都上在弦上的劲箭，便因这么一乱竟全都打不到方向，又因战马受惊，狂嘶乱跳之下，那本是向着长生与游四射出的箭，竟全射入了自己人的队伍之中。

马依然在狂嘶，人依然在惨号，他们根本就没有想到，这来自地底的灾难。

刀疤三一声狂嘶，身形若大漠的苍鹰，跃上了半空，他只感觉到几道寒冷无比的杀气由他的脚底掠过，便见到了许多由地底钻出的人。当他知道自己中了埋伏之时，似乎一切都有些迟了。

马贼的马几乎全都陷入了黄沙之中，而他的战将也全被这由沙底冒出的人，毫不留情地斩杀了一小半。

不动则已，一动则石破天惊，只是刀疤三想不到会是谁有如此可怕的实力！

“呀……”一声长喝，一道人影若惊波的紫燕，并不给刀疤三任何考虑的机会，已经将若长虹般的长剑化为紫电切入了刀疤三的护体真气之内。

刀疤三一声闷哼，眼角闪出无比强烈的杀机，他没想到对方竟会如此强悍，只不过，他已经没有任何考虑的余地了。

“当……”一声爆响，刀疤三的身形急沉而下，但那名由黄沙之中奔出的剑手却向后倒翻几个跟斗，重重地落在地上。

刀疤三绝对不是善男信女，今日的战局早激起了他滔天的杀机，是以才一驻足，便丝毫不停留地向那名剑手攻到。

刀疤三并不是用斩马刀，他的刀很朴实，但却给人一种厚实而稳重的感觉。不过，在他的手中，便像是一只只极欲噬血的饿兽，似乎没有任何力量能够阻止他刀势的走向。

那飞扬的黄沙，竟似被一种神秘莫测的能量所袭，顺着刀锋向两边疾分而开，给刀疤三的刀让开一条通道。

刀疤三便若夹在两者沙墙之中的屠夫，那种架势与气势，足以将对手的心神全部占驻。

“三子，快退！”长生一声惊呼。

刀疤三的武功的确有些出乎他的意料之外，那种凌厉的杀气，他在数丈之外，已经深深地感应到，是以才会如此急忙地呼喊出来。

那名与刀疤三相对的年轻剑手正是与长生一起长大的三子，只是这一刻，他已经无法抽身而出，虽然他的武功并未达到一流高手之境，但指点他武功的人却是绝顶高手，对眼前的各种形势的分析，绝对不会比别人差，他知道只要他扭身一退时，跟在后面而来的便是刀疤三若流水般毫不间歇的杀招。那样，他绝对没有缓气的机会，甚至连那本有的以逸待劳的一点先机也会消失。若真是这样的话，他可能挨不到长生的到来，便会丧身刀疤三的重刀之下！

“呀……”三子一声狂吼，以双手握剑，整个身子便如是系在风中的一根飘带，顺着剑势依着刀疤三的刀锋扭动起来。

“轰……”刀与剑相击的声音竟有些闷。

刀疤三有些诧异，那是因为三子竟挡过了他这要命的一刀，虽然有些取巧，可依然是挡住了。

三子的身子便若风筝一般，向后飘飞而去。但那握剑的双手依然没有丝毫的动摇，眼神之中有些痛苦，但却表现出一种不屈的坚韧，嘴角却溢出了淡淡的血丝。

“噗……”三子双膝一软，重重地跪在黄沙之上，但却已经完全逃出了刀疤三刀气笼罩的范围。

“呵……”一柄沉重的斩马刀横空而过。

三子一咬牙，若滚地葫芦，在沙面上一阵翻滚，手中的长剑，斜斜一挥，顺势斩断了那向他身上踏至的马蹄。

战马一声狂嘶，跪伏在地，马背上的马贼身不由己地由马背上摔下，但却望见了三子那等在半空中的长剑，竟不禁发出一阵绝望的狂嘶。

刀疤三一怔之下，身形再次向三子飞扑而至，这次刀势与刚才那一刀完全不同。

刚才那一刀，似乎极为单调，但却有着一种沉稳如山的气势，但这一刀却只是在虚空之中交织成一张巨网，显得极端飘忽，又无比的凄狠。

“别以为你很了不起，让老子来领教领教你的狗屁刀法！”长生极为轻蔑地冷哼一声，身子若游于风中的长蛇，冲入刀疤三的刀网之中。

“当当……”一连串清脆的爆响，长生的身子倒弹而出。

刀疤三也同样是反弹而回，但脸上却挂着一丝不经意的冷笑。

那是因为长生剑上流淌的血，不是别人的，而是长生自己的！

长生手臂上本来绷得极紧的劲服此刻竟被拉开一块，鲜血已经染红了那一只衣袖，并顺着长生的手指流至剑身，再淌落在黄沙之中，是那般自然，却又是那般惨烈。只是没有人能够在长生的脸上找出那种痛苦的神色，似乎这并不是长生自己的手，似乎受伤的不是自己而是别人。

长生冷静得便像是那仍在孤寂地立着之胡杨，自有一番傲骨，自有一种气魄。

“你怎么样呢？长生哥！”三子有些虚弱地立起身来，骇然地问道。

“我没事，这丑鬼还要不了我的命！”长生声音极为平静地道。

“哼，两个小鬼不自量力，竟敢与本大爷过不去，连我都打不过，还想与我大哥为敌？我劝你们还是回家多吃几年奶，长点力气再说吧！”刀疤三脸上的刀疤竟变得有些红润，语气之中多了许多不屑与轻蔑，不过心中却暗忖道：“这两个小子的剑法竟如此古怪？”

“哼，你别得意得太早！”三子不屑地回应道，同时反向长生打了个眼神。

长生立刻领会，将右手的剑交到左手，两人并肩而立。

“啊哈，够狠！废了你的右手，你便用左手，看看待会儿废了你的左手，你会不会用右脚来握剑！”刀疤三哑然失笑道。

“试试便知道!”长生一声低哼，与三子两人同步而出，一左手握剑，一右手握剑，竟达成一种难得的默契。

刀疤三显得有些讶然，估不到两人一左一右的配合，竟会有如此威力，剑式竟变得更为可怕。不过，他却知道，这两个人都已经有伤在身，并不足虑。倒是那些由沙底蹿出的杀手，却是极为可怕，每个人都似乎武功很好，虽然他的部下都是驰骋沙场的老手，可是一旦战马陷入黄沙之中，徒步作战并不是这些人的对手，只是占着人数的优势勉强可以支持。而他身边的几个好手，都被游四缠上，无法抽身，只能够靠他自己，先收拾了这两个极为顽强的年轻人，才会有机会扳回胜算。

刀疤三的刀再一次展开，便像是自天地的原始之处，遥遥地飘来，达至一种不可捉摸的飘突，但那种浓浓的杀气却早已弥漫了整个空间，像是在刹那之间，所有飞扬在空中的黄沙都变成了要命的武器。

第四十五章　初逢强敌

长生与三子的剑，便若两条在虚空之中交缠的长蛇，激烈地狂舞着，那飞旋的轨迹周围，全都被黄沙所裹，似有一种无法甩开的吸力，将周围飞扬的黄沙全都聚拢。

“轰……”黄沙再一次扬起，却是以刀疤三与长生及三子的三件兵器交击点为中心，向四周如飞般扩散。

几条破碎的衣袖，也夹在黄沙之中若隐若现地升起。

有长生的衣袖，有三子的衣角，也有刀疤三的衣袖与几缕头发。

便是刀疤三也未曾想到，两人联手的一击竟会有如此威力，更加深感其剑路的古怪。

长生与三子的身形倒翻而出，嘴角不可抗拒地溢出几点血丝。刀疤三的武功依然超出他们的想象，他们吃亏在受了伤之后才联手出击，否则便可能是另一个局面。但这也是无可奈何的事。不过，他们却极有信心，因为他们之中还有一个高手未曾出手！

刀疤三的确强悍，而且天生神力，并不会比长生差，这是他成为马贼头领的本钱。在大漠之上的几个超强马贼之中，刀疤三能算得上其中之一，这并不是偶然，以他的武功，便是进入中原，也可算得上一个一流高手。

他并不是想让长生与三子有任何的休息机会，他的武功，是经过千万次出生入死的战斗而得出的精华，无论是作战经验还是功力火候，长生与三子都不是他的对手。因此，他极为自信，对于杀死两个如此年轻的剑手并不觉得有什么困难，虽然刚才差点吃了亏，可他却知道眼下两人都受了内伤，再也无法与他相抗衡，所以他并不担心。

“呀……”游四一声怒吼，自那几名缠斗的马贼之中冲天而起，若一只展翅的巨鹰一般向刀疤三扑去。

长生立刻向三子打了一个眼色，两人心领神会地再次出击。

这一次聚合了三人的力量，早已作出了决战之心！

刀疤三没有想到游四的身形会如此之快，如此之狠，在几名好手的缠斗之下，仍可以抽出身子，一愣之下，游四的银刀已划至他的头顶。

那边的突飞惊却呆立着，像是在看戏，他们很想上场将长生他们一个个碎尸万段，但是想到土门花扑鲁依然在蔡风的帐篷中，想冲杀的念头立刻又打消了。

他们的确是被蔡风的剑法给震慑了，若是土门花扑鲁与蔡风在一起的话，想逃出蔡风的掌握，他们想都未曾想过，以蔡风的狠辣及聪明，虽然对土门花扑鲁的智计极为信任，可是面对莫测高深的蔡风，他们却是半点把握也没有。

“老突，我们去找花扑鲁！”巴噜有些不耐烦地道。

那几人也都向突飞惊投以询问的眼神。

“不错，趁这时候的混战，是我们救出老毕与花扑鲁的最好机会！”一人提议道。

突飞惊有些丧气地反问道：“就是没有这些高手，你们认为凭我们几人的力量可以胜过蔡风吗?”

巴噜不由得一呆，几个人全都有些愕然，的确，刚才他们早已见识过蔡风的可怕之处，若是强打，就算是七人联手也不会是蔡风的对手。更何况，此刻巴噜受伤，毕不胜武功尽废，土门花扑鲁又不知道怎么样了，单凭他们四个人，的确感到有些势单力薄，如何能够救走毕不胜与土门花扑鲁呢？现在唯一的愿望便是：刀疤三诸马贼能够与蔡风战个两败俱伤，他们才可能有机可乘，否则，一切都是枉然了。

“吼……”刀疤三一声大喝，手中的刀竟化作一片苍茫的幻影，在自己的头顶若莲花般绽放开来。

那层层叠叠的刀气便似旋涡般向四周扩散，黄沙竟全都绞成粉末。

“当……”若巨钟之音，在大漠之上激荡不休，游四的身形，如浮游在风中的纸鸢倒转而回。

长生与三子的两柄长剑只在这一刹那之间袭入刀疤三的刀气之中。

刀疤三一声狂号，横于顶门的刀自上而下，斜斜地切出，浮光掠影般地斩向长生的脖子。

长生与三子似早有准备，竟在刹那之间，舍剑而倒仰，同时击出一脚。

这招大大地出乎刀疤三的意料之外，本以剑术见长的两人，竟能用脚攻，而他刚才的心神也分去对付游四，仓促之下，竟未防止长生两人使诈，但当他发现之时，已经来不及改变招式了。

“嘭……嘭……”两声闷响，长生与三子的脚同时踢在刀疤三的小腹之上，但两人早已受伤在先，此刻又被刀疤三的刀气所逼，虽然击中刀疤三的小腹，而力道却极为有限。

刀疤三一声闷哼，重重地倒退数步，忍不住呕出一小口鲜血，虽然两人的力道极为有限，但却也不轻，这两脚亦让他受了一些小伤。

长生与三子的身形再一次倒退，以剑拄地，大口大口地喘着气，但刚才那一脚却让他们微微有些成就感。

他们没有想到刀疤三竟会如此可怕，一时疏忽大意，使先机尽失，的确有些不划算。不过此刻，那些马贼与葛家庄的兄弟正杀得极为火热。

失去了马的马贼，似乎并不怎么顺手，因此，人数虽占了优势，却似乎并没有多大的作用，而葛家庄的弟子，无一不是好手，并不因为人少便减小了杀伤力。

刀疤三微微吸了两口气，一改刀势，竟向葛家庄的弟子扑去。

那狂涌的劲气，与那充满野性的刀法，竟没有人可以挡得住，那本来占着优势的葛家庄弟子，纷纷退避。

游四刚才也被震得气血翻涌，此刻被刀疤三身边的几名好手强攻之下，显得有些气弱，哪里还会有力气去阻止刀疤三的杀戮！

惨叫声中，突飞惊诸人显得异常兴奋。

“老突，我们何不以人换人？”巴噜提议道。

突飞惊眼中射出一缕希望的光芒，有些犹豫地反问道：“我们能制服得了那两个小子吗？”

“我看他们受伤不轻，我们只要抓住他们的其中一个，相信，蔡风也会拿我们没有办法的。”

“可是……”

“你还犹豫什么？难道你希望我们永远被牵着鼻子走吗？不赌上一把，我想，我们永远也报不了这个仇！”巴噜打断那高瘦汉子的话道。

“不错，我们只有一次翻本的机会，他妈的，就去赌他娘的一把，要死便死得痛快一些，要死，大家便死到一块儿！”突飞惊咬牙狠声道。

“好，老突果然没有让我失望！”巴噜微微有些痛苦地拍了拍突飞惊的肩膀，深沉地道。

长生的脸色变得有些难看，因为他已经看出了突飞惊那满脸不善的神情，不由得冷声问道：“你们想怎么样？”

“你不是叫我们试试看吗？我便是来试试的，我倒要看看你怎么让我们同他们一起去死！”突飞惊声音变得阴沉地道。

长生突然变得有些想笑，声音冷漠地道：“原来是这样，那你来吧，对付你们几个，我还是不会在话下！”

三子的眼神也变得极为狠厉，他明白对方的意思，但他绝对不会束手就擒！

“喝……”突飞惊的大铁杵，似凝了千斤重物一般向长生的面门砸到，他身后的三人也绝不甘落后。

他们是杀手，虽然他们的武功并不比长生和三子强，可是这一刻，正是长生与三子最虚弱的时候，又如何能是这几人的对手？

刀疤三有些诧异，不明白这几个人为什么在一旁看着看着，又对自己人动起手来，他当然不知道突飞惊与长生并不是一路的。不过他不必知道这些，反正知道这些人不是敌人便行，那样对他只有百利而无一害，他们又何乐而不为呢？

长生与三子哪里还有力气与之硬拼，不由得全都倒翻而出，但身子已大不如从前那般灵活，虽然勉强避开了突飞惊的攻击，但衣服却被撕破了一大块，差一点便被抓住。

“原来也不过如此，我还以为你们怎么了不起！”突飞惊不禁有些微微得意地讥讽道。

“我看你们全都是脓包！”一声冷冷地低喝自突飞惊的身后响起。

也便在这一刻，突飞惊竟发现自己的大铁杵无法挥动，便像是夹入大山的石缝之中生了根，连摇也无法摇动一下。

“呀……”、“呀……”、“呀……”突飞惊仍未曾反应过来，他身边的另外三人已经如肉球一般翻滚而出，口中发出一阵阵痛苦的呻吟。

一股大力自铁杵上传至，突飞惊不由自主地腾空而起，若御风一般飞了出去，当他醒悟过来的时候，已经重重地趴在黄沙之上，然后他便看见了蔡风那傲立如渊亭的身形，那种让人震撼的魔力立即显现出来。

“你们没事吧？”土门花扑鲁急忙冲到突飞惊的身边，慌张地问道。旋又扭头向蔡风微怒道：“你不是说过不会伤害他们吗？”

“但他们太不识抬举，这开始只是咎由自取，我没有杀他们已经够客气了！”蔡风的声音极为淡漠。

长生与三子不由得向蔡风露出一丝苦笑，骂道：“他妈的，你若是再躲在里面泡妞不出来，恐怕再也见不到活蹦乱跳的兄弟了。”

蔡风不由得心神微微一畅，微笑道：“你们两个还能骂人，便说明没事，待我解决了那老鬼再说吧。”

刀疤三越杀越顺畅，几乎是他走到哪里，哪里的战局都会有所改观。虽然，他并不能将这些人杀死，但对这些人所造成的威胁，足以弥补使那群马贼兄弟步战的不足。他本来也受了一些小伤，长生与三子的那两脚给他制造了一些伤痛，但以他的功力，此刻也已经恢复得差不多了。是以他越杀越畅快，但是在他准备一刀杀死游四的时候，却感受到了一种来自心底的寒意与战栗。其中塞满了浮冰般的杀气已经直透他的椎尾。

刀疤三的这一刀没有劈下，他也不能劈下，因为他知道，劈下这一刀后，他便没有机会再去看那散发出如此强烈杀气的人是谁!

刀疤三绝不会做如此蠢事，他也不是做蠢事的人，否则的话，他早就死上了千百次，此刻哪还有握刀的机会?

对方并没有出手，只是用那冰寒的杀气紧锁着他，包括他的心神。

刀疤三并不知道对方为什么不出手，但他却知道，对方若在这个时候出手的话，先机一定不会是他的，一定不会!可是对方并没有出手，这一点他有些不解。

刀疤三的刀握得极紧，便像是捏着一颗可以救命的药丸般那么紧，但他转身的动作却极为缓慢，像是一种艺术，也像是在测量转身的角度，总之这一切都不协调。

的确不怎么协调，但却有着极为有效的防守作用，他这样转身，可以在任何时刻应付任何方位的攻击，这是刀疤三的自信。

最先映入他眼中的不是一张脸，而是一双眼，他一眼便发现了对方的眼睛，然后他便只注意到对方的眼睛了。

与其说他一眼便发现了对方的眼睛，倒不如说是对方的目光比他早一步射入了他的眼中。

很亮很亮的眼睛，却有着无比的冷峻，便像是放置在冰天雪地之中的寒玉，散发着一种异样的寒意。

当刀疤三看清对方的脸时，正是对方露出一丝极为冷酷的笑意之时。

那便是说对方的每一个表情都已经牵制了刀疤三的眼神。

这绝对不是一件好事，刀疤三也明白，但他有些困惑，这比那三个曾与他交手的年轻人更年轻，但那种深邃不可测的目光与那摄魂的气势，让人很难将一个如此年轻之人联系在一起，但事实的确如此，刀疤三无法否认。

刀疤三禁不住重重地咬了一下舌头，感觉到有点咸咸的味道，他的头脑也稍稍清醒了，也因此出了一身冷汗，若是眼前的这个少年此刻出手相击的话，相信他绝对无法与对方抗衡。更让他有些不解的是，他怎会这么容易便被对方震慑呢？不过，此刻却清醒过来了。

"他们都是你的人？"刀疤三冷冷地而又稍稍有些诧异地问道。

"可以这么说。"蔡风的回答极为简练。

"你到底是什么人？"刀疤三有些疑惑地问道。

蔡风微微露出一丝神秘的笑容，道："我便是你大哥千方百计欲找的蔡风！"

"你便是蔡风？"刀疤三手中的刀禁不住颤抖了一下，显出了其内心的震撼。

"不错，今日能与你相见，应该算是一种幸运，对吗？"蔡风有些揶揄地问道。

"你早就知道我会从这里经过？"刀疤三有些疑惑地问道。

"要想躲过我的耳目并不是一件容易的事情，我早就知道破六韩拔陵绝对不会接受朝廷的招安，只是他这人太爱面子，太懂权术。虽然我与他接触并不多，但对他的心思我却比你摸得更清楚一些！"蔡风极为得意地道。

"哼，你的确是个聪明人，但若想以此来取出我口中的机密，我看你是别白费心机了，你还嫩了一些！"刀疤三毫无情面地道。

蔡风脸上露出不屑的神色，道："你不要以为天下只有破六韩拔陵是聪明人，他肚子中无论哪根花花肠我都知道得一清二楚，这次便是破六韩拔陵派你来阻止郦道元前来招安，对吗？”

刀疤三并不动声色，只是冷冷地反问道：“我们为什么要阻止郦道元前来招安？只不过是自以为是笑谈而已。”

“是吗？破六韩拔陵阻止郦道元前来招安的理由多得是，别人不知道，我蔡风却不是傻子！”蔡风饶有兴致地道。

“哼！”刀疤三冷冷地望着蔡风，并不回应。

“看来如果我不说出来，你定不会服气！”蔡风极为洒脱地耸耸肩，淡然笑道。

刀疤三却露出了一线极有兴致之色，淡漠地望着蔡风，似不相信蔡风真的能够说出什么理由。

蔡风淡淡地吸了一口气，道：“首先，是因为破六韩拔陵绝对不会愿意接受招安，那样便等于让他送死，但并不是所有的人都不愿招安。天下间，喜欢战争的人，只是一些具有野心之人。而没有野心的人，谁也不愿意过着这种战乱不休的生活，而六镇之中，有罪的配隶之人只有那么极少数，而无罪的配隶之人皆有被免为民的机会。你想想，还有多少人愿意去过战乱的生活？但，破六韩拔陵有野心，而且很大，他所说的为拯救万民，为百姓谋幸福只是一个借口。试想，谁愿意将到手的权力双手奉给别人？所以他必须战，但战争需要有人支持，单凭你们这几股马贼的支持，能成得了什么大气候？所以他不让朝廷来招安！”

“哼，他大可不必去理会朝廷的招安，又何必费尽心思去对付那个黄门侍郎郦道元呢？”刀疤三不屑地反驳道。

“哼，你等真乃无知之辈。试想，当初破六韩拔陵起义乃是在百姓水深火热无法生活下去之时，人的弱点便是不到黄河不死心，很多人只能够看到眼前的利益，而不去考虑长远之计。是以，若让这些人有便宜可拣，又有了希望，相信对于战争绝对不会有以前那么卖力，所以兔子急了也会咬人。一个人在绝望时，求生欲望的支配之下，一可敌百。但当一个人分了神，上阵去战斗，能够保持以一敌一已经不错了。因此，若是破六韩拔陵不接受朝廷的招安，他的军队表面上当然看不出什么，但其实早已不是当初那众人一心强悍无敌的军队了，相信这一点你应该不会不明白。所以他不能让郦道元到来，也因此，你今日率众而来并不是偶然，只不过，我能知道你的行军路线，这又是另外一回事！”蔡风不屑地分析道。

刀疤三不由得有些呆住了，蔡风所说的正中了他的心思，虽然他知道今日之行的确是为了郦道元，可是却没有蔡风所想的那般清楚，更没有想到这之中的一些细节因素，而蔡风作为一个局外之人，竟考虑得如此清楚，的确已让他大为惊愕。

“我现在才明白，为什么我大哥会对你如此重视，为什么你会在那么多的高手追杀之下，仍然能够逃生，这一切的确不是偶然！”刀疤三有些感慨地道。

“的确不是偶然，但极为可惜的是，我与破六韩拔陵已经注定成为敌人。因此，与他有关的人，也便与我有关，这或许是一种悲哀。”蔡风有些漠然地道。

“不过，我仍有些不敢相信，凭你可以与我大哥打成平手，我倒要看看你是否有传说中的那么可怕！”刀疤三声音也有些冷漠地道。

“相信不会令你失望，这是我的自信！”蔡风傲然地向前踏上一步道。

刀疤三心神为之一紧，蔡风这小小的一步，却使那种本虚无的杀机变得无比浓烈，似乎压力在这一步之下加强了数倍。

这纯粹是一种感觉，一种既虚无又确实存在的感觉。

刀疤三没有退，他不想退，虽然那压力便如泰山崩塌，使人喘不过气来，可是他不想退，因为他知道，只要他一退，他败的命运便已经注定了，所以他不想退，也不能退！

蔡风的眼神依然是那般温和，那般自信，其中也蕴藏了不少的野性与狂热，但整个人仍是那般平静，那般温和，似乎没有一点感情的波动，是那么自然，那么亲切。

但刀疤三已经感觉到了一样东西，那便是剑，似真似假地竟出现在刀疤三的心中。

蔡风没有出手，但他已经出招了，那便是心剑！剑的意念，那是一种既虚无而又尤为有趣的攻招。

刀疤三的神情微微有些紧张，虽然他并不相信蔡风可以让破六韩拔陵受伤，但是这种高手的契机却绝对假不了，他更明白蔡风不出手则已，一出手便会是雷霆震怒之一击，他本不想让蔡风占去先机，但蔡风便那么轻轻一步，就已经将先机占尽，这是他无法改变的事实，而他唯一可以做的，便是稳稳地守住阵脚，不求有功，但求无过。那样，他便不至于败得很快，抑或有扳回先机的机会。

蔡风依然意闲神悠，倒不似与敌人作生死之战，反而是在看戏，或者在蔡风的眼中是极精彩的戏，可是对刀疤三来说，却是一种羞辱，他没有想过，竟会遇到今日这般战局，但却又必须面对的战局，他是个高手，绝不是一个懦夫，所以他的刀依然握得很紧。

蔡风又微微地向前跨了一小步，那般轻柔，那般优雅，便像是在演戏，那种似乎有做作的优雅之刀在刀疤三的眼中出现，却让他的兴奋有些发寒。

地上的黄沙，空中的黄沙，当进入蔡风与刀疤三之间时，竟全都静静地落下了，便像是沉睡的枯木，失去了那种活力与动感。

每一个人都清晰地感受到了他们之间的那股股暗涌之杀机，激涌成野性的死寂。

蔡风依然那般气定神闲，但眉头间有一丝微微的傲意。

没有看见他的剑，没有人知道他的剑气从哪一个角度冲出，会是怎样的一种态势，但人们都感觉到了这柄剑的存在。

旁观者感觉到蔡风便是剑，一柄充满杀机而狂野的剑，置身其境的刀疤三却知道蔡风早已出了剑——心剑！那便是说，蔡风的剑在心中，心生意念，意念又可无处不在，无处不达，那便是说，蔡风的剑会从任何角度击出，蔡风的剑已经无处不在，这的确是一件很可怕的事情，而蔡风无疑也是一位很可怕的敌人。

刀疤三的刀握得好紧，甚至有些颤抖，的确似有些颤抖，只是那振幅极小极小，可是蔡风却知道那并不是颤抖。

绝不是，而是刀疤三已经开始了反击，他绝对不是一个坐以待毙的人，没有人可以小看他，就是普通的马贼，能够在大漠之上纵横数十年而不败，便没有人敢小看他。

土门花扑鲁诸人也变得极为紧张，虽然他们并没有直接参与战斗，但却可以很清楚地感觉到，那激荡在虚空之中的气机，便像是有吞噬万物的凶险，在这一刻他们才知道，刚才与蔡风对敌之时，蔡风的确有所保留，可以说是手下留情，只在这一刻，蔡风才真正变得凝重起来。

周围的一切似乎都变得并不重要，谁生谁死，蔡风与刀疤三都没有去考虑，他们的心神已经完全由战场之中抽离出来，而全部投放在两人之间。

蔡风依然是那般平静，便像是一井的枯水，不带半点杂波，心中只有剑，自己的剑，眼里只有刀，刀疤三的刀。他曾经与破六韩拔陵交过手，也曾会过破六韩拔陵的刀，但此刻面对着眼下的这柄刀，他一样不会轻心大意。

刀疤三也没有动，他只是在慢慢地感受，感受蔡风那来自心底的剑，那种无处不存又无处不在的心剑！

蔡风的剑在哪里，并没有人看见，那微黑的披风，在风中轻轻地摇摆着，夕阳已经沉入了地面，唯有天边的晚霞美丽如昔，而眼下的大漠却成了屠场，生与死、仇与恨在这里面全都失去了色彩，变得凄艳。

蔡风的左脚微微提起，他要踏出第三步，这是向刀疤三逼近的第三步，动作依然那么悠闲，依然那样优雅而有动感。但刀疤三的脸色却变了，变得极为难看。于是刀疤三再也不等，也绝不会等，再等便会是与死同行！

刀疤三出刀了，便在蔡风正准备逼进第三步的时候出刀了。

蔡风的眼角闪出一丝讶异之色，就是因为刀疤三的这一刀。但他并没有为之动容。

为之动容的，是旁观者，土门花扑鲁为之动了容；长生与三子也为之动了容。作为一个旁观者来说，再以欣赏者的姿态去看这样一刀，却又有着另一种不同意境的滋味，更能看出这样一刀的可怕程度。

这一刀便若划空而过的电芒，将蔡风的脸照亮了，却是反射了天边的晚霞，变得无比的生动与凄艳。

这一刀出的正是时候，无论是角度、机会，还是力道，都很难很难找出空隙。这便是高手的手笔，这其实也是一种艺术，高手的艺术！

蔡风的脚很快便落在地上，但并没有跨出，而是落在原处，他没有机会跨出这一步，刀疤三不让他跨出这一步，因此，他便只好收回这一步了。

刀疤三的刀的确快，只有一刀，简单而又直接的一刀，但却有着极不简单的内涵，蕴涵着无穷的玄机，在任何一个时候、任何一个方位都可以作出任意的改变。

这种感觉在蔡风的脑中映得很清楚很清楚，那是因为他的心剑早已刺入了对方的思想。

天边的晚霞为之一暗，那是因为蔡风出剑了，不知道出自何方，不知道要去何方，但在空中，在黄沙之中闪烁的，全都是这一剑的风情，全都是这一剑的幻影。

满天都是，漫空都是，但谁都知道，剑，只有一柄，可是哪是真哪是假呢？

刀疤三的眼睛眯成了一条细小的缝隙，那本来就极为锐利的目光，这一刻便像是他手中的刀一般锋利。在蔡风那化为漫天飞雪的剑雨之中，他手中之刀深深地切了进去。

“当……”声音只有一下，但却是那么实在，实在的音符，只要一下便已足够。

蔡风与刀疤三的身形迅速分开，便若两只紫燕，那般乖巧而又快捷。

“呀……呵……”两道身影若紫燕入林般迅速分开之后，又以比分开的速度更快十倍的速度向对方冲去，中间似乎没有任何停歇。

“当……叮……”也没有人能够数得清楚到底有多少击，但那种声音的确够让人产生惊心动魄的感觉。

地上的黄沙在飞旋，卷起若狂龙般的沙暴向四周疾涌、狂射，那狂野的剑气若有质的利刃，割体裂衣的感觉竟真实地存在着。

四周传来一阵惊呼，显然是因为两人交手时的劲气波及所致。

“呀……”刀疤三一声暴喝，身形若大鸟一般倒飞而出。

蔡风也身影疾现，那种隐含于眉间的杀意极浓极浓。剑，在左手！

剑之上，极轻缓地滑落几滴殷红的血珠，那是刀疤三的血！却沾在蔡风的剑上！

蔡风的动作依然那般缓和而安详，只是，那望向刀疤三的眼神有些过于激烈而已。太冷厉，便像是两柄利剑，比蔡风手中的剑更锋利，那是一种感觉。

刀疤三的胸口微微起伏着，脸上的刀疤涨得极为红艳，似是一条充满血而显得有些透明的蚂蟥，斜斜地搭在他的脸上，不经意中还会有掉下来的危险，就像是一只受伤的野兽，目光中充满了怨毒与杀机。

蔡风依然极为轻缓地向刀疤三跨去，每一步都极小，但却极为沉稳，似是在大漠之上钉下深深的木桩，而生出一种无与伦比的气势，便若大漠中的沙暴，向刀疤三逼去！

旁观者都几乎屏息凝视，似在守候着一次惊天动地的变故，等待着一个奇迹的降临。

刀疤三的刀，微微翘起，再微微地抬伸，在蔡风跨出第三小步之时，他的刀已经与胸平齐，那犹在滴血的手并没有丝毫的颤抖，便像一根横在虚空之中的铁柱。那种苍劲的感觉使人感到没有任何东西可以动摇他。

蔡风的目光更为尖锐，步子也越来越缓，便像是经过无数审视与测算之后，才决定落脚位置一般，稳重得让人手心冒汗。

剑依然在左手，只是有些微微的扬起，他与刀疤三的距离并不是很远，但也不近，两丈多，但这个空间，对他们似乎并不起多大的作用。那无形的杀气，早在他们之间的空间交缠着。

“刀疤三，我想问你一件事。”蔡风却在这要命的时候开口说话了。

这似乎出乎人的意料之外，连在一旁的土门花扑鲁也觉得十分不解。

刀疤三诧异地望了望蔡风，似也不明白蔡风为什么会在这个时候开口说话，但他却不敢有半点松懈，蔡风那逼人的杀气并没有抽退。可他却知道，蔡风没有必要耍诡计，因为，蔡风本有太多占得先机的机会，那便是在他准备对付游四的时候，但蔡风并没有那样做。因此，他的确是没有必要担心蔡风会耍诡计，不由得微微应道：“你想问什么?”

蔡风吸了一口气，依然极为冷漠地道：“我想知道，鲜于修礼是不是送了一个女子给破六韩拔陵?”

“鲜于修礼?”刀疤三一愣，旋又笑道：“鲜于修礼并不只送一个女子给我大哥，他一下子送了三十个，而且都是上等货色的处女，我大哥还送了一个给我，你问这个干吗?”

蔡风的脸色变得极为难看，时而苍白时而铁青，良久才缓过气来，有些愤然地问道：“破六韩拔陵是不是将所有的女子都分赏给了你们?”

刀疤三不禁有些不解，但隐隐觉得其中似有古怪，便淡然一笑，道：“是不是全都分赏完了，我就不太清楚，但是也的确分赏了一些。那鲜于修礼也不怎么够意思，只送了这么一点美人，害得我大哥还不够分赏!”

蔡风手中的剑不禁微微有些颤抖，眼中竟微显泪光，这一切都分毫不差地落入了刀疤三的眼中。

刀疤三是个高手，高手自有高手的手段，高手绝对不会错过任何一个制敌的机会!

刀疤三不会错过，所以他出刀了，一出手便是绝不留情的一刀。虽然他并不知道蔡风为什么会突然变得如此激动，但他也没有必要去理会，他要的只是杀人的机会，因此，他并没有考虑其他。

但土门花扑鲁却知道蔡风为什么会这样，长生也知道。不知道为什么，土门花扑鲁不希望蔡风死在这脸有刀疤之人的手下，虽然他们是敌对的身份，但土门花扑鲁还是禁不住关心地呼道："小心！"

突飞惊忍不住向土门花扑鲁白了一眼，似怪她多事。反正死去的是敌人，也不关她的事，何必出言警告呢？

土门花扑鲁也不明白这是怎样的一种感觉，便是没有他们之间的合作关系，她也愿意让蔡风继续活下去，那是一种不可以解说的思想。

蔡风也感觉到了刀疤三那凌厉无匹的气势，与那锐不可当的杀机，但他并没有任何的慌乱，只是扭头向土门花扑鲁投以感激的一笑。是那般自然，恬静而真诚。土门花扑鲁不由得呆住了，虽然，她的心似是悬到了节骨眼上，但她还是禁不住为之迷茫。

蔡风这温和的一笑，似化作了一道暖流，流遍了她的全身，她禁不住有些微微的脸红。

蔡风的身子飞退，他不可能再进了，因为刀疤三的刀太快，太快，在他根本来不及作出反应的当儿，那柄刀已经划破了两丈的空间，距他只不过三尺远而已。

这似是一个生死的考验，蔡风不该分神且分心，更不该将自己的情绪放在那遥远的虚无之处，而为刀疤三制造了这么好的机会。

蔡风飞退，他的影子好快好快，并不比刀疤三的刀慢，但蔡风这样永远只能够站在挨打的一方面，永远无法占得先机，且这种倒退的局面绝不可能比刀疤三那追进的局面支持得长久。在他无法保持这种速度之时，那便是刀疤三的刀刺入蔡风心脏之时。

没有人可以帮助蔡风，因为没有人的速度可以与这两个人相抗衡。

"小心！"长生与游四诸人都看出了危机，便连突飞惊与巴噜也不例外地看见了这其中的危机，只是突飞惊等人只会幸灾乐祸，只盼望刀疤三这一刀可以将蔡风的性命就此了结，那他便有机会救走毕不胜了。

刀疤三当然希望这一刀将蔡风杀死，否则的话，他恐怕再也找不到比这更好的机会了。这一刻，他的眼中微露出了一丝得意与欢快，因为，蔡风的身后便是一匹马，一匹横立的马！

没有了去路，他仿佛看见了蔡风死时的模样，他似乎已经听到了蔡风死前的那一声惨叫，仿佛蔡风撞到马身之上，那一瞬间的惊讶与绝望已经绽现在他的面前。

能杀死蔡风，比杀死郦道元更好，若是在郦道元与蔡风之间选择一个的话，破六韩拔陵定会选择后者。刀疤三也是一样，他已经深切地感受到了蔡风的可怕，那细密无比的心思，那种神出鬼没的剑法，无一不让人心神难安，他不希望有这种敌人，也不能有这种敌人，所以，他一定要杀死蔡风，一定要！

长生、三子、游四诸人的心神也全都提到了节骨眼上，他们似乎不忍再看蔡风将会如何丧命于刀疤三的刀下。那匹马，便是因为那匹该死的马，横挡在蔡风的身后！

蔡风的眼角竟微微挑起一丝难以捕捉的神情，没有人能够读懂，那到底是什么意思！

当刀疤三发现对方这丝神情之时，一切都已经改变，的确是改变了。

所有的事情都似乎出乎众人的意料之外，蔡风没有死，的的确确没有死！

这并没有什么令人费解的，一切都是极为自然之事，死的不是蔡风，而是那匹马，那匹横在蔡风身后的战马！

原来，就在蔡风便要撞到战马的身上之时，蔡风的身子突然弯曲了，像是一张拉满的弓，竟在间不容发的空当之中，自马胯底倒穿了出来，这一招有些出乎刀疤三的意料，他没有料到，蔡风竟将马的步伐与距离算得如此之准，在他认为便要将刀刺入蔡风的身体之时的一刹那间，蔡风竟不见了，然后他的刀就无情地将那高大的战马连马鞍一起劈成了两截。战马的惨嘶声犹没有它所喷出之血液飞溅得远。

蔡风没死，但满身是血，是战马的血！无可避免地，他躲不开鲜血的淋溅。

刀疤三极为恼怒，但他也没有办法，事实已成这个样子，恼怒已经不再是解决办法的良策。当他从四射的马血中冲出之后，眼前却是一团漆黑。

那是蔡风的黑色披风。不过，此刻已经沾满了战马的血迹。披风便像是一张罗网，迎头罩至，根本就不给刀疤三任何考虑的机会。

刀疤三心底不由得一阵长叹，他知道自己已经再也没有机会杀死蔡风了，他已经失去了那最好的机会，此刻恐怕连先机都会失去，但这也是没有办法的事，他必须出手，必须将眼前这披风割碎！

“呀……”刀疤三一声狂吼，层层叠叠的刀浪破开披风，如潮水一般透过带血的披风。

满天飞舞的不再只是黄沙与鲜血，还有若起舞之蝴蝶般的披风碎片飘在风中，组成了一道惨烈的景色。

刀疤三见到了光亮，破开披风便见到了光亮，但却比正午的骄阳更亮上数倍。

不是天光，而是剑光，蔡风的剑，以一种无可抗拒的魅力向四周散射！

剑，漫天都是；光，耀满了所有的空间，变成了一种极虚幻的场面。

杀机弥漫了整个荒漠，也震慑了所有的人。

刀疤三感到一阵无力的虚弱，对方的剑竟来自他的心中，然后才是那狂野得无法分清是虚是幻的光电。

“当……”只一声爆响，然后虚空之中便是“嗞嗞……”剑气的鸣叫，构成一种特别的氛围。

剑光吞噬了刀疤三，剑光也吞噬了蔡风自己，唯有四周黄沙的翻滚，才真的让人感觉到战况的激烈。

所有之人的心都悬了起来，都在等待着这似乎梦幻的结果。有人在猜测，有人在期待，但谁也无法放开心神，无法移开目光。

“叮……叮……”一阵激动人心的爆响，夹杂着几声闷哼，黄沙突然四散爆了开来。

剑雾寂灭，露出了蔡风与刀疤三的身形。

蔡风依然是那般平静，看不出任何胜与败的喜悦与痛苦，便像是任何事情都未曾发生过一般，只是剑上缓滴的鲜血告诉了人们，刚才发生了一场惊天动地的决战。蔡风的目光也是那么平静，只是带有少许的自信与傲意，但这绝不减少他那份自然恬静的气势。

刀疤三却显得有些狼狈，但没有死，这是事实。至少，他眼神之中的痛苦与疑惑告诉了人们，他还活着，虽然一动也不动，但他的确还活着，那种高手的气魄虽然已荡然无存，可谁也无法否认，他刚才的那一战是多么的精彩，他身上的衣衫有些凌乱，不是因为没穿整齐，而是因为衣服全部破了，至少上身的衣衫已全部破了，如一条条布带一般自身上垂下，显得极为碍眼。

他身上只有两道剑痕，一在胸前，一在后背，血依然在流，但却没有致命，这本是致命的伤，只要任何一道剑痕再深入半分，他便不会还在站着，但是此刻他仍在站着，刀也在手中握得极紧。

“你为什么不杀我?”刀疤三声音有些虚弱地问道。

蔡风吸了一口气，道：“我们并没有仇，更何况，我还想用你去做一桩买卖，所以我不杀你!”

“你以为我肯与你合作?”刀疤三冷冷地望着蔡风，有些冷漠地反问道。

“你别无选择!”蔡风的声音极为狠厉。

“但我仍可以求死!”刀疤三并不屈服地道。

“那个我不必管。”蔡风并不受威胁，反而那种轻松的意态将刀疤三给怔住了。

伫立了良久，刀疤三禁不住扭头望了一眼随他而来的那群马贼，此刻能够战的，只有三十多人而已，而对方仍有二十位好手并未曾受伤，在人数上，他虽然占据了优势，但他却明白，在实力上，他绝对无法胜过蔡风，这一点他还有些自知之明。

黄沙微漫，暮色将沉。蔡风手中的剑依然微微地垂着，但那种苍茫的气势，让人总有一种难解的韵味，说不出是什么感受。不过，少不了有些压抑。

风很寒，自四面攻至，欲裂衣而入，蔡风没有说话，只是冷冷地望着刀疤三。

任何人都可以感觉到蔡风杀意在增长，但却有些不明白，依刀疤三的话来看，蔡风明明有杀死他的机会，但为什么要放弃呢？而此刻又杀机上涌，岂不是自相矛盾之举吗？但世间，人不明白的事情多着了，又岂能一一了解？蔡风再动杀机，也并没有什么大不了的。

刀疤三微微吸了一口气，冷漠地问道："你要用我做什么买卖？"

蔡风这才稍稍缓和地吁了一口气，道："我要用你向破六韩拔陵交换一个人！"

"交换一个人？"刀疤三似乎也松了一口气反问道。

"不错，至于交换一个什么样的人，那你知不知道都无所谓，那由你的部下回去禀报便行了。"蔡风悠然地道。

"你要我跟你走？"刀疤三的脸色变得有些难看地问道。

"这是唯一的选择。"蔡风极为轻松地道。

"头领，不要答应他的话，大不了我们一起战死！"立在刀疤三身后的一名汉子急切地道。

"想死？那并不是一件难事，如果你需要的话，我可以帮你一个忙！"蔡风傲然地道。

第四十六章　风荡荒野

刀疤三手掌一举，冷然道："你们不用说了，听我的命令，回城去见大王，便说我被蔡风所抓，他要怎样悉随大王之意，说我刀疤三绝对不会有任何怨言!"

"头领……"那几十名马贼，不由得急切地低呼道。

蔡风微微有些欣赏之意地望了望刀疤三，淡漠地道："果然是一条汉子，那你自己制住自己的穴道吧。"遂又扭头，不无得意地望了望刀疤三身后的那群马贼。

刀疤三微微一愣，伸手真的制住了自己的穴位。

蔡风亲眼看着他落指身上，这才向那三十多名马贼喝道："你们回去见过你们大王，便告诉他，若想要他兄弟的性命，便拿鲜于修礼所送的一名叫'凌能丽'的姑娘，到大柳塔来换人，否则，他只能够收到他兄弟的尸体，而且，他永远不会有安稳觉可睡，这是蔡风的承诺!"

那三十名马贼禁不住全都向蔡风狠狠地瞪上一眼，满怀怨愤地扶起地上的伤者，准备踏上未曾死去的战马。

"慢着……"蔡风再一次低喝。

"你还要怎样?"刀疤三有些怒意地问道。

"你不必急，我是叫他们帮我带件礼物给破六韩拔陵与鲜于修礼!"蔡风极为温和地道，同时向长生打了一个眼色。

长生立刻会意地去提出鲜于修文那惨不成形的躯体，抛到众马贼的面前。

“鲜于修文！”刀疤三不由得骇然道。

“不错，便是他，只不过此刻他已经是一个废人了！”蔡风毫无感情地道。

“你废了他的武功?”刀疤三声音中充满怒意地问道。

蔡风扭过头来有些惊异地望着神情激动的刀疤三，反问道：“你和他有关系吗？否则你怎会如此激动！”

“你为什么要这样做?”刀疤三有些虚弱地问道。

蔡风吸了一口气，冷漠地道：“我与鲜于家族本无仇无怨，可是鲜于修文竟三番五次地要致我于死地，还派人来杀死我的恩人，俘走我心爱的人，便是他鲜于家族之人全部死绝也不够解我心头之恨！”顿了一顿，向众马贼喝道：“还不将他给我带走！”

破六韩拔陵极为冷静地望着鲜于修礼，眼中没有任何悲切之色。因为他知道任何表示都是多余的，任何语言都不足以平息鲜于修礼心头的恨火。

大厅中一片肃静，每个人的呼吸都似乎变得有些沉重，除了呼吸之声之外，便是木头碎裂之声。

那是鲜于修礼座下的红木椅，被鲜于修礼愤怒的手抓捏得寸寸裂开！

破六韩拔陵并没有说话，他甚至暗暗有少许的高兴神色，因为他知道，从这一刻起，鲜于修礼便不得不成为他的同伙，不得不与他站在一条共同的战线之上。

虽然，他已经成为北部六镇的大王，并封元真王，但他却很清楚，在北六镇仍存在着一股不可轻视的势力，那便是鲜于家族，而这一刻，鲜于家族已经无条件地要合作了，不为别的，就为他们一个共同的敌人——蔡风！

单单只有蔡风，自然不能起到什么大的作用，但蔡风身后的实力，绝对没有人敢轻视。只凭当今两大绝世高手蔡伤与黄海，便没有人敢轻视蔡风的实力。而更为可怕的是潜隐在关内的葛家庄的实力。没有人真正地了解葛荣的实力到底有多么深厚，甚至连葛家庄的产业有多少，也没有人知道，就连葛家庄的主人葛荣若不仔细翻查账目，恐怕亦无法明了。

葛荣是一个极为厉害的生意人，但也有很多人知道，葛荣更是一个极为可怕的高手，甚至有人传说，葛荣的武功并不在当今三大绝世高手之下，至少与哑剑黄海不会相差多少。江湖更暗传，葛荣本就是蔡伤的兄弟，师兄的武功可以独步天下，那师弟的武功，再差也不会差到哪儿去。

葛荣另一个可怕的地方，便是朋友多，五湖四海，三教九流，草寇命官，黑白两道，什么人物都有。而鲜于修礼却知道得极为清楚，这样的一个可怕人物，正是蔡风最强的后盾。试想，有谁还会不三思而后行呢？

破六韩拔陵心中也不好过，想到刀疤三被蔡风所擒，那么刺杀郦道元的计划便成了泡影，接踵而来的，便是军心民心的问题，更何况为了刀疤三的安危，他竟要向蔡风低头。

破六韩拔陵是个极其聪明的人，他绝对不会不答应蔡风的要求。这一点，蔡风知道得极为清楚，因为破六韩拔陵为了他的结义兄弟，若连一个小小的女人都舍不得，那会比郦道元的招安更让军心涣散。那时候，他身边的将领全都会为此而寒心，试想谁愿再去替一个无情无义之人卖命呢？破六韩拔陵这次若是送凌能丽换回刀疤三，不仅会让刀疤三为他更加卖命，还会表现出他的大义，肯为兄弟而受屈，这倒是一个收买人心的大好机会。只不过，他对蔡风的恨意却更加深了一层。

“大王打算如何对付他？”鲜于修礼有些怆然地道。

破六韩拔陵极为平静地望了鲜于修礼一眼，反问道：“不知道鲜于兄又有何高见呢？”

鲜于修礼扭过头去，淡漠地望了望窗外的天空，深深地吸了一口气，狠声道：“我要将他碎尸万段，否则无法消除我的心头之恨！”

破六韩拔陵一惊，骇然问道：“你想率大军前去？”

鲜于修礼这才凝目盯着破六韩拔陵，悠然道：“了解我的，还是大王！”

破六韩拔陵似是有些不敢相信地望着鲜于修礼，似是提醒似的道：“可是鲜于兄可考虑到了后果？那样岂不是要打草惊蛇？一个不好反而害了三弟的性命。”

“大王不用担心，虽然是大军行进，但我们可以绕过大柳塔，自河曲截断其返关之道，我要让他大漠风沙之中仓皇奔命!”鲜于修礼咬牙切齿地道。

“鲜于兄似乎没有考虑到，这种封锁对于一个顶尖高手来说，是没有用处的。更何况，关内大部分并不属我们的势力范围之内，府谷、神木两镇对我们的威胁也极大，而郦道元北来在即，我们岂能做出有失方寸之举？岂不会让天下英雄见笑吗？鲜于兄也知道，蔡伤、葛荣没有一个是好对付的人物。一个不好，我们还会损兵折将，这的确不划算，还望鲜于兄三思!”破六韩拔陵极为轻缓地道。

鲜于修礼不由得微愣了一下，吸了口气，有些黯然地道：“还望大王勿怪，修礼一时恨意填胸，过于冲动，疏于考虑，还请原谅!”

破六韩拔陵立身而起，行至鲜于修礼的身边，轻轻地拍了拍他的肩头，理解地道：“鲜于兄的心情我能够理解，蔡风这一招也太狠毒了些，此仇绝对要报！但我们却不能操之过急。蔡风这小子的确不是一个好对付的主儿，无论是手段还是智慧，他都不是泛泛之辈，我们绝不能低估他的能力!”

鲜于修礼手指的关节不断地暴出一阵声响，显出他正在激怒之中，但他的声音却变得极为平静地道：“那修礼便听凭大王的安排，只要能够将这小子碎尸万段，我愿意付出任何代价!”

“很好，有鲜于兄这句话，我便放心了。这次我一定要让他知道我破六韩拔陵绝对不是易与之辈！看他还能怎样逃过我的手掌心!”破六韩拔陵狠声道。

“大王这么有把握?”鲜于修礼也有些惊异地问道。

“如果计划不出问题的话，我想这小子此次定难逃噩运，但我们必须派出大量高手!”破六韩拔陵认真地道。

“大王准备硬拼?”鲜于修礼惊诧地问道。

“不错!”破六韩拔陵毫不否认地道。

“可是他会与你硬拼吗?”鲜于修礼有些疑惑地问道。

“那便由不得他，只要我们准备了充足的高手，沿途又有骑兵接应，便是蔡伤亲来，我也要让他无法安然返回关内!”破六韩拔陵自信地道。

鲜于修礼目光中溢出一种狂野无比的杀机，狠然道:“只要能要这小子的命，便是倾出我鲜于家族所有的高手也在所不惜!”

“既然是这样，那我们便去看看那姓凌的美人吧!”破六韩拔陵有些得意地笑了笑道。

“大王仍要将这美人还给蔡风?”鲜于修礼诧异地问道。

“一切都得照章行事，到时候三弟出来了，蔡风那小子横尸就地，美人还不是属于我们的?”破六韩拔陵应声道。

“大王所言极是!”鲜于修礼恭敬地道。

“出去，全都给我滚出去，我不吃就是不吃……”

“嘭……哐……”一阵碟碎碗裂的声音自房中传出，在一阵娇脆的吼喝声中，夹杂着几声宫女慌乱的尖叫。

鲜于修礼的眉头不由得升上了几许杀机，破六韩拔陵很清楚地把握到鲜于修礼那升起的杀机，不由得伸手搭住他的手，冷笑道:“这样难驯的小野马不是更有味吗?”说着一脚踢开房门。

“大王……”几个宫女骇然地跪下呼道。

“没你们的事，出去吧!”破六韩拔陵平静地道。

那几个宫女如逢大赦一般，惶然而出，唯有鲜于修礼、破六韩拔陵与凌能丽相对而立。

凌能丽鼓着腮帮，冷冷地望着破六韩拔陵与鲜于修礼，像是见到了仇人一般。

破六韩拔陵与鲜于修礼不禁全都被凌能丽这种神态给怔了一下，破六韩拔陵更禁不住心头暗赞她的天生丽质，同时也淡然笑道:“凌姑娘，不觉这个神态的确很美吗?”

凌能丽像是跟他俩赌气一般，立刻换上一副模样，沉静地道:“美不美关你什么事，你还不放我回去?”

鲜于修礼与破六韩拔陵见凌能丽如此天真的神态与语气，不由得大感好笑。

破六韩拔陵故意道：“姑娘难道不知道你已入了王宫，就要做我的王妃了吗？在这里有吃不完的山珍海味，有穿不尽的绫罗绸缎，有天下最珍贵的宝石，更有别人做梦都想不到的权力，难道还不够吗?”

“哼，王宫又怎样？王宫还不是人住的地方！王妃又怎样？王妃不过是一只可怜的宠物！山珍海味又怎样？吃多了还不如我家的咸菜萝卜，绫罗绸缎又怎么样？穿着自织自缝的粗布衣服还要暖和一些！宝石又如何？只有庸人才要宝石作陪衬，宝石能如人吗？宝石再好也只不过是一件死物！握着权力还得每天担惊受怕，有权力能长命百岁吗？有权力可以让死人变活吗？我不受别人支配，也不想去支配别人。你也别费心思了，没有什么可以让我留下！”凌能丽悠然而不屑地回应道。

破六韩拔陵与鲜于修礼不禁全都为之怔住了，他们没想到这么一个生长在大山之中娇气而倔犟的姑娘竟有如此的见地。这种超越凡俗的思想，又怎能令他们不感到惊讶呢?

破六韩拔陵深深地吸了一口气，心神从震惊和讶异之中抽回，反问道：“我现在不是已经把你留住了吗?”

凌能丽不由得冷笑道：“是吗？你能留住的只是我的躯壳，却无法留住我的心，要让我心甘情愿地留下，那才真是将我留下了！”

鲜于修礼不禁向破六韩拔陵望了一眼，却发现了破六韩拔陵眼中闪出一丝复杂难明的神情，竟似隐含了许多的爱慕。

“你认为怎样才可以让你心甘情愿地留下呢?”破六韩拔陵语气竟变得有些深沉地问道。他心中也不禁有些奇怪，他知道自己从来都没有如此地对一个女人以这样的语气说话。在他的眼中，女人始终不过是一种附属物，正如凌能丽所说，是一种可怜的玩物而已。是以，当鲜于修礼将凌能丽送给他的时候，他只知道她很美丽，便让人送至宫中，甚至在后来忘记了她的存在，而在这一刻他才真正地发现这个女人的与众不同，那种内在的美，远远胜过外在的美。他当然不知道凌伯本是一个读书极多的大学究，凌能丽自小便从父读书、学医，自然会口出如珠，又因生长于大山之中，没有那种大家闺秀的保守，更不会学什么三从四德，反而满是男孩子的野性。因此，对待事物，自有自己的一套看法。然而在这个时代中，反而更具有一种另类的吸引力。

凌能丽不由得端详了破六韩拔陵一眼，竟有些俏皮地笑了笑，道：“倒还有几分气魄，只是凭你们，怎么样都无法让我心甘情愿地留下。”

听了上句，鲜于修礼与破六韩拔陵倒也还微有些得意，可是听到后面一句，不由气得七窍生烟。

“你不怕我杀了你吗?”破六韩拔陵恼怒地道。

凌能丽反而得意地一笑，道：“我并不怎么看重生死，你如果要我死的话，不需要你们动手，我自己会来。我只要能够让你们生气，我便无所谓喽!”

“你……”破六韩拔陵从来都没有见过这么难缠的姑娘，不由得又好气又好笑，那种便像顽皮的孩子一般天真语气的确有些让人不忍心伤害她。

“那我要是让你生不能生，死也不能死，你又该如何呢?”鲜于修礼冷然插言道。

凌能丽粉脸一寒，漠然道：“我知道你是一个大坏蛋，什么事都做得出来，有种的你便杀了我！折磨一个弱女子算什么男子汉？难道你没有生母，没有妻女、姐妹吗？你这么折磨我，你敢面对她们吗？没用的男人，不知道上阵杀敌，反而跑到这里来吓唬一个弱女子，亏你还长得人头肉脸，有模有样!”

破六韩拔陵不由得哑然失笑地望着一脸阴晴不定的鲜于修礼，他们哪遇到过这般牙尖嘴利而又泼辣大胆的女人！这一顿骂只使得鲜于修礼羞愧难当，可恨凌能丽句句是理，又无从反驳。

“好一个牙尖嘴利的弱女子，今日真是让我大开眼界了，也难怪蔡风如此看紧你了!”破六韩拔陵淡然道。

“蔡风？蔡风他知道我在这儿？他怎么不来找我？”凌能丽一听不由得急切地叫了起来。

“哼，你以为他是神仙吗？只要他敢来这儿，保证他有进无出！”鲜于修礼狠声道。

“你这个大坏人，你敢跟他比武吗？只会躲在别人背后说人坏话，别以为将我关了几个月，我便会怕了你，要是蔡风来了，你肯定吓得躲出好远！”凌能丽一听到蔡风的消息，竟有些失了分寸，气极乱骂起来。

“你……”鲜于修礼涨得满脸通红，伸掌便要打，却被破六韩拔陵一手拉住了。

“你对蔡风很好吗？”破六韩拔陵语气有些冷漠地问道。

“这又与你有什么关系？”凌能丽反问道。

破六韩拔陵为之气结，但依然很平静地道：“要是蔡风死了，我想知道你会有什么样的反应。”

凌能丽神情变得有些冷漠地道：“那便等到那一天你不就可以看得很清楚了吗？”

鲜于修礼不由得大为愕然，想到这两个大男人都无法对付一个女子，倒也觉得好笑。

“可是你以为你等得到那一天吗？”破六韩拔陵反问道。

“那又是另外一回事。”凌能丽丝毫不卖面子地回应道。

“好厉害的一张嘴，我发现自己竟真的有些喜欢你了！”破六韩拔陵毫不避讳地道。

“那样你会很失望的！”凌能丽极为轻松地道。

破六韩拔陵禁不住大为发火，微怒道：“难道以我的条件还比不上小小的蔡风吗？”

凌能丽扭头望了破六韩拔陵一眼，竟露出难得的一笑，却并没有作答。

破六韩拔陵与鲜于修礼不由得一呆，瞬即恢复过来，沉声问道：“你笑什么？”

凌能丽黯然一笑，微有些苦涩地扭头望向窗外，沉默了良久，才淡然道："大王不觉得自己的想法很不智吗？以你的身份难道还要去与一个你认为不如你的人争风吃醋吗？更何况谁又能将两个人完全比较出来？正所谓萝卜青菜各有所爱，尺有所长，寸有所短，难道大王连这一点都不明白吗？我的笑，是笑大王认真了。"

破六韩拔陵与鲜于修礼不由全都无言以对，但心中却有一种极怪异的感觉。

破六韩拔陵深深地吸了一口气，似有些感伤地望了凌能丽一眼，毫不掩饰地道："要我放了你，可真叫我为难。"

"你要放我？"凌能丽惊喜地问道。

"可是天下间像你这般女子，我又到哪儿去找第二个呢？"破六韩拔陵叹了一口气道。

凌能丽见似有了一些转机，不由得忙应道："以大王的神武，想要找我这类的庸脂俗粉还不简单吗？"

破六韩拔陵目中射出两道极冷的寒芒，直直地盯着凌能丽。

凌能丽吓了一大跳，心头直冒寒气，急忙退后两步，有些惊惧地问道："你想干什么？"

破六韩拔陵似乎感到极为畅快，禁不住一阵大笑，半晌方道："若你是庸脂俗粉的话，那天下的佳丽恐怕全都是上不了台面的，我还不如去做和尚算了！"

凌能丽这才放下心来，却有些不好意思地笑了笑，道："是大王太过奖了，天下间像我这般的女子多不胜数，比我更好的也如恒河之沙，只要大王有心，又何愁他日无缘得识呢？"

"好，说得好，只要有心，何愁无缘得识？只遗憾近在眼前之人却不属于自己，的确是一种悲哀！"破六韩拔陵豪放地道。

"那大王是准备放我走了？"凌能丽急切地问道。

破六韩拔陵专注地望着她，有些怜意地问道："你真的很想走吗？"

凌能丽毫不犹豫地答道："当然。若我不回去，我爹肯定在家急得不得了啦！”

“好一个孝女，可是你知道这里是哪里吗？”破六韩拔陵淡然地问道。

凌能丽一呆，禁不住摇了摇头，眼中有些迷茫地指着鲜于修礼道：“我不知道，我只知道我被他们抓来有好几个月了，也走了很长的路，却不知道现在在哪里！”

“现在你想回去，还必须行过数百里大沙漠，更需越过千里荒原，你能走吗？”破六韩拔陵有些怜惜地问道。

凌能丽不由得呆住了，有些不敢相信地问道：“你是在骗我的，对吗？”

“我为什么要骗你？事实便是如此。我若骗你，你岂不会又说我只知道欺负恐吓一个弱女子，那样我岂不是又要挨骂了？”破六韩拔陵神情极为缓和地道。

“那这里是在哪里？”凌能丽神色有些仓皇地问道。

“这里是怀朔镇。”破六韩拔陵轻柔地道。

“怀朔镇？”凌能丽有些黯然地低念道。瞬即又笑颜一展道：“我不怕，试想若是大王有心放小女子的话，又怎会让小女子徒步而去呢？想得天下者，先得体民心，爱民如子。试问，大王若是让小女子独行于千里荒漠之中，岂不是等于让小女子送死吗？这样大王又于心何忍？”

破六韩拔陵与鲜于修礼禁不住愕然，哪里想到她又抬出大义出来，不由得又好气又好笑。破六韩拔陵意味深长地道：“我自然不想你去送死，所以我不想让你走。在这里，你想吃什么有什么，想穿什么有什么，什么都不用愁，岂不更好？可你硬要走，我又有何法？欲得天下者，要体民心，爱民如子，自然不错。可是我这般待你，难道还不算是爱民如子吗？我不想我的子女出外冒险，所以便将之留在身边，这有错吗？”

这回该轮到凌能丽愣住了，但却不死心地反驳道：“可是大王能够不去体谅孝心吗？你也是做父亲的，你便不理解一个做父亲的那种失子之痛吗？你能忍心看着一对父女在两地苦苦思念、寝食不安吗？这能算爱民如子吗？爱民如子不是剥夺他们的权利，而是满足他们合理的心愿，成全他们的美事。当然，大王日理万机，自不会能让天下百姓都满足，但站在你面前的，而你又清楚知道的这点小心愿也不能够做到，还何谈体天下民心？为天下百姓安生着想？万事从小处看起，小的都做不到何谈大事？大王难道想让天下百姓失望?”

破六韩拔陵与鲜于修礼禁不住瞠目结舌，愣了良久，才缓过一口气来，由衷地赞道：“区区一个女流之辈能有如此见地，真是叫我叹为观止。如果姑娘肯留在本王身边，本王愿意将你的亲人全部接至宫中，锦衣玉食，荣华富贵言之不尽，不知姑娘意下如何呢?”

凌能丽转过身去拉开窗子，破六韩拔陵却极缓和地坐在一张大椅之上，鲜于修礼立于他的身侧。

“大王想来也是通读汉书之人，只听大王言语之利，想我所说不错，大王可知当年靖节先生对菊是怎么说的?”凌能丽毫无喜色地道。

“菊，乃花之隐者！陶靖节以菊自居，只喜田园不爱官，本王自然清楚！”破六韩拔陵淡然道。

“我爹也极喜欢植菊，虽无靖节先生之才华，但却喜以靖节先生为楷模，荣华富贵只不过是过眼云烟，只要活得自在，活得坦然，哪怕是咸菜萝卜也可吃出山珍海味的味道来。反之，便是山珍海味吃起来，也会像满口泥沙，我想大王不会不明白这个道理，对吗?”凌能丽恬静地道。

破六韩拔陵仰天喟叹，有些失望地道：“如果，我只想让姑娘助我处理军机与朝政，没有他求，那姑娘可会反对?”

凌能丽怔了一怔，扭头嫣然一笑道：“世俗早已约定，大王想得天下，便不能在未成之前就有违常礼，这样只会落得笑柄以留天下，对大王的前程极为不利，我凌能丽何德何能，竟蒙大王如此看重。天下间奇人异士多不胜数，处理军机，把持朝政，何时轮到我这未见过世面而又毫无经验的丫头来着？大王说笑了！”

鲜于修礼眼中闪出一丝尊敬之色，竟有些后悔当初不该对她那般无礼，不过当想到鲜于修文武功尽废之时，心中又充满了无限的杀机。

“很好，姑娘教训得是，从来都没有人敢在我的面前说这些话，姑娘是第一个！但也是我最听得入耳的一个，只可惜，与姑娘有缘无分，想来，将会成为我这一生的心病了。我倒真的羡慕起蔡风那小子来，有如此的红颜知己，相信他这一生也便无悔了！”破六韩拔陵感慨地道。

“大王何出此言？今日大王若能送小女子回家，此大恩大德小女子岂敢忘怀？那样咱们不同样便是朋友了？”凌能丽悠然道。

“说得好！那我便送你去见蔡风吧！”破六韩拔陵吁了一口气道。

“真的？”凌能丽有些不敢相信地反问道。

“你看我像说假话的人吗？”破六韩拔陵也反问道。

“那他现在在哪里呢？”凌能丽有些急不可待地问道。

“大柳塔！”破六韩拔陵沉重地吐出三个字，目中却射出无尽的杀机。

“将军，有个自称蔡风的年轻人前来求见！”一名侍卫大步行入营中，单膝跪地恭敬地道。

“蔡风？”崔暹简直有些不敢相信自己的耳朵，凝声问道。

“不错，他的确是自称蔡风！”那侍卫重复道。

“带他进来！”崔暹有些意外而欣喜地道。

“是！”那侍卫忙立身而起，急速退了出去，唯留下崔暹独自在营中沉思。

片刻，果见蔡风大步行入营中。

“黄春风，果然是你！”崔暹欣喜地大步向蔡风行去。

“不，将军应该叫蔡风！因为我现在不再是将军的亲卫！”蔡风也很平静，但也稍稍有些恭敬地道。

“对，蔡风，黄春风已经死了，而蔡风却还活着！”崔暹很随和地道。

“将军果然是一切如昔，叫蔡风好生敬服！”蔡风爽朗地道。

“你总是神龙见首不见尾，招招出人意料，每每有惊人之举，今日前来，相信不会是重投我军中，对吗？”崔暹也爽快地笑道，同时挥手做请坐之势。

蔡风也毫不客气地向一旁的大椅上一坐。

“备茶！”崔暹毫无架子地吩咐道。

“将军客气了！”蔡风大感不敢消受地道。

“唉，若说是从前，恐怕连椅子都轮不到你坐了，但今日却不同，想当年蔡大将军对我崔某有知遇之恩，此刻，虽然在军营之中，但你我不必客气什么！”崔暹大手在虚空之中轻轻一摆，认真地道。

“那我便不和将军客套了，免得显得婆婆妈妈的。今日我前来，是想向将军征求一些意见与看法。”蔡风开门见山地道。

“哦，蔡风便直说吧，若是我能说的绝不会作丝毫隐讳！”崔暹有些犹豫地道。

蔡风淡然一笑道：“将军不必担心，我所问的问题并不会有任何有违国理军统之词！”

崔暹有些不好意思地道：“既然是这样，那我自然更安心，你问吧！”

“我想征询一下，将军对黄门侍郎郦大人这次安抚六镇之举，有什么看法？”蔡风毫不忌讳地问道。

“蔡风是指朝廷之举抑或是指敌方之应呢？”崔暹反问道。

“哦？”蔡风哑然失笑，补充道，“我想问一下，将军对这次安抚的结果作何评断！”

“哦，蔡风不觉得这些犹言之过早吗？”崔暹有些疑惑地问道。

“将军是如此认为？”蔡风凝目注视着崔暹的反问道。

崔暹缓缓转身行至己座，安稳地坐下，淡然道：“这的确不是我的认为！”

“那将军何不将自己的认为大胆地说出来呢？要知道，行军决胜千里，若无大胆的猜想，那么几乎并不是一个将军应该所有的习惯！”蔡风淡淡地道。

崔暹淡淡地一笑，并不在意地道：“你说得并没有错，既然如此，我也不必再说任何含蓄之词了。不错，我对这次招安并不赞同，因为我根本就不看好这次招安。郦道元虽博学多才，学术过人，但当一个人获得权力，且野心涨大的时候，所做出来的事情并不是那些只知安逸之辈所能想象的。”

“哦，将军何以有这种看法呢?”蔡风故作惊讶地问道。

崔暹冷冷地望了蔡风一眼，微哂道：“蔡风这次来找我问及此事，难道不是希望我能给你这样的答案吗？若非如此，蔡风又何必多此一举？那我们又有何可谈?”

蔡风摊手哂然一笑，道：“崔大将军果然法眼通天，一针见血地指出了蔡风脑子中的问题所在，倒令蔡风惭愧了。”

“蔡风何出此言？你只不过是想考考本人而已，那我也不怕你见笑，就谈谈我的拙见!”崔暹豪爽地道。

“洗耳恭听!”蔡风以极为庄重的态度淡淡地道。

“因为破六韩拔陵的野心并不是一朝一夕所酝酿的，一旦成事便不会打算回头，因此，不管朝廷作任何招降决定，都不可能动摇破六韩拔陵的野心，除非让破六韩拔陵称帝，统治天下！否则，若想让他在这声势正旺之时，交出兵权，从容接受招安，那全都是痴人说梦，不合实际!”崔暹深沉地道。

“好，果然看得透彻！虽然未知结果，但我却深有同感。可这不该又在何处呢?”蔡风反问道。

“哼，那些只知道享乐之人真是不识大体，招降并没有什么不对，但招降的时机却掌握得完全错误。破六韩拔陵此时正气势大旺，各方小贼全有依附之势，而朝廷今日虽说是招降安抚，难道不是在表现自己的恐慌与懦弱吗？这样一来，岂不更增强了敌人的凶焰，也就不可忽视地增强了对方的战斗力，这岂不是越弄越糟吗？不明天理者定会认为朝廷害怕破六韩拔陵，才会出此下策，因此，这只会使事情越演越糟。因此，我很反对安抚之事!”崔暹不屑地道。

“崔将军的见解果然不同常人，蔡风的确有如此感觉。不知道将军可想消灭破六韩拔陵这一干贼子呢?”蔡风淡然问道。

“你这问话不觉多余吗?”崔暹有些不高兴地道。

“那我有一个计划，而且已经有了初步的行动标准!”蔡风神秘地道。

“什么计划?”崔暹惊喜而急切地问道。

“如果你需要帮助的话，我可以调派速攻营的兄弟协助你！”李崇认真地望着蔡风，眼中射出坚决而敏锐无比的神光。

“谢谢大人的关爱，蔡风的事蔡风自己会解决，只要大人能够打通朝廷的环节，相信事情很快便有转机的。而此时，破六韩拔陵定会疏于应付，只要我们能抓住时机比他们早一步与阿那壤达成协议，不用说破六韩拔陵，就是那凶悍无伦的柔然铁骑，也绝不会有好日子过！”蔡风肯定地道。

“很好，蔡风智计果然不同，眼光独到。看来，军中立你为英雄并没有选错人！”李崇欢快地道，一旁的崔暹也忙附和着。

“大人厚爱，蔡风不敢稍忘，只要能够效力之处，蔡风也绝不会退缩。若大人没有什么别的吩咐，蔡风想先行赶去大柳塔，以作万全安排，我想破六韩拔陵绝对不会善罢甘休的。若是蔡风不能得以生还，那便让大人他日代我割下破六韩拔陵的人头！”蔡风神情极为坚决地道。

“蔡风此去万万要小心，我便在平城为你准备洗尘之酒宴，待你平安归来，咱们痛饮百杯！”崔暹强装笑脸，有些伤感地道。

“将军之情，蔡风心领了，蔡风定会保住残躯回到平城陪将军饮个尽兴！”蔡风立身而起，向李崇、崔暹、崔延伯诸人分别抱拳，豪气干云地道。

“蔡风莫忘了速攻营中还有数百兄弟等着你与他们痛饮呢！”崔延伯插口笑道。

“两位将军代我蔡风向众兄弟道谢，蒙他们看得起，来日若有机会，定不会错过与他们同乐。只愿他们以勤勉己，以民为重，他们都是国家之栋梁，好好地珍惜自己所在的位置！”蔡风再次补充道。

李崇见蔡风执意要走，知道无法挽留，便自帅座上立身而起，洪亮地道：“好，既然蔡风执意要走，我们便送你一程吧！”

“不必叨扰大人与两位将军，蔡风此来并不希望有太多的人知道，以免横生枝节，对今后行事大为不利。蔡风即是悄悄地来，也便悄悄地走吧！”蔡风认真而诚恳地道。

崔暹忙道："那蔡风便走好，我们也就不送了!"说着重重地拍了拍蔡风的肩头，朗声道："记住，保护好自己，咱们有三百杯之约!"

蔡风重重地点了点头，他很明白崔暹在拍他肩膀的动作之中所含的情谊，那是一种完全的信任。但他更明白，这可能是因为他父亲的缘故，崔暹本是性情中人。

"我这里有面金牌，给你留用!"李崇慎重地从怀中掏出一面金光闪耀的牌子，庄重地道："有这面金牌，凡我魏境的边防将士都得听命，且有一次可调动五百兵马的特殊作用，望蔡风好好地保存起来，若不需用到当然更好，若须用的话，蔡风便不必客气！这令牌上到将军下到士卒都得听令，对偏将、镇军以下的官员都有生杀大权，千万别丢失!"

蔡风凝重地接过金牌，再慎重地揣入怀中，感激地道："蒙大元帅信任，蔡风感激不尽，我定会好好珍惜和利用这块金牌，请大元帅放心!"

"我相信你定能够像你父亲一般纵横天下!"李崇伸出大手，重重地搭在蔡风的肩头，含笑道。

蔡风心中一阵激动，但他却知道自己这一切的得来只是因为他父亲，及那强劲的后盾。没有那股暗存实在的实力，李崇与崔延伯这等骄傲之人绝对不会待他如此之好。这一切似乎只是一种笼络的手段。不过，蔡风并不在意这一切，他现在要做的，便是用好手中的每一颗棋子，完成一项极其艰难的任务。

他只有一个想法，那便是救回凌能丽，然后便不再去理那些野心家们的事，他只想清清静静地做一个山野猎人，过着只羡鸳鸯不羡仙的生活。至于什么金牌，便是玉玺他也不会在乎。

"就此别过了，元帅、两位将军!"蔡风再次打声招呼，转身不再看三人的目光，大步如流星般走出厅门。

……

漠外的风，并没有丝毫的减弱，呼啸嚎叫般惊心动魄。

大柳塔，位于长城之外。镇不大，在这战争纷繁的世道中，小镇之中，早已人丁尽空，偶有瘦弱的小狗疲弱不堪地摇晃着走过大道，也许是幸运，竟逃过了那些饥饿的魔爪，未被果腹而食。

处处饥荒，处处战乱，天下间，似没有一块安静的乐土。百姓的起义并不是一个偶然。

长街之上，寒风簌簌，几片破败的木屑在风中翻腾、旋舞，饥饿得只剩下一张皮的野狗，静静地趴在墙角之下，绝望地望着那些凄凉的破屋，瑟瑟地发着抖。

偶有飞鸟经过，但那孤寂的掠影，更为这小镇增添了几分凄凉。

有微微的脚步，踏破了寒风的旋律，也惊醒了似在沉睡中的小镇。但一切，除了孤寂、清静与凄凉之外，似乎并没有增加一点什么。要说增加，那便是多了一个人，一个极为冷漠的人，便像是一团寒风中凝结成冰的水。自脸上、自全身的每一个部位都透着莫名的寒意。

孤孤单单的一道冷漠的身影，静静而立，在风中，在死寂的长街之上，变成了一处独特的风景。

不知道来自何方，不知道将去何处。似是一个沦落天涯的弃子。

那刀刻般的皱纹，被镀上了风雪的沧桑，显出一种不同寻常的坚毅。那本闪烁着寒芒的眸子，在这一刻竟缓缓地闭合着，显得十分沉稳，似是在倾听着这个小镇那神秘脉搏的震动。

远处，隐隐传来一阵低沉而沙哑的马嘶，在抽象的空间，放纵成另外一种静谧的喧响，像是来自异域的音符，但却轻轻地震动了这个神秘人物的心弦。因为他的眼珠不经意地颤动了一下。不过，他依然是那样静静地立着，就如一株未倒的枯树。

第四十七章　兵临长街

寒风依然在吹，刮过那些死寂的房顶时，也偶有“呜呜”的鸣响，显出一种极为异样的色调，微微掀动着神秘人物那长长的淡黄色披风，拂动成一种极有动感而且美妙的纹理。

那伏在墙檐下瘦弱不堪的野狗，似乎感觉到了一种极为不安的情绪，也似感染了这种情绪，而显得有些不安与惊惧，用那种有些迷乱而昏暗的目光盯了那神秘人物一眼，竟摇晃着用两根拇指粗瘦得不堪承担身体的前腿撑起上身，才慢慢地移动着屁股，缓摆着两条后腿，微有些惊惧地挺直了身子，却被风吹得一阵踉跄。仓促立稳身子之后，才急匆匆地摇晃着身子艰难地向远处一个角落中行去。

这一切，并没有让那神秘人物稍动一下，似乎在那马嘶之后，他便已经渐渐死去，完全与眼前这个世界脱离，只是他的躯体并不倒而已。

马嘶之声渐近，那杂乱的马蹄之声也渐渐成了这死寂小镇的一道主旋律，惊碎了所有的沉默，却带来了一种极为不安的氛围。但那神秘人物没有动，依然静静地横立在长街的中间，任由那吹过的寒风，往拂起的那件淡黄色的披风上撞击。

蹄声已经击碎了长街的宁静，马嘶之声并不是很杂乱，而是极有秩序地嘶吟着，像是被长街的凄惨所震慑。

战马的铁蹄在轻轻地踏着，而且越来越清静。因为战马已经全都停在长街的另一头，很悠闲却又极为紧张地停在长街之上。

那立在街心的神秘人物，目光在这时候才缓缓地睁开，像是沉睡的死神般幽森。

战马，不止一匹；长街，似乎塞得很满，黑压压的一片，连吹过的寒风也无法露出。

“人呢?”那神秘人物自袖中伸出一双干瘦修长而显得无比沉稳的手，拢了拢披风，冷漠地问道。

“你是谁?”立在战马之上，走在最前面的中年人之声音也似是从长街中捞起的寒风。

那神秘人物的眸子之中闪过一丝冷漠的杀机，低沉地道：“我叫付彪，乃是蔡公子派我守候各位的到来!”

“付彪?”那中年汉子神色间微微有些迟疑地自语着，半晌才冷眼望了付彪一眼，极冷漠地反问道：“蔡风此刻身在何处?”

付彪目中有些轻蔑地道：“你是什么人?”

“本人宇文肱!”那中年人淡漠地应道。

“没听说过，破六韩拔陵为什么不来?”付彪极为傲然地道。

“你!……”宇文肱显然有些怒意。

“凭你也配问我们大王?”宇文肱身畔的一个年轻人插口回应道。

付彪并不生气，只是淡然一笑道：“破六韩拔陵来不来倒无所谓，可是所要交换的人呢?”

“所谓交换，乃要公平，我们的三爷呢?”那年轻人喝问道。

“你是什么人?”付彪斜眼望了那年轻人一眼，疑问道。

“宇文洛生，怎么样?”那年轻人傲然答道。

付彪目光扫过那近二十匹战马，同时将近二十人的容貌全都收在眼内，但却没有一个是熟识的。不过，他却知道眼下十数人中，没有一个是好惹的，不由得放声豪笑起来。笑罢方冷漠地道：“想不到破六韩拔陵竟会选择你们这一帮无名小辈前来探路!说来大概是因为他怕了!”说完并不再言语，只是极为潇洒地转身，迎着风，缓步而行，那淡黄色的披风，随风而舞成如一面大旗。

宇文肱与宇文洛生诸人禁不住大为愕然，没想到对方只说了这些，什么都未曾交代便要转身离去。

“站住！你要到哪里去？”宇文肱喝问道。

付彪的脚步并没有停，只是冷冷地道：“去该去之处，你们又能如何？”

宇文肱没想到对方竟将宇文洛生的语气给学了去，不由得气恨难消，怒喝道：“蔡风身在何处？难道他不想要凌能丽的命了吗？”

付彪缓缓地停下脚步，冷漠得不带半丝感情，道：“是你们不想要刀疤三的命！哼，没有什么人可以威胁到我，蔡公子已把此处事务交由我全权负责，你们根本没有丝毫诚意，我又何必再留于此处？”

“我不信！”宇文洛生沉声道。

付彪冷冷一笑，道：“信不信是你的事，是不是却是我的事了！”说着再不多说，举步便行。

宇文肱的脸色变得极为难看，向宇文洛生打了一个眼色。

宇文洛生立刻会意，摘下背上的弓，迅速搭上一支羽箭。

付彪并没有停步，依旧那般从容地向那长街的另一个尽头走去，似乎并不知道会有人自背后放暗箭。

宇文洛生眼中闪过一抹深沉的杀机，手中的劲箭毫不留情地飙射而出，当那“嗖”的一声之清脆弦音传入他自己的耳朵时，那根劲箭已只距付彪不过一丈远而已，速度依然未减分毫。

在马背上所有人的眼中，那便就只有一个结局——眼前这个骄傲而神秘的付彪一定会死于这支箭下！那是他们对宇文洛生的信任，也是对目前形势的分析。因为付彪似乎根本就不知道有这么一个劲箭的存在。

只是当众人正喜从心来的时候，却听到了一声极为清脆而让人心颤的声音！

付彪没有死，依然是那样极为轻松地向长街的另一个尽头走去，还是那般潇洒自然。

箭，在空中坠落，缓缓地自付彪的后脖之上滑落而下，在那淡黄的披风之上轻轻地震荡了一下，便落于付彪踩过的脚印之上。

没有几个人看明白了这是怎样一回事，但却知道箭是击在金属之上，因为那阵清脆而悦耳的声音正是因为那带铁的箭头击在金属之上才会发生的声音。

何来金属？付彪的脖子难道是铁做的，会有刀枪不入的硬功？很多人还弄不清楚，但宇文肱却看得很清楚，那是因为一柄刀！

一柄并不长的刀，也不怎么宽，但却有着一种莫测高深的魔力。来自何方，竟没有看清楚！

宇文肱不由得感到骇然，目光不由得向街旁那空洞如死的房子扫了一遍，却并没有发现任何异样。

“站住！”宇文洛生吼道，但声音之中竟有些微微的惊惧！

没有人敢追，那死寂的长街竟酝酿了无尽的杀机，似乎每一步都是一个难以破开的陷阱，是以，没有人敢追，没有人敢抬步向付彪的身后追去！

付彪再次停下身来，极为优雅地转过身来，冷冷地望了宇文洛生一眼，有些讥嘲意味地道：“怎么，你不敢跟我来吗？为何老叫我站住？何不多放几支烂箭玩玩？”

宇文洛生不由得脸色微变，心中极为恼怒，但付彪那一副莫测高深的样子，却让所有人心底有些发毛。

“你难道就毫不关心蔡风心上人的安危吗？”宇文洛生口气有些缓和地道。

“但是，你没有与我谈判的资格，连最起码的条件都没有！你甚至连最基本的诚意也欠缺。因此，我没有必要与你玩这一场游戏，你去叫有资格说话的人来，至少，我必须知道凌姑娘在你们的手中，而且还是很平安的。否则，一切都是免谈、空谈！”付彪毫不留情面地道。

“但是，我们也不知道我们的三爷是否安然无恙，否则让我如何相信你？”宇文肱冷冷地接道。

“这里可算是破六韩拔陵的地方，若是他对这些都没有信心，我想他还是卷起铺盖回家搂着老婆睡大觉好了，免得让天下英雄见笑！”付彪讥讽地冷笑道。

“你……”宇文肱声音有些激怒地吼道。

付彪并不理会，悠悠地再次转身。

“那我可不可以代为说话呢？”一个极苍雄而浑重的声音似乎是从地底中飘出来的，重重地击在付彪耳鼓之内，激荡得整个心弦狂震。

付彪的脚步这才真正地定在原地，缓缓地转过身来，极慢极慢，便像是在表演一个慢镜头。

不知道什么时候，他身后已多了一个人，一个极高大、极有霸气的人。虽然静立在三丈之外，但那种自对方身上散发出来的杀机已经重重地威胁到了他。

付彪的眉头微微皱了一下，目光也有些疑惑地打量着对面三丈而立的高大人影，却没有丝毫的惊讶。这一切，对他来说，似乎并没有任何可以值得大惊小怪的地方，就是那人来时的速度，与那无声无息的动作，也似乎并不能让付彪感到有丝毫的惊奇。

那人的两道目光便若冷电一般在虚空之中交缠着，漠然地注视着付彪，像是一只伺机待发的野兽，是那般沉稳，那般冷漠。

“破六韩修远！”付彪神情有些微微惊讶地呼道。

“游山黑龙的眼力并不坏，不知道我可有这个说话的资格呢？”破六韩修远冷漠地道。

“当然有，若是连破六韩修远都没有资格说话，恐怕，天下已经没有几个人有资格与我们公子说话了！”付彪哂然道。

“蔡风在哪里？”破六韩修远声音极为平静地问道，目光直盯在付彪的脸上。

“那凌姑娘又在何处？”付彪冷漠地回应道。

“我现在是先问你!”

“但我们现在是在公平交易，谁也不必想占什么便宜，只要让我知道凌姑娘完好无损，我们自然会让你见到安然无恙的刀疤三，这是极公平的。若是你有什么不满意的话，我们的谈判只能是不告而终，那种后果你自己应该比我更清楚。一个人为了一个女人而连自己最好的兄弟性命也不顾，我想，这个人便是再怎么威风也难服人心，难道你不觉得吗?”付彪极为傲慢地道。

“你是在威胁我?”破六韩修远冷漠地问道。

“如果你这么认为，我想似乎也并没有什么否认的必要，因为我并不是一个说假话的人!”付彪毫不在意地道。

“我又凭什么相信你，刀疤三在你的手中?又怎样相信蔡风将决定权交给了你?每个人都会说话，空口无凭之举，我们每个人都会。更何况你付彪的一向作风，江湖中不清楚的人似乎并不多，这便是叫公平交易吗?”破六韩修远不屑地道。

“说得也有道理，那要怎样你才肯相信呢?”付彪饶有兴趣地反问道。

“自然是见到刀疤三的人，才能够真的相信，否则，说得天花乱坠也不过是空洞之词而已!”破六韩修远淡然道。

“哦，想要见到刀疤三的人那极容易，但我要知道，在我让你们见到了刀疤三之时，你们要能够让我们看到凌姑娘，这样才叫公平!”付彪毫不放松地道。

“在我们见到刀疤三的时候，你们自然可以见到凌姑娘，难道，你还会怕我们不守信用?”破六韩修远冷冷地道。

“笑话，我付彪怕过谁来了?若是你们想要诡计，也无所谓，只不过后果便由你们去承担好了!我想应该是你们心中怕了，我没想到在你自己的土地之上，竟会如此婆婆妈妈，真是好笑。至少远来是客，多少要受些优待，可是你这处事方式却真是可笑得紧!”付彪有些狂妄地道。

破六韩修远神色微微一变，冷漠地道：“既然你这么说，我们便先让你们见一见凌姑娘也无所谓！”

付彪并不作答，凝目向宇文肱诸人斜斜地瞟了一眼，心神却渐渐变得若一井枯水般平静。他有一种感觉，一种战意的感觉。因为他无法把握当两方的人质同时出现后的局面将是怎样的一种形势。

战马显出一阵骚动，低嘶着向两旁分开，一辆篷车缓缓地从战马之间驰了出来，缓慢得几乎让付彪心神错乱。

篷车的帘幕低垂，但无论是谁都可以看清里面的人迹，但这人却是谁呢？所有的人都紧张了起来，无论是谁，在这篷车之中的人定是今日的重要人物。

篷车的帘幕缓缓地掀开，便像是在戏弄众人一般，一分一分地上移，使得所有人的目光都变得十分深远。

付彪却在不断地提醒自己，冷静！冷静！他的目光依然是那么深邃，似有着一种难以形容的穿透力，连破六韩修远都有些惊讶。

先是一双纤弱的手，晶莹白嫩，若玉般圣洁，那掀帘的动作是那般优雅，那般温柔。但付彪的眼神却有些变了，因为他知道，这双手绝对不会是凌能丽的手，绝对不会是！在别人的眼中，这一双手或许是完美无瑕的。这双手或许是妙不可言的，但付彪却知道，这绝对不是众人所想象的那般甜美、温柔。

那是一双杀人的手，一双充满了诱惑，充满了邪异魔力杀人的利器。付彪的眼神变得极为复杂，有些忧郁，有些……或许只有他自己才知道这眼神之中所包含的内容。

“玉手罗刹曾丽！”付彪不禁低呼道。

破六韩修远神色间更加惊讶，因为此刻篷车的帘幕并没有掀起，只不过露出了一双如玉的手，及一双绣着红花的小鞋而已，而付彪便能准确地呼出车中之人，这里与篷车相距十数丈，光凭此份眼力，这种惊人的判断便足以让所有人都为之心惊。

付彪余光扫见破六韩修远的神色，便知道自己所猜得并没有错。于是就不再言语，只是冷冷地等待着下文的出现。

当车中露出一身洁白的长裙之时，帘幕突然一下子拉起。

一张美丽如花却带着甜甜媚笑的脸容，在众人惊艳的目光中变得真实。那种勾魂摄魄的秋波，便若温暖的春风，拂过所有人的心头，却将所有人那原始的欲望自心底唤醒、复苏，那极尽挑逗的表情，似是想让所有的男人都为之下地狱！

付彪神情很冷漠，这样一个女人，这样入骨的风骚媚态，的确是人间的尤物，也的确可以让许多男人为之拼命，但付彪却知道，每一个打她主意的人，都会付出极为沉重的代价。

江湖中人很难忘记的一件事中，便有这玉手罗刹曾丽的故事。曾在江湖中名震一时的“神武镖局”之所以绝迹江湖，便是因为这张美丽极尽诱惑的脸蛋，也是因为这双无瑕却又充满魔力与杀机的手。当年“神武镖局”总镖头赵学青在江湖中可算是一位响当当的人物，就是他的儿子赵无极，也可算得上是一流好手，可是因为此子想轻薄玉手罗刹曾丽，却被这样一双美丽的玉手捏断了脖子。

江湖中自然没有多少人愿意相信，这样一双手居然有那般魔力，但事实终归是事实，就是赵学青也不相信，所以，他派人到处追杀这刚出道的玉手罗刹，可是没有一个人能够回来。当后来有人发现这些人的时候，一个个都成了断喉的尸体！每一个人都是喉咙被捏碎而死。赵学青这时候已经不能不相信，因为曾丽在他派出第三十个杀手时，已经来到了他的面前，仍是一双晶莹如玉的手，只不过，却充满了无尽的杀机！

这一战，赵学青死了，玉手罗刹曾丽也失去了踪影，但这前后三个月之中，玉手罗刹曾丽的名字却是响遍了整个江湖。有人认为，这一战之中，玉手罗刹也受了极重的内伤，所以她便也在这一战之后消失于江湖之中。

但这一刻，玉手罗刹却立在付彪的身前，做着一个极具诱惑的表情，似在极尽地展示着一个女人天生的魅力。

“想不到，名震河北的付二寨主也能记得小妹我，真让小妹感激莫名呀!”玉手罗刹的声音似乎将所有人都引入了一个难醒的梦中，是那般温柔，那般清脆，充满了一种勾魂摄魄的魔力。

破六韩修远的眸子之中竟闪出一丝妒火，似乎是因为玉手罗刹竟会对付彪说出如此体贴而温柔的话，但那只不过是一闪即逝的神色，却无法逃过付彪的眼神。

付彪心头暗笑，故意装作极为投入地道：“付某虽然小有薄名，但终归是男人，我无论如何也想不出理由来把玉手罗刹这个大美人从我的心底抹去！今日得见，足让付某眼界大开，深感以前的日子白活了!”

“哦，想不到付二寨主居然如此风趣，真是叫小妹大感意外，不过也真还很高兴!”玉手罗刹淡然一笑道。

“我哪敢在如此美人面前耍风趣，要是一不小心，便如当年赵无极那般被你的玉手……”说到这里顿了一顿，从那淡黄色的风衣之中伸出一双极为洁白修长的手，在虚空之中做了一个掐的动作，“这么咔嚓一下，岂不要完蛋了!”付彪眼中显出一丝微微的笑意。

“付二寨主真是见笑了，往事提起徒增伤感，今非昔比，便是小妹有这个心，对你，我也只能是自叹无力了。不过，我们今日不是来谈私事的，若是有机会的话，小妹再去请二寨主喝上几斤大漠的马奶酒，或是同下江南，饮它十坛女儿红也无所谓，只怕到时候二寨主不肯赏脸而已。”玉手罗刹那温柔得让人心醉之声音，却让破六韩修远脸都气得有些发青了。

付彪仰天一阵欢快的大笑，道：“美人相邀，便是上刀山、下油锅也绝不在乎，何况只是去喝酒呢？只要我付某仍留得命在，便是去天涯、去海角喝酒我也愿意相陪！哈哈……”

“付彪，刀疤三此刻在何处?”破六韩修远打断了付彪那得意的笑声，冷喝道。

“我仍未曾见到凌姑娘，为什么要告诉你呢?”付彪毫不客气地回应道。

“二寨主请看！”玉手罗刹款款地道，同时让开身子，再掀起一层罗幔。

付彪的身子微微颤动了一下，那正是凌能丽，那让任何男人都为之震撼的容颜，这一刻，却显得那般憔悴，但那自眼中所透出的坚强与无畏之色，更让任何人拜倒。

凌能丽果然也认出了付彪。那日付彪曾到过她的村中，还在她家中吃过一顿饭，因此她知道，这的确是蔡风的人。但她又能说什么呢？似乎一切都是如云如雾，对于江湖中的恩恩怨怨，她并不清楚，但她并不是一个傻子，知道眼前形势的复杂凶险程度！

“凌姑娘，他们有没有对你怎么样？”付彪声音居然有些微微颤抖，高声问道。

凌能丽依然没有开口，只是有些激动地摇摇头。

付彪朗声大笑道：“好，破六韩修远，既然你如此大方，我也不必太小气了！”说着仰天一声尖啸。

在众人紧张的戒备之下，长街的尽头，闪出了三条极为矫健的身影。

破六韩修远微微一震，眼中射出极为复杂的神情，低呼道：“刀疤三！”

众人却感到极为惊愕，因为，三人中，有一人是整个头全都罩在一个黑布袋之中，除这个人之外，并没有刀疤三的身影。而破六韩修远一口便呼出了刀疤三的名字，众人不再会怀疑，那被套住脑袋的人便是刀疤三。只是并不明白，为什么要将刀疤三的脑袋套住？

“破六韩修远果然是破六韩拔陵的好兄弟，单凭这份眼力，便足以让付彪心服了！”付彪淡然自若地笑道。

“你把他怎么样了？”破六韩修远厉声问道。

“我只是把他的脑袋砍了而已。”付彪开玩笑似的漫声应道。

“你……”破六韩修远说到此处，声音戛然而止，因为，立在刀疤三身旁的两个年轻人，已伸手揭开了刀疤三罩住脑袋的黑布袋，露出了那张刻了一道长长刀疤的脸容。

众人的目光不由得全都投向了刀疤三那微有些憔悴的脸。

付彪眼中微微露出一丝极难捕捉的笑意，破六韩修远未曾看见，因为他的眼中也闪出了一种难以抹去的得意之色。

付彪却瞧得很清楚，一丝不露地将破六韩修远的眼神，捕捉得十分清楚。

"老三，他们有没有对你如何?"破六韩修远高声询问道。

"不必太过操心，刀疤三只不过是被封住了几处穴道而已，其他一切都十分安好。要说有什么差错的话，那便是他已经有两顿饭未曾吃，因为一路上赶来时太匆忙，也便省去了这喂他吃饭的时间!"付彪极为悠闲地道。

刀疤三也跟着眨了眨眼，沙哑着声音道："他们不敢对我怎样!"

付彪冷哼一声，道："你未免将自己抬得太高了一点，我还未曾想过有我们不敢做的事情！但愿你不要有下一次，否则，你定会知道我们敢还是不敢!"

"哼，你游山黑龙还不放在我的眼里，下一次，最好你不要落到我们的手中，否则，我也会让你瞧瞧我们的手段!"刀疤三恨恨地道。

"我会拭目以待的。"付彪淡然自若地笑道。

刀疤三的目中闪过一丝狠辣的杀意，但却有些无可奈何。

"付彪，你是不是可以代替蔡风做主?"破六韩修远凝目盯着付彪沉声问道。

"你们此刻不是已经见到刀疤三了吗?"付彪这时似乎有些不耐烦地反问道。

"好，那我们便一起放人!"破六韩修远沉声道，同时神情微微有些紧张地望着付彪。

付彪淡然一笑，道："既然我们都走到一起来了，自然要实行换人的行动了，但是你不觉得这样极不公平吗?"

破六韩修远脸色微微一变，冷冷地问道："有何不公平？换人之举是你们所提，此刻不公也是你们所说，你到底还想怎样?”

付彪漠然一笑道：“贵属下全都雄踞战马之上，一副整装待发之举，这岂不是明摆着要在换人之后进行无情的攻击吗？那样，我便是将人换回，仍免不了会被你们重新掳去，那我换回又有何用?”

破六韩修远只气得脸色有些铁青，怒叱道：“若说你们未备战马，那岂不是天大的笑话吗？若是你们没有准备，你们岂会傻得自己送死?”

付彪不由得哑然失笑道：“破六韩兄说得真是有趣，那为什么你明知我们有了准备，还会坚持在此处换人呢?”

破六韩修远不由得哑口不语，神色间极为尴尬。

“那付二寨主要如何才肯交换人质呢?”玉手罗刹插口解开破六韩修远的尴尬之局面，淡笑道。

付彪这才收回目光凝于玉手罗刹的俏脸之上，极为冷硬地道：“事情极为简单，在长街之内不能有任何马匹存在，就是那马车之上的马也要解开，长街之外无论你们怎么运用马的灵活，我可不管，只要不再让我在长街之中见到马匹就行!”

“哦?”众人一阵惊哦，却想不到付彪只不过是如此一点小小的要求。本以为付彪会故意刁难众人，可是此刻这个要求的确不能算是过分，在长街之外便不受限制，这其实已经够宽松的了。

“好，既然付二寨主如此要求，也不算过分，那便由洛生将所有的马匹领出长街吧!”破六韩修远吁了一口气道。

玉手罗刹与凌能丽依然是停驻在四轮大车之上，但刀疤三此刻又被布袋罩住了脑袋，想到曾在大漠纵横驰骋这么多年，而这一刻却受到如此遭遇，令刀疤三满脑子中充满了杀意，但却又无可奈何，他知道对方绝对是不好惹的!

宇文洛生的办事效率极快，充分显示出一派高手的作风，没有半丝拖泥带水之举措。

玉手罗刹一声娇笑，单手轻轻一提凌能丽的手臂，便如两道翩翩而舞的风中粉蝶，在虚空中划过一道极为美丽的弧线，这才飘然落地。

“好轻功!”付彪竟禁不住由衷地赞道。破六韩修远眼中却露出一丝得意之色，但这一刻也为凌能丽那种出自天生的秀美而震撼。在这一刻之前，他从未想过，世间竟会有如此传说般的美女，总以为玉手罗刹的美已经是人间罕见，而这一刻，两人立在一起之时，高下立刻分明。那些士卒也大声叫好，所为的亦并不全是玉手罗刹的轻功，也是因为凌能丽那出自天然的绝美。

“二寨主过奖了。传说二寨主的刀可斩落疾飞的灵燕，可以剖开飘飞的秋叶，小妹这些微末之技岂不令二寨主见笑了。”玉手罗刹娇笑道。

“以刀道之称，武林之最，应首推‘怒沧海’，‘怒沧海’刀法又首推蔡伤蔡老爷子，传说仍有你们大王会使用这震古烁今的刀法，那么我这点小把戏，只会拿来贻笑大方了，唬唬小孩与无知之辈倒还可以，可是经你们这些行家看来，真是惭愧之至!”付彪淡然自若地回应道。

破六韩修远微有些得意地笑了笑，漠然问道：“现在可以换人了吧?”

付彪哑然一笑，道：“哦，可以，那便让双方各派一人同时向中间行进，这样想来，应该公平一些。”

破六韩修远打量了长街两端一眼，冷哼道：“谅你也耍不了什么花样!”

付彪哂然一笑道：“我只希望你不要耍花样，我便是万幸了。谁知道你是不是也会‘怒沧海’。一个不好，我岂不是连命都给赔上?”

“你知道便好!”破六韩修远傲然道。在他的眼中，的确不怎么看得起付彪，虽然付彪不可否认的是一名高手，在太行三十六寨之中，便数飞龙寨的名气最大，飞龙寨的三大寨主付彪排行第二，但其武功已远胜其他各寨头的寨主，只在十八洞之中有几人可以与付彪相提并论。但破六韩修远对自己的“怒沧海”极为自信，自视甚高，若是飞龙寨大寨主“天龙”刘高峰亲来，那又是另一回事。

飞龙寨之所以名动北国，便是因为这几个可怕的高手，天龙刘高峰、游山黑龙付彪、过江龙孙翔。其中以刘高峰为最，在蔡伤自江湖隐退之后，便隐隐成了黑道龙头之势，其武功，传说已有直追当今三大高手之势，而更在多年前，亲得蔡伤指点，其武功到底有多高，并没有几个人知道。因为见过他出手的敌人，全都再未在江湖之中出现过，知道他武功深浅的人，可能只有蔡伤一人而已，是以无论是谁都不敢小看刘高峰。但付彪又是另一回事，至少在破六韩修远的眼中就是另外一回事。

玉手罗刹的步子极为优雅，牵动着凌能丽的身子便如点水蜻蜓，轻飘飘地由地面之上滑过。

领着刀疤三的是长生，横眉冷目的长生。他整个人便像是一柄未开锋的剑，充满了一种浑重的杀意。

玉手罗刹竟忍不住多看了长生两眼，因为她自己绝对是个高手，可是自对方身上所散发出来的杀意中竟有一种难以解释的活力，这很特别，所以她忍不住多看了长生两眼。

长生的目光依然是那般冰寒，只是在望向玉手罗刹的眼神之中稍稍带了少许的诧异与暖意。或许是因为，每个人都会对美女有一种亲近的感觉吧，但这并没有减退他的那种杀意。步子极为沉重，似乎每一脚都能够将地面踏陷一个小坑，他整个人的气势便像是一只野兽一般，让任何人都知道，最好不要有什么坏主意。

付彪似极为满意，而留在原地的那名汉子，静静地立在长街的另一头，只是一只手稳稳地贴于腰际，在些微寒风之中，倒像是一株孤立的大树。

但没有人会怀疑那不是一个高手！

长街，在一刹那之间便变得紧张了起来，那拂过的风，似乎可以让每个人的思绪都颤抖起来。

付彪依然同破六韩修远静立于长街之中，没有谁稍稍移动一下脚步。

风微微地拂过付彪的淡黄披风，便如是一阵阵细碎的波浪在翻腾，给人的感觉是那般的优雅与生动。

凌能丽的眼中似乎暴射出一丝惊喜，却又似在极力掩饰着这种惊喜的表情，自然没有什么人去注意那微不足道的人质，付彪也没有，甚至在回避凌能丽的目光，而将视线转投到宇文洛生及宇文肱那一群人的身上。

没有人知道他在想什么，或许他什么也没有想，付彪此刻便如是一潭平静得没有半点生机的湖水，破六韩修远也有些惊讶。是因为在这一刹那间，他竟有些看不透付彪。

一切都很平静，只是微微的寒风如长街般变得更加肃杀，就像是长生的脚步声一般，鼓动着一种难以说明的频率，使这个春天显得有些生涩。

破六韩修远的嘴角也泛出一种极为莫测高深的笑意，很含蓄，却不是不可以发觉。

立于长街两头的人，几乎手心都快要冒出汗来了，谁也不知道，在交换的这一刻将会出现什么样的状况，会出现怎样的乱子。

杀机便在长街之中弥漫、增长、酝酿，像是一坛烈酒，只要有一个火星，很可能便会燃烧爆炸，后果没有人知道。

这里只是长街，但人人都知道，长街之外的杀机也不会少，对于付彪、对于凌能丽，那将是一段极其艰难的行程。

蔡风呢？这场事变的策划者蔡风到这个时刻仍未曾露面，这到底又是怎么回事？破六韩修远知道，蔡风绝对会来，绝对会出现！但在哪一刻，在哪里便无法知道了，正如他知道鲜于修礼绝对不会错过任何机会一般。不过他很放心，那是缘于他对自己的自信，对这个由破六韩拔陵所设的计划之自信。

长生渐渐地向付彪与破六韩修远靠近，玉手罗刹也逐渐向两人靠近。

长街的中心，便在两人立足之地，便在两人对立的场地之间。这是一种巧合，还是一种天意？但破六韩修远的脸色似乎有些微微地变了，那是因为他有一种预感，他也说不清楚，在突然之间，他便感觉到了一种危险的逼近。

付彪的眼神在这一刹那间竟若两道冷电，甚至比电更冷，比骄阳更亮。这正是玉手罗刹走近付彪八尺之内时的变化。

长生的目光也在一刹那之间变得有些疯狂，那本来冷若巨剑的杀机，在这一刻之间全都消失，取而代之的竟是一种难以说出的诡秘。

破六韩修远感到了不妥，玉手罗刹也在同一时间感到了不妥，但这些似乎全都迟了一些。

天地似乎在这一刻完全塌陷，那流过的风，那微扬的尘末，竟全在这一刻变得无比的疯狂，变得要命起来。

那是一个耀眼的黑暗，一个极矛盾又极自然的变故。不知道是什么样的光芒，但似乎刹那之间，天空之中似乎拥有了一百个太阳，而这些光芒毫无情意地聚集在一起，那种让任何人都心寒的光亮，在突然间升起，便制造了所有人眼前那股空洞的黑暗，便让天地之间的一切都变得不太真实了。

不仅如此，这长街的中心，竟充斥了无与伦比的劲气，那似是从每一个方向击出的气劲，相互交缠，竟似要将一切的生命都撕成碎片，挤成浆糊。

没有人能够形容出这种境界的可怕，没有人能在这种境况之中不为所动。所以，破六韩修远、玉手罗刹同时发出强烈的惊呼，他们根本想不到会有这般可怕的变故。

惊惶而惊讶、骇然而狂呼的破六韩修远口中所发出之声音几乎被这疯狂的劲气全部绞碎，但在那破碎的声音之中，人们仍可以组装成三个字，那便是“怒——沧——海”！

天哪，这居然便是“怒沧海”，便是那被誉为天下第一刀招的“怒沧海”，无声无息的“怒沧海”，就像是一片不灭的狂潮在不停地激荡，在不住地挤涌，在不断地撕扯。

谁的怒沧海？

是谁出的怒沧海？

是破六韩修远？应该不是！因为玉手罗刹已经感觉到了，那透体而入的可怕刀气，那似乎一下子透入脊髓，一下子寒透了所有神经与思绪，甚至连那虚幻的精神也完全被冻结了。她终于明白，什么是天下第一刀法，她终于品尝到了“怒沧海”的狂！“怒沧海”的野与霸！沧海一粟的生命是多么渺小，是多么无力。也品味到了使出此招的人那种博大若海的气势，那狂放若潮的野性！

谁使出的怒沧海？没有几个人知道。反正不是破六韩修远。破六韩修远很清楚，这绝对不是他干的，因为他此刻还未找到出刀的机会。虽然他对自己的刀招极为自信，虽然他同样会使怒沧海，但他却知道，就是他再苦下十年工夫，也无法使出这般凌厉得席卷天地的怒沧海，就是破六韩拔陵也不一定能够使出这样的威力！

那这是谁发出的刀招呢？难道是蔡伤？

玉手罗刹只感到一阵虚弱，一阵无力，她唯一可做的事情便是退。她的轻功极好、极好，就像是一只会飞的鸟鹊，就像是一片在风中轻浮的秋叶，但在这似无边无际的刀气之中，她有一种身不由己的感觉。什么东西都看不见，眼前只有白茫茫的一片，甚至连身边的凌能丽都无法感觉到，那似乎是另外一个世界的故事，而在这个世界之中，便只有一个人——她自己！只有她一个人挣扎在风中，挣扎在那无垠的海涛之中！

风很狂，呼啸的全是那空气被撕裂的声音，破六韩修远的刀终于出招了，一出手，便是“怒沧海”中最凌厉的一招，但他根本就看不到自己之刀的力量何在，他只能凭着直觉，去感知着周围的一切，却感到那莫测而可怕的白色陷阱，但他知道，他这一刀绝对有用，因为当他的刀划入眼前这片苍茫之中时，他便感到了那疯狂的压力减小了，这是一种可喜的变化，对于他来说，这的确是可喜的。

玉手罗刹想到了她的剑，从来都未曾用过的短剑，在这种无法抗拒的力量之中，她终于动用了她的短剑。

她不知道这是否有效，她不知道对方会不会给她活命的机会，她只觉得生命已经不再由她主宰，不再由她控制。

“当……”响声极大，但那传出去竟成了破碎的声音，没有任何节奏感，但却有着一种刺人耳膜的震撼，像是一柄无比锐利的刀在每个人的心上划了一下般。

玉手罗刹一声惊呼，她只感到手背一阵冰凉，她知道，这是对方的刀击在了她的手背之上。她的心立刻若沉入了千年雪峰之底，那是抓住凌能丽手臂的手，也是她一向引以为傲的杀人利器，可这一刻，对方的刀竟斩在了她的手背之上，这叫她如何不惊，如何不悲呢?

一股汹涌的气劲传入她的手心，再转至她的心底，一种麻木与虚脱的感觉之后，她便觉得自己飘了起来，比她用轻功飞翔更快更灵敏，就像是正在做着一场梦一般。

天地之间在刹那间的惊变之中再一次陷入了沉静，再一次恢复了长街的肃杀。

所有的太阳都已经消失，所有的气劲似乎在一刹那间全都不再存在，所有的人似都是刚从梦中醒来。

第四十八章　敌明我暗

玉手罗刹不由得呆住了，愣愣地不知所以，手中的短剑更短，那只抓住凌能丽手臂的手并没有失去，但她却知道，若对方要想杀她的话，她已经不再会是这么完好地立着，至少将她这只手斩下来便有十次机会。可是对方没有那么做，没有要她的手并且将她送出了刀气的范围之外。她不明白这是为什么，她也不想明白，因为到目前为止她连对手是谁都不知道。

破六韩修远愣愣地像中了邪一般，望着那失去了三寸刀尖的刀，似乎永远也无法从那可怕的噩梦中醒来。

“付彪与凌姑娘呢？刀疤三呢？”玉手罗刹似记起了什么急忙呼道。

破六韩修远这才苏醒过来，有些不敢相信自己眼睛似的望了望四周，却没有看到一个对手的身影，刚才与他们说话，与他们对骂的付彪，那押着刀疤三的长生与刀疤三，还有凌能丽，似乎全都凭空消失了一般，似乎全都被那强烈得让人心头发寒的白光吞噬！

“你们看到他们向哪个方向逃走没有？”破六韩修远这才想起立在一旁观看的宇文肱诸人，不由得急问道。

宇文肱也禁不住一脸迷茫，有些惊恐地道：“属下未曾见到，只是看到那强光突然而现，后来，便是现在这个样子。”

破六韩修远怒气不由得上涌，但看到众人全都是一脸迷茫，不由得强压住怒火，冷喝道：“曾经立在长街那一头的家伙呢？”

“王爷，属下们的视线全都被强光所阻，根本无法看清长街那头的景物。”宇文洛生解释道。

“饭桶！全都是饭桶！这么多双眼睛，竟然看不到对面几个大活人，你们长着眼睛只是为了配样子吗?”破六韩修远怒吼道。

宇文肱与宇文洛生诸人全都把头低得很低，没有人敢吭半声。

“王爷，何必动怒。你看，那是什么?”玉手罗刹温和地指着地上两片膜纸道。

破六韩修远一望玉手罗刹的目光，禁不住软化了下来，顺着她所指的一看，不由得惊呼道：“面具!”

玉手罗刹一愣，立刻从怀中掏了一双鹿皮手套，拾起两片膜皮，惊呼道：“付彪!”

“付彪?”破六韩修远一震之后，快速移步至玉手罗刹的身旁，惊问道。

“不错，这面具乃是极精巧的做工，正是付彪的外形，只可惜，已经被刀气斩裂，而在那疯狂的刀气狂绞之下，竟自对方的脸上绞了下来!”玉手罗刹骇然道。

“付彪是假的，那他是谁?”破六韩修远惊异地问道。

“蔡风，我想他应该是蔡风，只有蔡风和蔡伤会有如此可怕的怒沧海，而蔡伤绝对不可能化妆成别人，那么这人便一定是蔡风！我们一直在找他，其实他却就在我们面前，王爷不记得洛生射出的那支劲箭是什么挡住的吗?”玉手罗刹肯定地分析道。

“刀，一柄很古怪的刀!”破六韩修远想了想道。

“不错，正是一柄刀，其实那刀并不古怪，只是因为它太快，太突然，来不知其始，去不知所踪，所以便觉得古怪，而付彪就算是再厉害，也不可能有如此鬼神莫测之机的刀法。因此，他便是蔡风无疑!”玉手罗刹继续分析道。

破六韩修远的目光之中显出无限的杀机，更多的却是几分惊讶与骇然。

玉手罗刹的表情却有些阴晴不定。有惊、有喜，或许这一刻连她自己也无法读懂自己的心情。

“那他们怎么会突然消失呢?”破六韩修远有些惊疑地问道。

玉手罗刹也有些迷茫，茫然地摇了摇头。

“快，给我在这几排房子中去搜！一定要找到他们的下落！”破六韩修远似乎想起了什么。

玉手罗刹也似有悟，附和道：“对，他们可能是钻入了这两旁的房子之中，大家小心搜查，不得有误！”

宇文肱与宇文洛生一听此等吩咐，心头不由得罩上了一层阴影，想到对方可能是蔡风，那可怕的刀法，几乎没有人自信能够在那样的刀法之中逃生，若是此刻去搜，万一遇上蔡风，那便只会是死路一条。但这也是无可奈何之事，寄人篱下，就得为人卖命，虽不怎么情愿，可仍不得不领着众人扑入屋中。

玉手罗刹与破六韩修远静静地立在长街之中，那寒冷的风并不比他们的心更寒。

蔡风的确是一个极为可怕的敌人，无论在武功还是智计方面都是那般可怕，那般惊心动魄，每每都会有出乎人意料之举。

对于付彪，这玉手罗刹与破六韩修远自然不怎么放在心上，也便因此起了轻敌之心，但蔡风就是利用敌方这种轻敌之心，一举出击，造成人的心理混乱，如此便可轻易地救走凌能丽，同时更将刀疤三重新带走。这一下子便全都打乱了破六韩拔陵的所布战局，谁也没有想到，蔡风竟也会如此不守信用，耍这样一招。

破六韩修远狠狠地道：“他跑不了的！”

“可是刀疤三依然在他的手中，我们不能不投鼠忌器！”玉手罗刹提醒道。

“若是蔡风永远都不讲信用的话，我们岂不是要永远受制于他？死有重于泰山，轻于鸿毛，若要我们这么多兄弟因为老三一个人而去死，那岂不是让天下人寒心。若是能以他的性命换取蔡风的性命，我相信他也定会瞑目于九泉了！”破六韩修远冷漠地道。

“可是我们如何向大王交代呢？”玉手罗刹再次提醒道。

破六韩修远眼角闪出一丝怨毒之色，但一闪即灭，之后竟变得有些无奈，淡然道：“成大事者岂能拘小节？大不了，我向他请罪，但却不能够放过蔡风，无论谁都知道，这个人的可怕之处！”

“若是能够杀死蔡风那自然是好，但若是计划无效那可能便会赔了夫人又折兵……”

“不会，计划不可能会失败，只要等到大王查出他们的下落，我们便会杀得他们片甲不留，让他们知道，我破六韩家族绝对不是易与之辈！”破六韩修远恨声道。

“王爷，这房子里有条地道！”宇文肱大步从一旁的房子之中行了出来，沉声道。

“地道?”破六韩修远反问道。

“不错，依属下所见，这条地道应该打通并不久，只不知道已通或是未通。”宇文肱如实地回报道。

“可有人下去查探过?”破六韩修远淡然问道。

“没有，为了兄弟们的安全起见，属下不敢擅作主张派兄弟们下去查探！”宇文肱诚惶诚恐地道。

破六韩修远似乎极为满意地点了点头，吩咐道：“迅速去大营找一队人马。”

宇文肱心头一宽，迅速向长街的尽头奔去，行到长街口，从怀中抽出一支烟花向天空中投去。

“轰……”地一声闷响，那支烟花在虚空中爆开，一幕极浓的烟雾在天空中经久不散。

片刻，远处传来了急促的马蹄之声，似乎只不过眨眼间便来到了长街口。

破六韩修远似乎极为满意这种速度，也只有这种速度的人，才可能办事有效率。

几十名大汉自马背之上飞速跃下，恭敬地道：“属下见过王爷！”

“好，给我起来，在此交给你们一件极为重要的任务！”破六韩修远沉声道。

“请王爷吩咐，小人等上刀山、下火海不敢稍退！”一名极为健硕的汉子洪声道。

“好，刘军旗，便由你负责，我希望你能带他们去探查这房间里的一条秘道的尽头在哪里?”破六韩修远淡然道。

那被称作刘军旗的汉子脸色微微一变，却并无半句多余的话，转身对身后的诸人严肃地道：“你们迅速去准备一些柴草！”

那些人立刻明白将会发生什么事，二话没说便冲入屋子之中，有的将房顶的茅草掀下，有的却将一些木头全拿到一起。

“王爷，可如果三爷也在其中，那岂不是会让他也受累吗?”玉手罗刹急切地问道。

破六韩修远无可奈何地道：“这也是没有办法的办法，我们不能让这么多人白白送死，何况用烟熏只是先试探一下虚实而已，并不是真的要用烟熏出他们不可。”

玉手罗刹知道事已成定局，已经是无可更改的事实，不由得微微一阵轻叹，不再作声。

刘军旗很快就将堆于一起的柴火在地道口架起，几人拿着大门板做扇子，将烟尘向地道之口猛灌。

大家忙了几近半个时辰，却似乎没有等到半点动静。

宇文肱诸人不由得一阵焦急，连立在长街之中的破六韩修远也大感不耐，不由得吼道：“好了，这条地道可能是另有通道，你们给我四处去找找，可有出口！”

“王爷，这里有烟尘涌出，再也无法将烟灌入！”刘军旗禀报道。

“哦，为什么不早说？那便是说这条地道很可能没有别的出路！”破六韩修远悠然道。

“那该怎么办呢?”玉手罗刹问道。

“哼，谅他们在洞中也没有多大的作用，只要我们的人以湿布巾捂住口鼻，便会不怕烟雾，而他们就不会有这么幸运了！”破六韩修远狠声道。

刘军旗的脸色变得有些难看，作为偏将，他无法抗拒破六韩修远的命令，但却知道地道之中凶险极大，而宇文肱诸人乃是破六韩修远属下的亲随，不让他们下地道，摆明是偏心，但事实却无法让他有任何辩解的机会。

“停火，我们下地道……”刘军旗的声音极为惨然地道。

凌能丽从那耀眼的黑暗之中睁开眼睛时，一切似乎全都已变了个样。眼前是一个极为狭窄的通道，些微珠光映得四周呈一种幽森而昏暗之色。

拖着她的，是一只强而有力的手，是那么熟悉，那么投入，可也有一种极为陌生的感觉。

拖住她之手的人，脚步突然刹住，黑暗的通道之中，借着那宝珠的微光依然可以看清楚那一张清秀而又充满了欣喜的脸容，正是蔡风！

凌能丽禁不住鼻子一酸，想到几个月来的别离，想到每天的担惊受怕，不由重重地靠在蔡风怀中抽咽起来。

蔡风知道这一刻并不能用任何语言去安慰对方，只能让她将积压已久的情绪完全发泄出来，才是真正的道理，是以他只用那只空余的手轻轻地抚摸着凌能丽满头的秀发，似在向她倾泄着自己心底的关怀与爱意。

眼前稍微透出一丝光亮，长生一纵身，跃了出去。

“外面很正常，没有什么动静。”一个雄浑的声音压得极低地道。

“可以出来了。”长生再次向通道之中呼唤道。

蔡风用力地环了环凌能丽的腰肢，柔声道：“我们先离开这个地方，然后再一笔笔的账与他们算，好吗?”

凌能丽立刻止住了抽咽，温顺地点了点头。

蔡风心中却微微生起一丝苦涩，他真的想永远都不让她知道凌伯去世的消息，但他知道这一切是完全不可能的，只得暗自苦笑一声，极为怜惜地伸出衣袖，温柔地擦去凌能丽眼角的泪水，无限爱怜地轻声问道：“你怕不怕?”

“不怕，有你在我身边，我一点儿也不感到害怕，我相信这个世上没有什么事可以难得了你!”凌能丽温柔地应道。

蔡风欢快地一笑，心头涌起无限的豪情，笑道：“傻能丽，人之智始终有限，怎会没有什么事可以难得了我呢？就像你流眼泪，我便会手足无措，这不就难倒我了吗？”

“扑哧……”凌能丽不由得破涕为笑，旋又低声温柔道，“那我以后不流眼泪了，好吗？”

蔡风心神一颤，一阵猛烈的激动自心底涌起，禁不住缓缓地低下了头，温柔地向凌能丽的脸上吻去。

“公子，可以出来了。”长生的话再一次在蔡风的耳畔响起。

蔡风与凌能丽同时一震，两颗心不由得狂烈地跳动起来，只感到脸上有些微微发烫。

蔡风轻轻应了一声，一手揽住凌能丽的纤腰，若巧燕般从洞口飞掠而出。

长生的眼中闪过一丝惊异——因为小三子脸上有一丝极为异样的笑意。

蔡风不由得笑骂道：“好笑是吗？从来都没见过大场面的家伙，还不将地道口封好？”

小三子吐吐舌头，扮了一个鬼脸，转身便用放在一旁的木板盖好洞口，同时将草皮放上去。嘴里却低笑道：“风哥可真是幸福哦。”

“小鬼欠揍，皮痒便让我来磨磨鞭子！”长生也忍不住笑骂道。

“别闹了，我们赶快离开这里，我相信破六韩修远不会便如此算了。三寨主可收到什么情报没有？”蔡风严肃地道。

“禀公子，据探子说，敌方这次来的不仅仅只是破六韩修远，还有鲜于修礼那一帮高手，更有许多破六韩拔陵的亲卫高手，就连卫可孤也带来了许多高手和数千兵马，这返回关内的一段路恐怕极为难行！”那守在一旁的大汉用压低了的苍雄声音道。

“想不到破六韩拔陵如此看重我蔡风，我倒要好好地感激他的知遇之恩了！”蔡风豪气干云地道。

“能与公子一起并肩作战，孙翔倒是深感幸运，能与天下这么多的高手同聚沙场，便是孙翔常常梦想之事，想不到今日能真的实现这个愿望！”

那汉子也是豪气干云地道。

“好，我早知道过江龙乃是一等一的汉子，今日得见，的确不假！”长生欢快地拍了拍孙翔的肩头道。

“不过，我们不能与他们硬拼，能避则避，不能避那是没有办法，以我们的实力，与敌方相去甚远，所以不能逞强。三寨主迅速与二寨主取得联系，迅速按原计划撤退，我不希望在中途有半刻没必要的滞留！”蔡风认真地道。

“孙翔明白！”孙翔立刻向身边的树干上印了一掌，答应道。

“我们走！”蔡风一揽凌能丽的腰肢，向南方冲去。

宇文肱不由得脸色有些难堪地望了望在一旁的刘军旗。

刘军旗的脸色铁青，根本看不出任何喜怒哀乐。此刻已经有半个时辰了，可是根本没有得到地道之中的回应。那些进入地道的人，似乎全都奇迹般地消失了一般。

地道之中有什么？没有人知道，便像是一只吞噬所有生命的巨兽，无论是谁走入其中便会只有一个无言的结局。

死亡并不可怕，可怕的是死亡之前的等待，那种摧肝断肠的等待，便像是一条毒蛇慢慢地等着你的心肝肺腑，然后将你的灵魂、将你的精神完完全全地咬碎，最终撕成粉碎。

野兽并不可怕，神鬼妖怪并不可怕，可怕的是对那要命的事物一无所知，就像这死气沉沉的地道，它表面上是死的，但一旦赋予它剥夺生命的力量，那便会变得比猛兽更可怕。

已经有十个人进去了，也有十次希望被破灭，所有的人都显得焦躁不安。

“还没有动静？”破六韩修远走过来沉声问道。

刘军旗诸人立刻变得异常恭敬，有些不敢看破六韩修远的眼睛，低声道：“到目前仍未听到里面有任何动静！”

“一群饭桶，办这么一点小事都无法做到，岂能够谈大事？”破六韩修远怒骂道。

宇文肱与宇文洛生的目光变得有些异样，忙低下头不敢看破六韩修远。

玉手罗刹的神色也有些古怪，不由得提醒道：“王爷，不如与鲜于将军诸人取得联系，拉开咱们的搜索网，相信蔡风他们绝难逃出我们的重围之下！”

“是啊，王爷，我想咱们只守在这一条长街不是章法，或许蔡风早已从别的秘道潜走也说不定，我们早一些与鲜于将军取得联系，对我们的搜索定会有很大的帮助。”宇文肱也出声道。

破六韩修远脸色陡变，怒道：“你们以为没有鲜于修礼，我便不能成事吗？”

众人没有想到破六韩修远的反应会如此激烈，不由得全都惊愕不语，因为没有人想在这个时候去触霉头。

“王爷此言非也。正如王爷所说，成大事者不拘小节，眼下并不是有没有鲜于将军能不能成事的问题，而是能不能对付眼前的大敌人蔡风！人说分则两害，合则两利，我们若是能与鲜于将军联手，相信胜算定会大增！”玉手罗刹温声道。

破六韩修远望了玉手罗刹一眼，虽然他极不情愿，但却知道这的确是事实，也明白玉手罗刹是为了他好，不由得微微叹了一口气，道：“好吧，就依曾姑娘之意，宇文肱，你去迅速与鲜于修礼取得联系，务必查出蔡风的踪迹，可不惜一切代价杀死他！”

宇文肱一愣，心头虽然极多诧异，但不敢发问，只是恭敬地应了声“属下明白”，便转身离去了。

“不必再派人进入地道，你们只需留下人守住这个出口便可。这里就由刘军旗负责！”破六韩修远虽然心头有些泄气，但仍不失威严地粗声吩咐道。

“属下明白！”刘军旗恭敬地道。

“嘭……”一支旗花箭升上半空，爆出满天的烟雾。

蔡风心中不由得暗笑，知道是破六韩修远还在向鲜于修礼诸人的伏军通气，别让自己给跑掉了。这的确是一件极丢面子的事，不仅让对方给跑了，甚至连人质也未曾救回，这对于破六韩修远来说的确是一种耻辱，不过，这亦是没有办法之举。

蔡风明白，这一路上的凶险，在关键时刻，刀疤三还会起到一些难以预料的作用，因此，他只好再将刀疤三带在一起了。

凌能丽有些疑惑地问道：“我们这般走法，怎么能与他们的马相比呢?”

蔡风脚下丝毫不停，淡然笑道：“我们根本就不必与他们比脚力，我们是要与他们打硬仗。我要让破六韩拔陵与鲜于修礼看看，他们那本纵横无敌的劲旅是不是真的无敌!”

“公子，不好，敌人似有猎鹰!”长生骇然止步道。

蔡风一愣，止步仰望，只见天空之中一点黑影正在他们头顶盘旋不止，不由得骇然道：“我们必须将它猎下，否则恐怕我们的战略就不太奏效了!”

长生抬头仔细望了一眼，无奈地道：“这只猎鹰至少距我们有三百丈高，我们便需最强劲之弩机两倍的射程才能够奏效，但我们根本无法做出那么强劲的弩机。更何况高空之中的风力太大，这样射上去，很可能被强风吹歪，难以命中目标!”

“那我们该怎么办?”三子不由得急声道。

“不管这么多，我们先进树林!”蔡风冷静地吩咐道。

“不错，只要我们进入地道，再与他们周旋，就是他们的猎鹰再多我们也不怕!”孙翔自信地道，说着急步向百米外的树林之中蹿去。

“对，我们要让他们看看，我们的地下战术是何等的厉害!”长生欢快而自信地笑道。

“嘚……嘚……”四周的马蹄之声急促地响起，显然是鲜于修礼诸人发现了蔡风等人的具体行踪，全都向这一方向合围过来。

蔡风扭头对身畔的凌能丽温柔地笑了笑，怜惜地问道：“你会不会害怕呢？”

“我不是说过，只要有你在我身边，我什么都不怕！”凌能丽认真地道。

“可是你从来都未沾过血腥，这一刻却让你在此出入沙场，你会有什么样的感受呢？”蔡风有些调侃地笑问道。

凌能丽淡然一笑，道：“我没想过会有今天，但今天之事却是因我而起，你们这么多人关心我，才会弄至此等地步，我心中自是只有感激的分儿！”

蔡风脚下不停，望了望凌能丽那微带狡黠的眼神，心头只感到无限的欣慰，也充满了无限的豪情，却不忘道：“还有呢？”

凌能丽不由得微微感到一阵羞涩，轻轻地将小嘴凑到蔡风耳畔，低语道：“我更感到很幸福！”

蔡风不由得“哈哈”一阵欢快的大笑。

“你笑我，我不来了！”凌能丽不依地捶击着蔡风的肩头道。

蔡风反而将凌能丽搂得更紧，口中蹦出一声高昂裂入云霄的厉啸。在四周的马队出现在众人的视线之内时，已跨入了密密的树林。

凌能丽被这一声长啸激得热血上涌，温软的小手紧握成拳，显出一种异样的兴奋与激动。

蔡风轻轻地放下凌能丽，仰头向天空之中望去，只见那只猎鹰如流星般向西疾泄而下，心头不由有了计较。

“现在我们该怎么办？”凌能丽稍稍有些紧张地问道，目光有些惊惧地望着那若潮水般涌来的铁骑。

蔡风自信地一笑，道：“待会儿你自会知道！”

长生的身形在林内游走了一趟又回到林边，沉声道：“一切准备早已妥当！”

蔡风这才神秘地向凌能丽笑了笑，道：“若是你不怕见到血光的话，不妨找一个安全的地方坐着看戏好了。我要让他们看看我蔡风的厉害！我要让每一个欺负过你的都会后悔！”蔡风语意之中充满了杀意。

凌能丽望了望蔡风及他身旁的四五个人，有些不敢相信地道：“可是他们的人这么多，而我们还不到十人，如何是他们的对手呢?”

蔡风胸有成竹地道：“我们的人的确没有他们多，但打这种仗并不需斗力，人多并不是一件好事，反而是一个累赘!”

“可我还是不明白，想不到这仗怎么个打法?”凌能丽虽然被蔡风的信心所感染，可是第一次面对此种场面，而又如此优劣分明，无论她怎样洒脱，也放不下心头的阴影。

蹄声若奔雷滚过，向密林急行而至，那种无与伦比的气势似要让晴朗的天空下一阵大雨似的。

蔡风并不理会那疾奔而至的敌人，只扭头望了那由远而近如潮水般的敌兵一眼，反问道：“一个猎人要想与一群狼相斗，除了武力，他还得做什么?”

凌能丽眼珠一转，会悟道：“设陷阱!”

蔡风赞许地望了她一眼，笑道：“能丽说得很对!”

“可是若是狼太多，即使设陷阱，也会有漏网之狼，仍然有伤人的威力!”凌能丽担心地道。

“不错，漏网之狼的确有足够的伤人能力，但人却不同，没有狼的那种狠劲，一旦给了他们一种心理压力，他们便不会再像狼一般，不顾性命危险地越过陷阱!”蔡风自信地笑道。

凌能丽勉强释然，可仍旧极为担心。

“凌姑娘不用担心，其实我们公子早在这片密林之中设下了退路，这之中更不会只有我们几个人，还有很多兄弟!”长生见凌能丽始终不能释然，忍不住安慰道。

“啊，原来是这样，你这个坏家伙为什么要故弄玄虚?”凌能丽不依地拧了蔡风一把道。

“呀……”蔡风低低一声惨叫，赔笑解释道，“我只是想让你尝一尝这种百年难遇的置身绝地之感觉而已，别无他意。”旋又回头笑骂道，“死长生吃里爬外，出卖我。”

“风哥可是说错了，你跟凌姑娘谁与谁呀，这怎么叫吃里爬外呢?”三子打趣地道。

凌能丽不由得嫩脸一红，蔡风却得意地唠叨道："也对，也对，是我弄糊涂了！"

"你这个坏蛋尽知道占人家便宜，他们都已经快过来了！"凌能丽嗔道。

蔡风不以为耻地厚脸一笑，道："这不要紧，只要他们再向前一些，就是你看戏的时候了！"

"呜——呜——"几声号角，使得小镇的空气都变得紧张起来。

那些狂野的战马一阵阵凄厉的嘶鸣，似是在宣告着一种血腥的预兆，没有人会想到下一刻会是怎样的一个局面。

蔡风望着那散围在密林外围的敌旗一眼，心中暗暗吃惊。在这么短短的一会儿，对方竟会如此迅速地调聚到这至少已过千的人马，如此可怕的实力与速度，的确已说明了破六韩拔陵不惜一切代价要摧毁他的决心。这一点连他自己也觉得应该引以为傲！

凌能丽那本来微有羞红的脸容这一刻竟变得有些苍白，她从来都未曾见过这种两军对垒的场面，那种冲天的杀气似乎弥漫了每一寸空间，更有一种让人窒息的压力。

蔡风伸手抓住凌能丽那温软的柔荑，很深切地感受到凌能丽此刻的心情，那种自内心而发的恐慌与惊惧深深地传入蔡风的心底。蔡风将对方之手抓得更紧，且温柔地道："是不是有些紧张？"

凌能丽并不否认地轻轻点了点头，目光一丝不移地盯着林外之敌旗，似乎怕在她一松神的当儿，那些敌旗便会攻至。

蔡风安慰地笑了笑，道："不要去想待会儿是怎么一个样子，你只须知道我在你的身边就行。慢慢地你便不会觉得这可怕了，因为他们也都是人，人！又有什么好可怕的？你瞧清楚，让我先来吓吓他们。"

凌能丽手心微微渗出一丝汗珠，若一只小羊羔般温顺地倚着蔡风的肩，有些不好意思地问道："我是不是很胆小？"

蔡风不由得哑然失笑，轻轻地扶了扶她的秀发，温柔地道："傻能丽，你怎会胆小呢？这是第一次嘛，想我第一次面对那大灰狼的时候，都吓哭了，要是你面对千军万马仍有这般镇定也算胆小，那我岂不没胆了？”

凌能丽不由得“扑哧……”一声笑了，并笑骂道：“胆小鬼，满口滑溜！”

蔡风不由得欢快地一笑，轻轻放开凌能丽的手，温柔地道：“看我怎么对付他们。”说罢转头又向孙翔吩咐道：“三寨主，将能丽领到地道口安全处，以便能够迅速进入地道！”

孙翔伸手递过一张大弓与一把羽箭恭敬地应了一声：“请跟我来！”

凌能丽不依地道：“不，我要留在你的身边，陪着你杀敌！”

蔡风快意地道：“你便在地道口边看也是一样，那里安全一些，又方便一些，更让我能放开手脚对付敌人。乖乖地听话，去好好地看戏。”

凌能丽不由得辩道：“我不会让你受累的，我也会武功！”

“哦？”蔡风大讶，扭头惊异地仔细打量了凌能丽一眼，失笑道，“你呀你，才练了这么两个月的功夫便说会武功，如真能像你所说，那天下的绝顶高手不是多如恒河之星？还是乖乖听话，回去后苦练个一年半载，再上战场的话，我保证不会阻拦你，但现在不行！”

“我这些时候都很认真练的。”凌能丽辩解道。

“我知道，可是看你现在，并没有取到多大的效果，因为这几个月你根本用不上心思去练，快随三寨主去吧。”蔡风吩咐道。

凌能丽极不情愿地随在孙翔的身后向密林深处行去。

蔡风深深地吸了一口气，四支羽箭已经分别挟于右手五指之间，冷酷地吩咐道：“先让他们乱上一乱！”

长生与三子诸人立刻会意，数弓齐张，十支劲箭如电芒一般穿林而出，横过十数丈的空间，投入到那密守于林外的敌军中。

“呀……”敌人在仍未了解是怎么回事的时候，便已经惨叫着翻身落马，不过虽然箭未虚发，但对于这近千骑来说，如此十人，只不过是芝麻绿豆般的小问题而已。

“嗖嗖……”敌骑也绝对不是好惹的，迅速以强弓还击，但他们又怎能够起到作用呢？那一株株的大树，一枝枝的横杈，虽然很多树木都有一定的间距，但这片林子中的树极为弯曲，刚好替补了树的空间距，就形成了一座天然的保护屏障，羽箭入林根本起不到作用。

蔡风等人正占着地利之便，且又都是高手，就算能有少数羽箭穿入林间，仍然会被他们极为轻松地躲开，而伤不着分毫。

蔡风向三子打了一个眼色，沉声道："给我全体开弓，有这么多的好靶子为什么不好好利用呢？"

三子立刻喜形于色，仰首一声短促而尖厉的啸声划破了整座林间。

林间立刻传出一阵急促而绝无混乱之感的脚步声，来者正是游四诸人。

三子收弓迅速迎了上去，淡然道："现在公子给你们一个练箭的机会，大家要好好把握住，撤退之时，别忘了将地上零散的箭枝带走！"

游四不由得大感好笑，拍了拍三子的肩头，笑道："省点力气去对付敌人吧，每位兄弟都知道该如何做，干吗要装作小大人的样子呢？"

三子被对方这么一说，不由得嫩脸一红，悻悻地怨道："这么一点摆身份的机会都不给我，我下次哪里还有机会呀？"

众人不由得大感好笑，那种对敌的压力竟全都荡然无存。每人迅速找好自己最佳的位置，向敌人施以最无情的杀招！

这一群人多为阳邑镇上最优秀的猎手，每个人都亲自受过黄海与蔡伤的指点，无论是武功还是箭术都已经达到了高手的境界，自然是箭箭要命！

林外的战马不断地狂嘶，那些敌骑虽然在平日能够以一敌十，凶悍无比，但这一刻似乎全派不上用场，因为他们不知道密林之中究竟藏有什么埋伏，不敢贸然冲入密林，而又未曾收到撤退的命令，这一阵被蔡风乱射，只得游骑还击，可是这样并没有多大的效果，偶尔也能给蔡风这边人制造一些小小的威胁，却无大碍，但自己这方的阵脚却被敌人弄得一团糟！

密林并不怎么宽广，四面全都是马嘶声，人啸声，蔡风知道战局进行得极为顺利。敌人的一切完全是处于被动状态，更惨的是不知对方的虚实，反而他们自己成为明显的目标，造成了今日这种特别的局面。

"呜……呜……"又一阵凄厉的号角声划破了长空。

那些骚乱的铁骑竟极为利落地重新组合，又迅速地撤离。

蔡风早就知道会是这样一个结局，他们并不追赶，只是迅速地拾起散落于附近的羽箭，极为细心地装入身后的箭壶之中。

长生诸人不由得意地大笑起来，鲜于修礼这一招的确败得很惨，他们本算定蔡风会乘快马逃逸，纵入关内，是以便由卫可孤率众多的骑兵配合破六韩修远，这众多高手一路追杀，前路更设下许多的埋伏，让敌人避无可避。可是却没有想到蔡风根本就没作逃逸的准备，反而以一片树林为基地与他们斗上了一场，以致竟在片刻间损失了数百精骑，这的确是鲜于修礼与卫可孤的失算。

不过也难怪，蔡风的行事往往会有出乎人意料之举，就连破六韩拔陵都无法猜透蔡风的行事方式，他们看不透蔡风并不怪，因为真正与蔡风交过手的只有鲜于修礼一人，但那却是蔡风在身受重伤之时。一次交手虽知蔡风诡计多端，但蔡风行事根本不依常规，他们也根本没有办法掌握蔡风的真正意图。

蔡风淡然吩咐道："现在大家可以好好地休息休息了，养足精神准备晚上给他们来一个惊天地泣鬼神的机关战，让他们知道什么才叫太行山人的神出鬼没！"

"报！"自林中迅速潜来三名壮汉，神采飞扬地向蔡风恭敬地道。

"说！"蔡风极为自然地道。

"南面、北面、东面的敌旗全都退后两里，歼灭敌骑数百人！"一名满脸络腮胡子的大汉兴高采烈地道。

"我们的兄弟情况如何？"蔡风冷静地问道。

"我们的兄弟有三人丧生，五人受伤，并无大碍！"那人又继续道。

蔡风淡然地点了点头，吩咐道："将那三位兄弟葬了，回去对他们的家人好好抚恤；受伤的兄弟，全都转入秘道治疗；在敌人不敢轻举妄动之时，我们便帮他们清理战场，今晚就以马肉下酒!”

“是，属下明白!”那汉子恭敬地道。

“很好，大家作好心理准备，我们要与卫可孤斗斗法。清理好战场后，让大家好好休息一下，只留下几名兄弟严密监视敌骑的动静便行。”蔡风淡然道。

孙翔冷静地道：“这个便由我安排好了，我会知道怎么做。”

“那好，这里的事情便交给三寨主了，我们便先去休息，养足精神，等今晚上去会会敌人。”蔡风目中闪过一丝淡淡的杀机道。

卫可孤的脸色极为难看，鲜于修礼也是闷不出声，破六韩修远的目光之中似有一丝微微的嘲弄之意。

这三个人未开口，便很少有人敢开口，至少在这个大厅之中不会有，连玉手罗刹也不敢轻易开口，她不怕破六韩修远，更不会惧鲜于修礼，但她却不能不对卫可孤恭敬有加，这军中第二号人物几乎比破六韩拔陵更可怕。

卫可孤便是这样的人，极傲，极自负，当然，这是因为他有这个本钱。他的可怕并不是如此，是因为他几乎像是一个冷血的杀手，冷酷得有些不尽人情，没有任何女人可以用引以为傲的美色去诱惑他，他便像是一个完全没有嗜好的怪物。高兴时，像是一块冰冷的铁，不高兴时，仍像是一块冰冷的铁，没有丝毫的感情，曾经有人怀疑他是不是一个真实的人。

破六韩拔陵敬重他，不仅是因为他是这样一块冰冷的铁，更因为他绝对是一个第一流的战将，第一流的治军之才，没有人可以否认这一切。

卫可孤这一生所服的人便只有破六韩拔陵一人，最亲的人却只有两个，目前为止只有两个，一个是破六韩拔陵，另一个便是刀疤三。他没有妻子，没有儿子，全都死了，死在官兵的屠刀之下，所以卫可孤便成了今日的卫可孤，一个似乎没有丝毫感情的怪物。

明白他的似乎也只有两个人，那便是破六韩拔陵与刀疤三，三人自结义的那一天起，便相互了解得极清楚，是以这一刻，蔡风手擒刀疤三的举措自然惊动了卫可孤，破六韩拔陵未亲来，卫可孤一定会来。在军中，破六韩修远都不敢在卫可孤面前放肆，因为他知道什么人可以惹，什么人不可以惹，什么人对他有威胁，什么人对他没有威胁，他自然很明白卫可孤的可怕之处，甚至比破六韩拔陵更可怕。

卫可孤此刻的脸色极为难看，谁都知道他是因为什么。

“我们不如用火攻，晚上的风大，且这时候的树木并未被春雨所染，虽是起新芽，但也极易燃着……”

“不行，三弟仍在他们的手中，这样，我们岂不是连三弟也一并烧了吗?”卫可孤打断破六韩修远的话果决地道。

“但是，不如此的话，那林子又密，对方高手众多，我们虽人手十足，难保不被对方所乘，更何况，我们不如此，蔡风总会在某一刻拿出刀老三来要挟我们，到那时，我们又该怎么办呢?”破六韩修远微微有些生气地问道。

“是呀，卫帅，这样下去也不是办法，我们始终会因为刀将军而缩手缩脚，而对方却可放开手脚为所欲为，形势对于我们来说，已经极为不利了。”鲜于修礼也不免有些急躁地解释道。

卫可孤咬了咬牙，却陷入了沉思，人人都知道他已陷入了抉择的矛盾之中。

第四十九章　引魔入伏

蔡风缓缓步行着，外面的天空很蓝，已将近黄昏，那西斜的夕阳很红，很美，与一旁点缀的云彩组合成一幅绝美的图画。

凌能丽紧跟在蔡风的身旁，虽然掩不住一种新生的激动，但此刻也已经隐隐地感觉到蔡风的心里极为沉重。

蔡风的步子的确很凝重，所踩出的旋律，也似乎是多了一种忧郁的色调，便像是田野吹过的风。

凌能丽并非傻子，因此，她很轻易地便捕捉到这细微的变化。

“是我连累了这众多兄弟！”凌能丽幽幽地道，神色间大有伤感之意。

蔡风一愣，扭头望了她一眼，有些不解地问道：“你为何要这么说呢？”

“若不是我，你和这么多兄弟岂会身陷险境？”

“哦！谁说我们现在身陷险境？这一场仗，我们不会输的。”蔡风哑然失笑，旋又自信地道。

“那你为什么仍不开心呢？”凌能丽不解地问道，虽然是有些不敢相信，旋又道：“既然事已至此，你又何必再来找话安慰我呢？”

蔡风一愣，知道刚才在沉思之时，被她看出了心思，不过心中仍感到一份安慰，忙应道：“能丽不要乱猜测，这样岂不是对我没有信心吗？我是在想另外一件事，本来今日的战局是有些困难，但是仍不足为虑，更不关你的事，我与破六韩拔陵之间迟早会有这么一天，早一点开始，我的胜算还大一些，所以今日之战，早已在意料之中。”

凌能丽犹不肯释怀，温婉道：“你有什么心事，难道不可以让我分担一些吗?”

蔡风知道不给她一个答复，是很难让她释怀的，心机一动，不由得道：“我是担心这次回关内，如何推托尚书令大人的奖励，我并不想与朝廷有什么瓜葛。但李大人对我如此关爱，几位将军待我如此之好，我真不知从何处推起。更何况，我又身怀金令，总得要还给他们，世间只有人情是最难对付的敌人，你说我是不是应该头大?”

凌能丽不由得大感好笑，道：“别人都拼命地想去做官，想平步青云，为没有机会而苦恼一生，而你却为了怕做官而苦恼，真不明白你是怎么一个想法。”

“做官有什么好？还要受着朝纲法律所限，做一个坏官当然容易，当然潇洒，当然轻松，但又怎么能够仰不愧天，俯不愧地，又怎能对得起天下百姓，对得起自己的良心呢？而做一个好官可真难，在如此乱世，人不为己，唯有死路一条，如此昏暗的朝政，刚直不阿，则注定不受欢迎，铁面无私注定是受打击，想做一个好官几乎是不可能，因此，还是不做官好。什么将军，什么元帅全不过是别人的一颗棋子，别人的工具而已，当皇上一高兴时，或许还会把这颗棋子这件工具高高地挂起来，但当皇上不高兴，说不准会将这颗棋子，这件工具扔下粪坑之中，这种仰人鼻息而活的生活，我想并不适合我。”蔡风淡然道。

凌能丽神情微微有些激动，她是第一次听到蔡风说出这么坦白而又真诚的话，更是第一次从他的口中听出这么深刻的分析。

这时候的蔡风说出这番话，绝对没有人敢小看他是自我安慰之语，因为谁都知道蔡风早已被破六韩拔陵公认为最大的敌人，最可怕的敌人，光凭这一点，天下便不会有几个人敢与蔡风相比。而对于功名，蔡风可以说是唾手可得，凭他在军中的那种影响力，要想升官，可以说是平步青云，无可阻挡，因此，蔡风绝对有这个资格对时局进行分析，对生活进行抉择。若是在以前，凌能丽或许会小看他胸无大志，但这一刻绝对不会小看他，甚至更为倾慕，也真的明白为什么破六韩拔陵与鲜于修礼这么惮忌蔡风的原因。蔡风的一言一语之中都似乎包含着一个常人所不能够想象的哲理，对问题看得是那般透彻而明了，利害关系也分晰得清楚至极，无论是谁，只要身怀野心，都会将他列入可怕的敌人之列。

“你干吗这般看着我？”蔡风被凌能丽那美丽的大眼睛看得有些心慌，他不知道是不是心思被对方看穿了，抑或是被她看出了一些什么问题。

“你又没做亏心事，还怕我看你吗？”凌能丽娇声笑道。

蔡风心头黯然伤神，想到凌伯之死也是祸起于他，可此刻却还要隐瞒真相，不由得歉然，但仍是装作一副若无其事地道：“我哪里敢去做亏心事呀，你不知道我胆小如鼠吗？”

“自甘下……”说到这里，凌能丽突然刹住，才意识到这句话定是太重了，忙不好意思地一笑，转换了个话题问道：“我爹和二伯他们还好吗？我这么长时间没回家，他们肯定急死了！”

蔡风心神一颤，但仍强装笑脸，尽量将声音放得缓和一些，道：“当然急了，只差点没有把山给翻过来，后来才查到竟是鲜于修礼弄的鬼，我只好把鲜于修文给废掉，以算报复喽。”

“你把鲜于修文给杀掉了？”凌能丽吃惊地问道。

蔡风暗暗松了一口气，没想到就这样过了一关，不过却知道迟早会让她知道真相，但并不想这个时候告诉她，深深地吸了口气，温情地回应道：“不是杀了他，而是废了他的武功，让他成了一个再无任何威胁的人，只要是欺负过你的人，我都不会让他有好下场的。”说着，蔡风那双修长而有力的手怜惜地搭在她消瘦的双肩之上。

凌能丽一阵激动，轻轻地靠在蔡风的怀中，喃喃而深情地道：“你对我真好，但我却不希望你这么做。”

蔡风心头一阵颤抖，他真的不敢想象，如何让她接受眼前这个事实，不由轻叹道：“你太善良了。”突然，他脑中闪过一丝异样的感觉。

凌能丽仍在沉醉之中，突然觉得自己的身子若驾着云雾飞行一般，不由得一惊，还没来得及出声，便听到蔡风在她的耳畔轻声道：“别出声。”然后便觉得两脚落实，但蔡风刚在对着她的耳朵轻吹之举，让她心跳好长时间都不能平复，俏脸之上也绽放出一片桃红。

蔡风轻轻地放开她，这时她才发现已经在一丛灌木之后，但她却极为不解。

半晌，不远处竟传来了一阵狗的狂吠之声，不由得惊骇地望了望蔡风，不明白他为何这么远便能够听到狗叫声，但蔡风只不过是向她眨了眨眼，并不作任何解释。

“要不要先回去?”凌能丽淡然地问道。

蔡风想了想，点了点头，道：“也好!”说着人在林间闪动，极轻巧地将凌能丽送到地道的入口，关心地道：“你先进去，我要留在外面看看他们弄什么鬼。”

“不，我们要一起进去，否则我也不进去。”凌能丽不依地道。

“听我的话，你难道想让我为你担心?”蔡风极认真地道。

凌能丽呆呆地望着蔡风那似乎极认真的眼神，不由得松了口气，笑了笑道：“看你急成这个样子，我真的会让你担心吗?”

“傻瓜，你不让我担心，谁会让我担心呢?”蔡风伸手一拉把她塞入地道，同时拉起一丛灌木掩住洞口，笑骂道。

“小心一些。”凌能丽关切地道。

“我知道，你放心吧!”蔡风自信地笑道。

犬吠之声越来越近，蔡风微一欠身，便重又跃落在那丛灌木之中。

出现在他眼下的却是近十骑与一匹形象极异的狗，以蔡风对狗的认识，仍被此狗吓了一大跳，可想此狗的形象之怪。

其实这只狗的怪也并不是很特异，狗的形状犹在，但这狗的鼻子却绝对与别的狗不相同，比一般狗的鼻子至少要大两倍，它泛着一种血红的色泽，在那种本很协调的脑袋之下长出这样一个鼻子，的确是显得怪异至极，连蔡风这类的驯狗多年的高手，依然不明白，这是什么道理。

“大家小心一些，血灵儿似乎有了反应，可能他们便在附近!”一名极矮小但却极为敦实的汉子沙哑着小声道。

蔡风不由得暗想：看来这狗便叫作血灵儿了，那血红的鼻子倒的确很像。

但蔡风很快便被那狗的反应给震住了，原来，那狗行到蔡风与凌能丽刚才所立之处，同时发出“呜呜”的叫声，并一步步地向蔡风藏身的灌木行来。

“三弟，小心一些，你先到那边去看看，别让他们伤了咱们的神犬。”一个干瘦的老头冷漠地向另一个胖得像一堆肥肉的汉子沉声道。

“是，大哥!”那满身肥肉的汉子尖声尖气地应了一声，也不见作势，便像是一颗陨石一般，横飘而出。

蔡风心头暗骇，想不到在这里竟会遇到这么一群古怪的高手。他几乎不敢相信世间竟有这么丑陋的人，那胖子的脑袋似乎完全长在肚子里，只是从脖子口冒出一些头皮，四周全都被肥肉所包，竟找不到脖子在哪里，整个人更像一个球，四肢退化了似的缩到肥肉之中，真不明白世间怎会有如此怪物。但蔡风也并没有多少考虑的机会，因为那古怪的胖子已若一团球一般向他藏身的地方飞来，很快便会发现他的行踪。因此，蔡风已经没有考虑的机会。

那胖子的速度极快，在空中竟飞速旋转，给人一种古怪而荒谬的感觉。

“老三，小心。”那干瘦的老头一声惊呼。

其实根本不用那老头的呼喝，那肥胖的肉球早已知道必须小心。

那是一截灌木的嫩枝，但任何人都绝不敢小看这截嫩枝，像是掠过的劲箭，自灌木丛中飞窜而出，竟带着一阵风雷的锐啸，快得像是一抹幻影。

若是等听到那干瘦老者的声音再作出反应，大概此时的胖肉团，定会成烤羊肉串上的一颗肉串。

那截嫩枝来得突然，但那肥肉团似的汉子躲得更怪异，在空中如回旋的风轮，划出一道美丽的圆弧，竟倒旋身子回到马背之上，像有一根绳子自他的身后系着，绕着一个轴滑转一般。

“嘿嘿，无知小辈，想暗算我孔无柔，连窗子都没有!”那肥肉团似的汉子不无得意地冷笑道，但他立刻又变了脸色，因为，他虽躲开了那截嫩枝，但那截嫩枝却已经刺向了那怪狗血红的大鼻子。

不止一支嫩枝，竟达五枝之多，每一根所取的方位与角度截然不同，甚至连手法与力道都有所不同，让他们惊骇的是那些树枝看似杂乱无章，更没有固定所指的位置，像是每一根都可以从任何位置击中目标，又似乎可以从任何一个位置改变方向而达至最终杀伤的目的。

这五支灌木之枝很乱，虽然如此，但所有人都清晰地感觉到那即将发生的结果，会是很惨烈的，那是一种直觉，那几根树枝告诉他们的直觉，是因为那无与伦比的杀气，也是因为那可怕的声势。

坐于马背之上的十数骑脸色全都变了，对方的攻击力的的确确超出他们的想象，一上来便是这般凶猛，而且似乎正中要害。

那稳坐于马背之上的老者，一声暴喝，手中不知在什么时候多了一根极长的鞭子，在夕阳之下，若一道长舞的银蛇，在虚空中耀出一抹凄惨的亮丽。

那怪犬的身子也在刹那之间若长了翅膀一般倒飞而回，是因为他身上所系的那根铁链，在这最要命的一刻，竟被那矮而敦实的汉子一把拉了回去，重重地撞入他的怀中，然后，连人带狗都向后飞射。

十几人配合得极好，当那矮而敦实的汉子飞退之时，他身旁的两人立刻向他的那匹空马上一靠，便若肉盾一般挡住所有可能发生的危险，更有数人若扇动着翅膀的蝗虫，疯狂地向蔡风隐身的灌木丛中扑去，似乎极想把蔡风这神秘的刺客撕裂成无数的碎片。

那些娇嫩的灌木枝正是蔡风的杰作，很轻松地很轻易地便击退了那古怪的胖子，但这些人那么迅速而有效的反应却让他吃了一惊，那可以回旋的古怪身法，与那突然而出的银鞭，都是那么突然，那么凌厉。

“啪！啪!”一连串的爆响，那五支嫩枝竟有三根被那根银鞭绞成粉碎，但那根银鞭凌厉的劲势也给冲得毫无威胁力，而另两根嫩枝被那两个做肉盾的汉子斩落，但他们也在马背之上被震得晃了两晃。

那干瘦的老者与那两人的脸色不由得疾变，他们比蔡风更吃惊，他们没想到竟会有如此高手藏在灌木之中。

蔡风并不想让人发现他的面目，否则他今晚的计划可能便会因此而变得毫无意义，是以，他便以一块黑布蒙住脸口，唯留下一双亮得可让人心头发寒的眼睛。

那数道人影便在蔡风刚好蒙上面目之时，便已经攻到灌木之上。

掌风呼啸之中，一股干燥得几乎让人窒息的热浪早已扑至蔡风的面门。

蔡风一声长啸，他身前的灌木便如乱飞的苍蝇一般四散飞舞，顺着他的双掌迎向那疾扑而至的数人。

一切都发生得那么突然，一切都那般仓促，电光石火之间，甚至没有来得及分清对手是谁，几道劲气已经相撞在一起。

没有任何声息，便像是一切都不真实，这也似乎超出许多人的意料之外。

如此狂野的劲气相接竟会没有丝毫的声息，竟会不杂半点震荡。

蔡风的眼中闪过一丝惊异，同时也有一些微微痛苦的神情，但更多的却是冷酷。他隐隐觉察到这些人正是追踪他与凌能丽而来，同时对方人中更夹有破六韩拔陵的人，战马更是没有分别，可见对方是敌非友，所以他毫无顾忌地出手。只不过，对方掌劲之中似乎有一种来自心底的火热，像是千万个骄阳的热力，炙烧着他的手心。

更吃惊的自然是对方，因为他们根本就感觉不到蔡风的掌力所在，但他们知道蔡风的掌力的确存在，并且正在某一个他们所不知的角落酝酿，爆发，这是他们的感觉，但事实是否是这个样子呢？

事实并不是，他们所能考虑的，蔡风的的确确出一掌，而且毫无保留，没有半分停滞，只是他的掌力所表现的却是另一种形式，因为他知道，以他一人之力，绝对无法与这数人的合力相抗衡，所以，他的掌力变成了另外一种形式。

当那几人发现蔡风的掌力存在的形式之后，一切都已经迟了。

“轰！砰！”爆响在虚空之中像是裂地而出的岩浆一样，向四周喷射而出，之中夹杂着数声闷哼，蔡风的身子若一道轻风一般向后飘荡。

那几名疯狂出击的人也在同一时刻向四周爆射而开，控制不住地重重摔在这并不算硬的地面之上。

那干瘦的老者神情更是大变，他当然不知道，蔡风的劲气完全化作内陷的牵引之力，使得这些人在毫无防备之下，内力竟为蔡风所借用，并且反击而出，这一下并不是蔡风击到他们，而是他们相互攻击，才导致这种场面。

本来便是他们相互攻击也不会出现这种场面，但是在他们发现内力被蔡风借用之时，竟不约而同地各自收回几成功力，而蔡风正抓住这个时机，将借来的内劲分别散发而出，便变成了各人自己与别人合力击伤自己，每个人只被击得血气翻涌，难受至极。

孔无柔"嘿"地一声怪笑，硕大若球的躯体便像是闪电一般向蔡风飞掠而至，动作利落得难以想象，便在那四人的躯体重重地摔在地上之时，已越过了几人的头顶，向蔡风那犹未曾有着落的身子扑去。

蔡风心下骇然，这满身肥肉的家伙倒真的像生有翅膀一般，说来便来，说走便走，自第一次跃离马背后又返回马背再跃出，这之间几乎是没有丝毫的间断，而且快若幻影，若非亲眼所见，谁也不敢相信，这满身肥肉的家伙居然比任何人都利落快捷。

蔡风不得不急施千斤坠，身子重重落地，两只脚便若生了根一般，上身向后疾倒，动作也快捷怪异到了极点。

孔无柔的身形飞速自蔡风身上掠过，那两只短脚却踢了个空，因为蔡风自膝盖以上的身体几与小腿垂直，完完全全地靠小腿支撑着整个身体，而背部与头部离地面仍有尺许高度，孔无柔以常人的眼光去看待自然无法踢中蔡风。

蔡风得此一缓，缓过气来，一声暴喝，双手便若绽开的莲花一般向孔无柔的双腿抓去，同时上身再次上扬。

孔无柔未曾防备蔡风有此怪招。不过，他的轻功的确好，在两脚荡空之时，两只短手在空中一舞，便若陀螺一般在虚空之中旋转起来，两道旋转的真气自足尖迸射而出。

蔡风一声冷哼，双手中指微曲，在那若莲花般绽开的手掌之中若一簇花蕊般散射而出。

孔无柔根本没有变招的机会，蔡风也不给他任何变招的机会。

“砰——”孔无柔在这一声闷响声之中，闷哼着弹射而起，并不是返回马背，而是向天空之上直冲。

蔡风的身子一震，重重地倒在地上，双肩在地上撞下一个浅坑，这才消除孔无柔的那旋转一击的力量。

那干瘦的老者，身子也若大鸟一般向蔡风疾掠而至，手中的银鞭若噬人的毒蛇向蔡风缠到，劲气之凌厉，只叫灌木横飞，沙石飞扬，大有开山裂石之意。

蔡风的眼睛在霎时眯成一道细线，在刹那之间竟将那长鞭的轨迹捕捉得极为清晰，更在那长鞭便要缠上他身体之时，他竟奇迹般地立起，并很快伸出一根手指，比闪电更快地弹出，奇迹般地击在鞭梢之上。

银鞭受蔡风通身劲气一激，竟一阵乱舞，不受控制地倒射而回，击向那正从地上爬起的几人，但蔡风绝对没有空，丝毫的空隙都没有。

头顶之上，一股炙热得几乎将人烤焦的劲气直冲而下，正是那冲天而去的孔无柔，这一刻他却是头下脚上，那若蛙蹼的手掌鼓涌出凌厉无匹的劲气，地上的沙石、灌木四散飞射。

蔡风终于想起了一群人，一群极为可怕，又似乎是天下独一无二的几个人，但他根本无法仔细考虑，只低呼出几个字“修罗火焰掌”！只此而已，因为蔡风已经出手了，他不再出掌相迎，反而是十指齐张，若两只硕大的鹰爪，飞速地向那两只短而肥的手臂迎去。

孔无柔眼中闪过一丝得意而又狠辣的笑意，得意是因为对方居然知道自己使的是“修罗火焰掌”，也为自己的掌法而得意，虽然刚才对方所用的掌式也是他见所未见的功夫，而且威力也绝对不小。但他仍对自己的“修罗火焰掌”信心百倍，他师父曾讲过，天下单以掌法而论，修罗火焰掌至少可排在前五位，而在他之前的四种掌法可说是已绝迹江湖。这就是他的自信，让他感到好笑的更是蔡风竟以鹰爪去对付他的掌劲，这岂不是以卵击石？

孔无柔当然不敢小看这故作神秘的敌人，单只从刚才那刹那间所反应出的几个利落得让人吃惊的动作，便不会有人会小看这神秘的敌人，更何况孔无柔亲自吃过他的苦头，脚上的麻木到此时犹未曾消失。

孔无柔的掌劲进一步加强，他当然不会想让蔡风有抓住他手腕的机会，那样对他绝对是有害而无利的。

孔无柔的手似乎在这一刹那之间变得漫天都是，散漫得若流星之雨，狂泼而下。

蔡风的双爪也跟着变快，但便在孔无柔改变的时候，他的双爪却似两个水磨一般反向下磨转起来，不是双爪，而是双掌。

这种古怪的转变大大地出乎孔无柔的意料之外，他从来都没有见过这种打法，明明是向上迎击的，反而改成向下接引，这种打法不是没有，但用在这个场面却是让人不敢想象。

孔无柔虽然吃了一惊，但他毕竟是一个高手，他对自己很自信，蔡风的如此改变，虽然有些突然，但并没有使他感到任何威胁，反让他觉得这是个机会。不过，很快他便发觉，这绝对不是一个机会，而是一个陷阱。

对于孔无柔来说，这的确是个陷阱，一个等着他跳下来的陷阱，那是因为在这一刹那之时，孔无柔竟发现他所接触的并不是一种真实，而是空洞，似乎是永远也不知底的旋涡。一股狂野的吸力使他不由自主地加快了下坠的速度，但他有一种感觉，那便是他的攻击将无法对蔡风起到任何作用。

事实也是如此，蔡风竟在刹那之间换了一个位置，似是幻影游过，快得人无法想象，但这是事实，孔无柔击空了，他所算好的位置之上并没有蔡风，有的只是旋转的气劲，蔡风所存留的气劲。

“轰——”孔无柔的双掌几乎是在蔡风的身形移开的同时击在地面之上。

尘土飞扬，一股炙热的气流四泄而飞，带着枯焦的草木，场面极为凌乱，便若是末日的到来，声势的确惊人。

孔无柔的眼神之中充满了惊骇与讶异，不是因为蔡风那古怪而可怕的身法，而是因为在这四泄飞散的杂物之中若鬼影子一般赶至的一只脚，一只要命的脚。

那是蔡风的脚，蔡风的脚赶至得极是时候，正是孔无柔根本没有反抗之力的时候。

“砰！”一声闷响，夹着一声闷哼，孔无柔巨大的身体便若一块陨石一般飞泄而出。

蔡风却多了满面的惊讶，他虽然踢中了孔无柔的身体，但他只感到自己的脚似乎是撞到一团烂棉花上，柔软得难以着力。

蔡风只这么呆了一下，便觉得右腿一紧，竟被那干瘦老者的银鞭给缠住，跟着便是一股大力，沉重地将他掀起。

蔡风一声狂吼，身子竟如一阵疾风般地向那干瘦的老头撞去，竟似刚才孔无柔所使的那一脚。

这一招似乎大出那老头的意料之外，虽然他的银鞭可以传力，但蔡风的动作实在太快，根本就不让他有任何反应的机会。

那老头“嘿”地一声怪笑，手中的银鞭一抖，蔡风的冲势立刻随之一缓，但他却知道，那老头绝对没有再抖银鞭的机会。

果然，那老头出掌了，炙热而狂野的劲风有若热带的风暴一般，向蔡风涌到。

蔡风已经根本没有考虑的余地，便在他的双脚就要与那老者的手掌相接的那一刹那，蔡风的左脚脚尖一抖，竟插入那老者的双掌之间。

“啪——啪——”两声爆响，蔡风的左脚荡开那老者的右手，右脚却正与那老者的左掌相接，电光石火之间，那老者脑袋一偏躲过蔡风要命的一脚。

蔡风也跟着反旋而出，右脚之上的银鞭便散开来，但他绝没有一丝空闲，迎着他的却是那四名被他借了劲气的大汉，每个人的手中都握着一支极奇怪的兵刃，长长的，注满小孔的黑铁棒，运行起来竟似有千万个野鬼在哭啼，舞得阴风惨惨，让人的心底充满了阴影，更有一种说不出的勾魂摄魄的力量。

蔡风的眼睛再一次眯成一道极细极细的缝隙，便像是一柄很锋利的剑。

那惨惨的阴风在这一刹那竟似乎变得无比肃杀，充满了难解难散的杀机。

每一个人都清楚地感觉到这之中细微的变化，这之中的气机每一刻都牵动着所有的人，蔡风在所有人的眼里，都已经成了一柄无坚不摧的剑，那纯粹是一种感觉，一种精神上的感觉，看见了蔡风那锋利可比利剑的目光之人感触尤为深刻。

一道电光自虚空中突然爆开，比之夕阳之光亮过千倍。

更可怕的，却是那道电芒之上所散射而出的气劲，那种穿山裂云的气劲，竟似实质的利刃，刺入每个人的肌肤。

"叮，叮叮！"脆响在虚空若勾魂之乐一般让人心惊动魄，然后那道电光变亮，将那四名握着奇怪兵刃的人吞噬，最后，连蔡风也消失在亮光之中。

这只不过是一刹那之间的奇迹，然后一切都变得平静，天空之中飘过几片碎成蝴蝶大小的布，有蔡风身上的，也有那四名汉子身上的。

蔡风静静地立在风中，剑斜斜地握着，剑尖微斜地指着地面，胸口起伏得极为剧烈。

那四人也静静地立着，像是苍老的岩石，若非他们起伏的胸膛告诉人们，他们还活着，定会有人当他们是死去了千年的干尸。

静，只能算是一种无奈的形容，这一刻似乎很静，便连在一旁呕血的孔无柔也表现得那么静。

"你到底是什么人?"那干瘦的老者，手中的银鞭微微有些颤抖，他刚才与蔡风对了一招，虽然蔡风并没有占到多大的便宜，可他却深深地感觉到对方体内那股浩然纯正的气劲，竟然不怕他那炙热而狂野的火劲。而且更显得那纯正之气浩无边际，根本无从摸出对方功力的深浅，这一刻对方竟连续淡然自若地应付了六位一流高手的联击，更将己方的人击成重伤，单凭这份武功就足以惊世骇俗，所以那老者忍不住骇然地问道。

蔡风深深地吸了两口气，先平复胸中翻涌的气血，强忍着仍火辣辣的疼痛，沙哑着声音平静地问道："银蛇野魔谢春辉?"

那老者并不否认，淡然道："不错，老朽正是谢春辉。"

蔡风又扭头向那仍牵着那头怪狗的人淡然问道："想必你便是神犬矮魔董前进?"

"不错，正是本人，朋友的眼力不错!"董前进极冷漠地道。

"那你定是无颈飞魔孔无柔?"蔡风肯定地望着嘴角仍流着血丝的孔无柔道。

"哼!"孔无柔似乎充满了恨意，并不理蔡风的问话，一心在调气自疗。

蔡风心下也有些骇然，不明白那孔无柔究竟练的是何种武功，竟可以承受那足以开碑裂石的一脚仍能够这么快便爬起来。

"想不到今日关外十魔竟有九位到场，不知道究竟是哪一位仍未赶到呢?"蔡风悠闲地笑问道，暗自却在不断地运功调息，以求在最短的时间里恢复元气。刚才那一轮急攻，在生与死之间，虽然蔡风能够化险为夷，这之中多少有些侥幸，不过仍是损伤了很多元气，特别是那几记硬击与最后那一剑。

关外十魔的名头绝对不是浪得虚名，有个传说十魔同出一个叫"烈焰魔门"的门派，其武功全在最酷热的沙漠中练习，"烈焰魔门"最可怕的武功便是一套极厉害的掌法"修罗火焰掌"。这种掌力极难练成，但一旦达到极顶之时，却可以化人为飞灰，为一种至刚至阳又至邪的武功，只不过，传说自烈焰魔始祖至今，除始祖之外，竟无一人可以将修罗火焰掌练至极顶之境，甚至到后来渐渐式微，连最开始的许多招式都已遗失了，这对于烈焰魔门的确是个打击。而到了十魔这一代，其名声却又大震，在关外几乎无人不知，只是这十人很少涉足关内，是以中原武林几乎没有听说过这十人，但北方武林，却因经常有来自漠外的商人，也便听到许多的传言，只是见到十魔的人并不多，但今日，这里却云集九魔。

"这位朋友的眼力果然厉害，武功更是罕见，不知道这位朋友高姓大名，属于哪条道上的?"谢春辉淡漠地道。

蔡风淡然一笑，道："承蒙夸奖，我想你们并没有必要知道我的姓名。不过，我可以告诉你，我不是与破六韩拔陵一条道上的。"

“那你是蔡风的人喽?”董前进冷冷地问道。

“如果你要这么认为，我也没必要作出任何解释，反正我们已经交过手，也击伤了你们的人，这大概已成了是敌非友的局面，还有什么话好说呢?”蔡风淡漠地回应道。

“哼，朋友好狂!”董前进冷冷地道。

“在关外，你们不是也狂了好一段日子吗?只是不知道又为何甘心为人所用，去做别人的一颗棋子呢?我真有些想不明白。”蔡风讥讽道。

几人脸色一变，但蔡风那种莫测高深的样子的确让他们无法看透。

“汪，汪……”那怪犬向蔡风不住地狂吠。

蔡风心中不由得起了一团阴影，暗忖：这一群人来这里是干什么呢?心神一动，漠然问道：“你们想寻找什么呢?”

“这个用不着你管。”一位极高大的汉子冷然道。

“哦，你便是鬼手力魔董根生，是吗?果然极为壮实。”蔡风淡然调笑道。

谢春辉向董前进打了一个眼神，同时冷笑道：“既然朋友不给面子，那你我双方只好在手底下见真章了。”

蔡风心中暗自冷笑，淡漠地道：“在下这一生只有一个最大的好处，那便是不怕任何人的威胁。”

谢春辉一声冷哼，手中的银鞭竟一下子抖得笔直，便若一杆锋利无比的银枪，夹着一阵锐啸向蔡风迎面刺到，董根生诸人更是一声怪笑，向蔡风飞扑而至。

董前进却驱狗顺着那气味一直追寻。

蔡风的心神进入一种无波的境界，平静得像是一潭没有波纹的井水，因为他知道只有这样他才能够有不败的本钱，他更明白，关外十魔绝不是省油灯。而此刻他面对的却是关外十魔中的七个，便是面对普通的七个高手，也是一件极吃力的事，何况这些全都是一流的高手。

蔡风咬咬牙，手中的剑极缓地推了出去，似是极缓极缓的动作，像是吸水的蛇，但只在眨眼之间，便已经齐肩，剑尖齐眉，然后，便有一朵美丽的花在蔡风的眼前绽开，扩散，一朵成两朵，两朵成四朵，八朵……竟似在一刹那之间衍化成满天的花朵。

这是一个春天，所有的花却是在蔡风的剑下绽放，所有的春意却完全被杀机撕裂。

几欲让人窒息的杀机，几欲使人昏死的压力，便在这无数朵美丽而又凄艳的花朵之间产生，爆发再变得不可收拾。

花朵吞噬了银蛇，吞噬了铁棒，再吞噬了蔡风自己，天地之间，只存在花朵，只存在那虚幻而可怕的杀机。

世界似乎全都变得不真实，的确有些不真实。

“叮……”一声脆响，花朵全部消失，蔡风的身子竟若鬼魅般已趋入谢春辉五尺之内，那些花朵只不过是一场美丽虚幻的梦，只是蔡风诱惑人的一种手段，真正的意图不是拼，而是杀人，那无穷无尽的杀机似乎从蔡风那狂野的剑锋之上奔涌流泄而出。

谢春辉一阵骇然，他也没想到蔡风的身法如此诡异，如此快捷，滑溜得像完全不粘手的鳝鱼，那些怪异的铁棒，那种勾魂摄魄的音韵，对蔡风根本起不了作用，不过，他已经没有考虑的时间。

蔡风剑上所散发的剑气似已将他紧紧地包裹，甚至连喘息都有些困难。

“见鬼！”谢春辉不由得暗骂，手中的银鞭就像是一条没骨的灵蛇自蔡风的身后迂回过去，依然带着穿金裂石的气势，在那破空的尖啸之声下，快若奔雷。

攻其必救，这一招大有与蔡风同归于尽的气势，若是蔡风执意要杀死谢春辉的话，那么，他也将受创于银鞭之下，便是不死，也至少是重伤，那时，便只有受另外几人屠宰的份。

蔡风“嘿”地一声冷笑，剑势极为飘忽地一转，竟换至左手，身形微微一侧，长剑不进反退，斜击向那腾跃如蛇的银鞭，而且比进击之时更快。

这种突然改变攻击方向的举措大出众人意料之外，更何况对方突然改以左手握剑，更是大出剑道常规。

“叮……”在众人仍未能反应过来的时候，蔡风的剑已经与那银蛇般的长鞭交接，虚空之中擦出一溜火花。

谢春辉身子微微一震，那根银鞭竟不受控制地向外荡开，不仅向外荡开，而且是疾若狂龙般向董根生撞去，只听那拖起的锐啸，便知道去势绝对不会比攻击蔡风的时候小，甚至更狂野，更猛烈。偏偏谢春辉又有一种身不由己的感觉，因为他根本无法收回激涌而出的劲气，他不明白为什么会这样，但却明白，定是与蔡风那一剑有关。

蔡风这一剑并不是平击，而是极灵巧地反拨，竟然让谢春辉的劲力巧妙地攻向董根生，同时再附上自己的劲力，等于成了两位高手同击一人。

董根生似乎也觉察到这一鞭的异样，本来他想由后面追袭蔡风，追势甚急，可这一刻，他根本刹不住自己的脚，只得挥动手中的铁棒迎向银鞭。

“轰——”一声爆响，董根生那硕大的身体竟刹不住脚地狂退数步。

谢春辉的形势似乎也并不是很好，但更可怕的却是蔡风如影随形地追到，手指若万点兰花向他的胸口拂到，指未到，劲气早已让他感到肌肤刺痛。

他的心中似乎已隐隐地感觉到这神秘而可怕的敌人是谁，但他们却没有任何考虑的机会，必须出手相抗，否则只有一个惨败的结局。

蔡风的眼中闪过一丝冷漠的笑意。

“汪，汪……”那只怪犬一阵狂吠，似是遇到了极为可怕的敌人一般。

“嗥！”瞬即，那只怪犬一声惨嘶，便再无丝毫的声息，也不可能再发出任何声息，因为一支极利的箭已洞穿了它的脑门，那古怪血红的鼻子也被射穿，喷出的是腥臭至极的血水。

神犬矮魔一声极怒的狂呼，身形便若炮弹一般向那箭射出的地方飞扑，像是要将凶手撕成碎片。

一声轻哼，一道利芒由地底冲起，然后便是一道潇洒若矫龙的身形追随在利芒之后破地而出，疾迎向董前进。

“啪……”蔡风的手指若雨落荷池一般洒落在谢春辉的手掌之上。

谢春辉一声惨哼，身形向后暴退，手掌犹一阵刺痛，那苦练了数十年的修罗火焰掌，只差一点没给废去，口中不由得骇然呼道："兰花流星手!"

"算你有眼力。"蔡风冷笑着回应道，同时手中的剑又回荡起一层层美丽的浪花，划向另外五人的攻击圈之中。

"叮……啪……"虚空中又传来两声爆响，董前进的身形呼啦啦地倒跌而出，而那道由地下冲出的身形也同样重重地坠落在地上。

"游山黑龙付彪!"董前进骇异地喝道。

"不错，正是本人!"来人正是付彪，见对方一口便呼出了名字，也不否认，反而神态极为优雅地望着董前进。

"我的神犬是你杀的?"董前进冷漠得像是吞了十万颗冰块一般问道。

"狗是我杀的!"一个比董前进更冷的声音飘了上来，董前进也不知道什么时候付彪身后多了一个冷酷已极的年轻人，像是完全没有表情的木偶，但却给人一种异样的震撼。

"你是谁?"董前进止不住震惊地问道。

"蔡新元!"那青年人依然是那么平静地道，似乎人世间没有任何东西可以博得他一笑，冷得让人禁不住打寒战。

第五十章　柳塔传说

董前进那喷火的目光定定地盯着蔡新元那没有丝毫表情的脸，但余光却忍不住仍落在他手中把玩的一柄极短小的剑上。

这柄剑并没有什么不同，可能不同之处便是它的短小，便是在于它的精巧，无论从哪个角度来看，这柄剑都似充满了一种难以解释的吸引力。

“你还我神犬的命来!”董前进咬牙切齿地狠声道，同时步子沉重若拖着千斤重物一般向蔡新元移去。

“若是你够分量的话，便来拿。不过，别怪我没有警告过你，别人怕你关外十魔，我蔡新元却不怕。”蔡新元冷而自信地道。

“叮……”一阵脆响，蔡风的剑竟分别在每一根铁棒之上点了一下，无论是角度、力度都几乎达到完美。

蔡风的身子禁不住一震，倒射而出，若纸鸢一般，在空中不住地倒翻，直至飘至三丈之外才重重地落下，却深深踩出两个脚印，心中不由得暗呼厉害。

那五魔心头也是一阵骇然，这一下以硬碰硬，居然不能够让蔡风受伤，而且是合五人之力，这几乎是骇人听闻。不过，他们知道对方是个绝顶高手，虽然如此仍忍不住心惊。

董根生一声怒吼，那硕大的身体像一堵山似的向蔡风盖到，那根比其余几魔粗大了一倍的铁棒以泰山压顶之势向蔡风劈到。

蔡风的眼神中竟露出一丝苦涩，双脚依然置于那深坑之中，丝毫动弹的意思都没有。

那根大铁棒掩起的劲风早已让地上的沙石乱飞，可到离蔡风只不过五尺远时，蔡风依然没有丝毫反应，像是毫不在乎这铁棒下击之举一般，那双眼睛冷冷地望着董根生。

虽然董根生极为自信，极为凶悍，依然被蔡风看得心头发毛，但眼下已成了骑虎难下之局，无论蔡风有什么可怕的后招，他依然不能够有丝毫的停留，击下这一棒已经成了他不可扭转的定局。

四尺，三尺……蔡风依然没有动，甚至连手指都未曾动一下，只是头发被棍风扫得乱飘，洒散于面部那蒙面的黑巾之旁，显出一种异样的疯狂。

董根生心头暗喜，他不相信世上能有人到这个时候，仍然会不作反应，除非是对方真的想死。

蔡风不想死，他不是不想出手，可是他却无法出手，刚才那一记硬拼虽然没有让他受伤，但却将他的真气击岔，幸亏他修炼的是正宗的纯阳真气，若是邪门真气，只怕这一击定要走火入魔。虽然他未曾走火入魔，可这真气走岔也需要一个时间来调息，而在这个时间之中，蔡风根本无法动手。

蔡风不能动手，但并没有死，本来董根生这一棍足以将他的脑袋击成粉碎，但蔡风却没有死，董根生也恨不得将这神秘的高手击裂成无数块，但他做不到。

因为一柄剑，一柄与这铁棍不成比例的剑，却是付彪的。

只有一声极轻脆的细响，然后便是一声怒吼，那声音是从董根生的口中发出的，有人将他口中的猎物抢了去，他自然要发怒。

付彪也挡住董根生这一棍，因为这一棍太沉，太猛，但不一定要硬挡，付彪的剑足以在这根铁棍击中蔡风头顶之前将董根生的手指尽数切断。

这一招很狠，也够直接，当一个人的十指尽数切断便自然无法握棍，没人握的棍子又有什么杀伤力呢？所以董根生他不会傻得仍去击蔡风的头顶。

“叮，叮——”付彪的剑在董根生的铁棍之上连击两下，两人的身子同时震了两下，各自倒退了三大步，而付彪正好退到蔡风的身边，手掌重重地搭在蔡风的期门穴上。

蔡风的身子一震，手中的长剑再次荡起，若奔雷逐电般迎向谢春辉的长鞭。

付彪眼角微微绽出一丝欣慰与欢快，手中的长剑一沉，幻出数朵美丽的剑花，踩着极优雅的步子滑向董根生。

董根生本想继续攻击蔡风，但见付彪的步子极为玄奥，手中的剑更是怪异莫名，只得放弃攻击蔡风的打算，集中精力专心对付付彪。

董前进十指如箕，疯狂地扑向蔡新元，他辛辛苦苦驯出的异犬，就如此被对方击杀，叫他如何不怒，叫他如何不气。

蔡新元眼角溢出一丝淡淡的冷笑，手中的短剑已经在空中交织成一道密密的网，只待对方的手伸入这剑气范围之中，便变成废人。

董前进虽然在暴怒之中，但却未失去警觉性，毕竟是关外十魔的老二，应变之速大大地超出常人想象，更何况这一招本是蓄意如此，真正的攻击武器却是一根铁链，系狗的铁链，便如一道可怕的铁蛇，钻入蔡新元的剑网之中。

“嗖！嗖……”数十支劲箭没头没脑地飙射而出，不知来自何方，但目标却是十魔。

“报告卫帅，刚才属下发现谢大圣与其余的几位大圣向南边行去，似乎是有所发现，但是当属下诸人赶去之时，九圣与几名兄弟已经不见，属下还听到几声低啸，怀疑是九位圣者出事了，特地回来禀报，还请卫帅定夺！”一名偏将匆忙行入大帐，恭敬地道。

“九位圣者不见了？金蛊圣者呢？”卫可孤惊骇地问道。

"金蛊圣者犹未出关。"那偏将道。

卫可孤眉头微锁，有些沉吟地淡然道："可发现其他可疑之处没有？"

"属下并没有发现任何异样，只是顺着蹄印前行，却发现那十二匹健马蹄印到一个地方全都消失，地上有明显的打斗痕迹，甚至有血迹，可是并未发现九位圣者的踪影，才会怀疑是他们出事。"那人声音微微有些急切地道。

"哦，居然会有这样的事情，你立刻去找三王爷，向他说明此事，由他派人去探查。"卫可孤淡漠地沉思道。

那偏将恭敬地应了声"是"，转身便退了出去。

卫可孤也信步行出营帐，在几名卫士的簇拥下，向树林旁几处哨口行去。

"卫帅！"林旁几人忙鞠躬恭敬地呼道。

"嗯！"卫可孤傲慢地应了声，淡然问道："树林之中可有何异动？"

"据数位兄弟们的查看，林内应该是在砍伐树木。"一名士兵大胆地出言道。

"砍伐树木？"卫可孤不由得狐疑地反问道。

"几个方向的兄弟都这么认为！"

卫可孤不由得向身旁边的几人望了望，似在征询他们的意见，但是那几人并不言语，因为他们早从卫可孤的眼中看出了答案。

"想来卫帅心中早有定夺。"一个老者极精灵地捧道。

卫可孤得意地笑了笑，道："我想，蔡风定是怕我们以火攻，于是他们便以伐木对付火攻，这样他们便可立于没有树木之处躲过一劫，看来蔡风的确不是一个蠢人，但他们却没算到我们根本不会以火相攻，便让他们多耗体力！这只会对我们的战局更有利。"卫可孤洒然笑道。

"卫帅所言果然极是，我们便让他们砍吧，砍倒了那些树，我们便会更少一些障碍。"那老者忙附和道。

"属下所想与卫帅所思不尽相同。"一个中年人手中握着一杆羽扇慢条斯理地道。

“哦，兆先生有何建议不妨明说。”卫可孤微微感到有些惊讶地问道。

“那属下便现丑了。蔡风这伐木之举应有两种用意，一种便如卫帅所说，严防火攻，但凭他们的人力，这么一下午又能砍倒多少树木？又能捡出多大一块面积供避火呢？这林子不仅密而且也不算矮，若大火一烧，他们没有足够的活动空间的话，便是被这些烟熏也要给熏死，四周的烟雾足可将他们头顶的气息阻隔，让他们窒息而死，以蔡风的聪明，岂会想不到这一点？”那被称作姓兆的人淡然道。

“那兆先生的意思是？”卫可孤疑问道。

“属下认为，蔡风此举是防备卫帅晚上袭营，是以伐下一些树木，在林间设置路障，设置机关，而我们又是在夜晚行军，根本无法发现这些路障机关的存在，因此会损失大增。”那中年汉子沉重地道。

卫可孤一呆，他毕竟是位极了不起的将才，岂有不明白此理的，尤其是夜晚，那些树林本就够可怕的，再加上那些根本不知道是什么样子的机关，他们岂会有胜算？

“你们可有发现对方林内兵力分布情况？”卫可孤冷漠地问道。

“这林子太密，属下根本无法探查出他们的落营之处，便连天鹰也没有找到，这的确很奇怪。”那人也有些不解地回应道。

“哼，我不相信，他们永远都待在这片树林之中，我们便守到让他们水尽粮绝吃树皮的时候为止，看是他们厉害还是我们厉害。”卫可孤冷漠地道。

“我们只需在这四面设哨，便成了瓮中捉鳖之势，谅他们也难逃一降之局。”那姓兆的中年汉子附和道。

“嗯，那我们便与它们来一个持久之战，不怕蔡风不授首。”卫可孤目中闪过一丝极凌厉的杀机。

“报告卫帅，三王爷有事请卫帅去相商。”一名卫士匆匆奔来恭敬地道。

卫可孤望了那名卫士一眼，翻身跃上马脊，淡然道："领路!"

那卫士忙恭顺地牵起马缰……

破六韩修远脸色极为难看，便连鲜于修礼也是眉头紧锁。

卫可孤一走进来便觉察到营内的气氛不对，双目冷厉地扫过营内几人一眼，声音微冷地问道："到底发生了什么事?"

破六韩修远苦涩地一笑道："你来得正好，我也不知道该如何说。"说着向身后的两人打了个眼色。

那两人立刻抬出一具狗尸。

卫可孤不由得失声叫起来道："神犬天狼?"

"不错，正是董老二的神犬天狼，只是现在已经是一条死犬了!"鲜于修礼也有些无奈地道。

"你们在哪里找到的？那董老二他们呢?"卫可孤的声音有些急切，他当然知道，这所谓的神犬天狼已经是死犬一只，没有可能一箭透穿脑壳仍有活命的机会，可是这神犬天狼却是董前进的心爱之物，如何会这样不明不白地死掉呢？难道真的是这几人出事了？

"在密林南面一里之遥的灌木林附近，我们发现了已经死去的神犬天狼。"破六韩修远神情有些怪异地道。

"怎么会这样？以九位圣者的武功，竟会在不知不觉中消失，究竟是什么人干的呢?"卫可孤有些不敢相信地唠念道。

"目前，我们仍不知道九位圣者的下落，但最大的可能是他们遇到了很可怕的事情。"鲜于修礼也插口道，眉头依然紧皱着。

"那你们可发现什么可疑的情况?"卫可孤沉声问道。

"那里附近有过打斗的痕迹，可以看出都是一些高手，更有修罗火焰掌烁烧过的痕迹，可是并没有太过明显的行迹，地上更有血迹。"破六韩修远沉声道。

"单看这一箭的力道，能透穿狗的头骨，对天狼一击致命此点，便知道这人绝对是个高手，可是怎么会让九位圣者全都在不知不觉中失踪呢？连呼喊的机会也没有，如此的高手又会是什么人呢？”卫可孤沉吟道。

“难道是蔡伤或是黄海来了？”鲜于修礼神色微变疑惑道。

破六韩修远与卫可孤也不由得呆住了，相互望了一眼，都看出对方眼中的惊惧之色。

谁都知道，若是蔡伤与黄海这两大绝世高手的任何一人到来，眼下的形势恐怕便不会那么乐观，单只看十魔之中的九魔无声无息地消失，便让人深深地感受到这之中的可怕。

“哼，便算是蔡伤来了又怎样，难道他可以胜过千军万马？”破六韩修远不服气地道。

“话不能如此说，蔡伤便是有再大的神通，也无法敌过千军万马！否则十七年前他也不会战败，可是你可曾记得十六年前的吴含？吴含自身也是个了不起的高手，曾独挑泰山剑派，连被誉为天下第一剑客的铁旗花也被其斩断三指，也同样有着许多高手相护，可是仍是死于蔡伤之手，若是明来，蔡伤也不会怎么可怕，可是若蔡伤不依常规，谁也说不清会是怎样的结局。”鲜于修礼神情肃然地道。

“鲜于将军不觉得自己是在长他人志气，灭自己的威风吗？”破六韩修远不屑地道。

鲜于修礼脸色一变，淡漠地一笑道：“难道三王爷会不知道蔡风的厉害？儿子犹能如此，父亲可想而知。”

破六韩修远怒容自脸上微显，喝道：“你……”

“两位不必争了，为了小心起见，希望各自加强戒备，莫给对方有可乘之机，便是蔡伤再如何厉害，他终是个人，是人便会有弱点……”卫可孤打断破六韩修远的话沉声道，神情中自然露出一种威仪。

破六韩修远狠狠地瞪了鲜于修礼一眼，鲜于修礼却并不假以神色，根本看不出他到底是怎样的心思。

“那我们要不要对‘金盅圣者’说起此事？”破六韩修远话题一转沉声

询问道。

“这件事情他终还是会知道的，我们也没必要作任何隐瞒，这件事情便交由我来做吧。”卫可孤吸了口气，道。

“报——”一名卫士惊慌失措地闯入了大营，高声呼道。

卫可孤与破六韩修远同时一惊，扭头怒问道：“何事如此慌张，给我细细禀来。”

“不好了，卫帅，西粮仓着火了。”

“什么?”卫可孤骇然惊呼。

“这怎么可能? 快，还不去救火!”破六韩修远失声惊呼。

“有许多兄弟见粮仓火起，便立刻赶往，可是却不知是哪里蹿出一队人马，一阵乱射，竟阻止兄弟们去救火。”那人有些胆战心惊地回应道。

“走，我们去看看。”卫可孤声音冷得有些发寒地道。

老远便望到西头的烟尘火头冲上了天空，可见火势极旺。

西粮仓，可以说是卫可孤这次战斗的本钱，内藏有极多的粮草，不仅是用来长久地对付蔡风，还想借这机会屯存一些粮草，为进攻关内作好准备，而此刻竟将付之一炬，怎么不叫他心痛? 不过，他仍保持着大将之风，那种临危不乱的神态表现得极为自然。

火势并未曾得到很好的控制，对方显然用了许多西域的黑油，使得火势蔓延得更快，此刻虽然数百人忙于救火，但仍只能使火头不再迅速蔓延而已。

破六韩修远与卫可孤诸人赶到火场时，只感到一阵极为炙热的气流扑面涌到，望着那忙碌着救火满面烟尘的兵士，心头涌出无限的杀机。

“敌人呢?”卫可孤冷然问道。

“敌人便像他们来的时候一般，不知道是怎样撤走的，啊……”

“浑蛋，饭桶!”破六韩修远一声怒骂，手中的刀已经自那名士兵的脑际划过，一颗头颅若球一般滚入火堆之中，鲜血狂喷而出，沾湿了马头。

卫可孤眉头微微一皱，鲜于修礼却似乎是在欣赏一场极优雅的戏一般，而一旁的士卒都惊若寒蝉，连呼吸都变得沉重起来。

卫可孤吸了口气，漠然道："这火不用救了，让它去烧，立刻给我传令下去，寻找可能让敌人自由出入的地道，一定要查出到底是什么人干的，同时立刻增派人手去北粮仓，小心贼子的偷袭。"

那些士卒立刻松了一口气，极为利落地将该带走的东西全都带走，幸好粮仓所在之地四周皆极为空旷，同时更引河水而至，本就有防火之意，这一刻将能带走的东西全带走，火势再怎么烧也只能够烧毁这一座粮仓而已。

鲜于修礼与破六韩修远并不作声，因为他们也看出，再怎么及时地将火势扑灭，所得到的也只可能是一些烧得很焦的末末，因为粮仓之中本就有马所食的草类，再经对方的油一浇，以水相救只会更增火势，不再去救火显然是极明智之举，可是此刻眼睁睁地望着粮仓在眼前烧毁，那种感觉似乎也不好受。

"北面的粮草只能够支持我们五日之用，五日之后，我们该怎么办?"破六韩修远漠然问道。

"没想到我们聚三人的力量仍斗不过一个小小的蔡风，尚未曾与他正面交手，便处处受制，看来我们都低估了他。"卫可孤感叹地道。

"蔡风的确犹如他父亲蔡伤一般，拥有神鬼莫测之机，在这乱世之中将是第一流的战将，我们一日不除此等大敌，寝食都无法安宁。"鲜于修礼感慨地道。

破六韩修远听鲜于修礼这么一说，反而神色平静了不少。

"我们必须五天之内想出对付蔡风的方法，否则，我们只能撤离大柳塔，或者我们调集数万大军紧围大柳塔，不然的话便会毫无用处。"卫可孤肃然道。

"有这么严重吗?"破六韩修远有些不敢相信地问道。

卫可孤苦涩地一笑道："我还从来都没有打过这种仗，未战已先败。

我也希望不会有这么严重，但事实可能只会比我所说的更严重。”

“我有些不明白，为何卫帅有如此想法!”鲜于修礼也有些不解地问道。

“事实上，我们全都低估了初出茅庐的蔡风，包括大哥在内。我们一直以为蔡风会在得手之后，直入关内，我们也一直作好了打追伏战的算盘。可是事实上，蔡风并未让我们如愿，甚至可怕的是他早已作好了打持久战的准备，正如鲜于将军所说，这个年轻人的确有神鬼莫测的本领，每每做出出人意料的举措。”卫可孤沉重地道。

“卫帅何以说他有打持久战的决心呢?”破六韩修远更为疑惑地道。

卫可孤仰头望望那仍极旺的火势，深深地吸了一口气，又望了望破六韩修远，淡然反问道：“三王爷不觉得蔡风在长街消失得很突然吗?”

“那是他们行入了地道之中，这一点似乎没有什么奇怪的呀!”破六韩修远不解地道。

“他们的消失当然没什么奇怪，只要他们有充足的准备，在长街之下挖上一条地道也并不是不能突然消失。奇怪的便是那长街之底竟会有这么一条地道，这条地道自然不是一朝之事，虽然这里的土质松软，要挖出这么长的一条地道，也不是容易的事，但这条地道确确实实地存在，那么便是说，这是他们早就有了准备，早就有了这挖地道的准备，若只是这么一条地道自然不足为患，可是刚才烧毁粮仓的一群人，来得突然，去得更神秘，这之中肯定另有地道通至此处，否则他们绝对无法逃出将士们的眼线。而这一帮人自然不会与蔡风毫无关联，若这地道存在的话，便是说，蔡风早在这大柳塔地底下挖开了很多条战道，与我们捉迷藏，敌在暗我在明，且对方的高手众多。这一场仗根本就不用打，早就已经知道输赢了。难道两位还不明白我话中的意思吗?”卫可孤脸色极为阴沉，眉头也深锁起来道。

破六韩修远与鲜于修礼不由得全都呆住了，背心之上不由得凉飕飕的，竟出了一身的冷汗，若是照卫可孤所说的，那么，这个蔡风的确是太可怕了。

"可是他说在大柳塔交换人质的事情只不过是半月前的事而已，在这么短的时间里，他又怎能够挖如此多的地道呢?"鲜于修礼仍有些不太敢相信地问道。

"这便是蔡风的可怕之处，在十五天之内，想挖出这么多的地道当然不可能。可是你是否听到过一个传闻?"卫可孤淡然地反问道。

"什么传闻?"鲜于修礼惑然问道。

卫可孤淡漠地吸了口气，深沉地道："那是关于大柳塔人的传闻。早在数百年前，慕容代掌权时，大柳塔人便有挖地穴以躲兵灾的习惯，后来便有人索性挖通一条长长的地道，更有一种对生命的保障，他们的财产很多都存放于地道之中。兵至大柳塔，只会看到一座空城，甚至连半点食物也找不到，数代人如此演绎下去，在大柳塔的地下早已是地道纵横交错。只是近年来，饥荒实在太厉害，西面风沙不断入侵，才使得大柳塔的居民大量外迁，真的便成了一座空镇。"

"你是说，蔡风正是利用这种地形来对付我们?"破六韩修远神色剧变问道。

"这是极明显的事，有这半个月的定期，蔡风有足够的时间将这些地道串起来，那将是千军万马也无法战胜的堡垒。更可怕的却是，我们正如在他们陷阱之中的猎物，一个不小心，便会有被他们吞噬的危险，这已经是不用置疑的事实。"卫可孤吸了几口凉气，眉头始终无法舒展。

"那我们还是早些撤离这个鬼地方的好。"破六韩修远的声音之中充满了惊惧。

"不，我们还有大帅所用的最后一招，或许这是我们唯一翻本的机会。"鲜于修礼似又充满了一丝希望地道。

"你是说金蛊圣者?"卫可孤问道。

"不错，或许他会有办法。"鲜于修礼认真地道。

"他的九位师兄弟一同出手都没有起到任何作用，他一个人又能够起到什么作用？我看还是不要寄什么希望好了。”破六韩修远不满地道。

卫可孤沉思了片刻，吸了口气道：“我们便赌上一把，否则如此回去，真是无脸见大哥，也输得太惨了。”不经意中，目光扫过一旁静思的玉手罗刹脸上，淡然问道：“曾姑娘又在想些什么呢？可否有什么好的建议，不妨说出来。”

破六韩修文与鲜于修礼的目光不由得同时落在玉手罗刹的俏脸之上，都显出一副色与魂授的神态。

玉手罗刹一声浅笑，娇声道：“曾丽乃一个女流，何敢谈什么建议。曾丽身出江湖，对行军打仗却是一窍不通，卫帅见笑了。”

卫可孤眼中闪过一丝傲然，不再理会玉手罗刹的反应，淡然道：“那现在我们立刻去找金蛊圣者，若是他也无法可想的话，那我们便只好迅速撤离了。”

蔡风的神情极为安详，静静地品着茶，有说不出的优雅与从容。

游四也很优雅，极轻缓地笑道：“卫可孤看来是不死心，他也的确输得够惨，那种战无不胜的神话，全都成了泡影，我都为他感到可惜，只是不知他还有什么招式可用。”

“我们不能小看卫可孤这个人，或许破六韩修远与鲜于修礼两人不足为虑，但是对卫可孤，却不能轻视。此人极为深沉，眼光更有独到之处，还是叫各位兄弟小心行事。对了，那密林之中的事情也不用再行照顾了，只留几名兄弟在那里稍稍留意一下便行，谅来卫可孤也不敢强攻入林。”蔡风淡然道。

“公子的谋略，我游四算是心服了，如此从容对敌，倒的确是一件很优雅的事。”游四含笑道。

付彪由地道的另一个出口大步行入，恭敬地问道：“不知公子要将他们九人如何处置？”

蔡风淡然一笑道：“想他们关外九魔也是有身份之人，我们也不能怠慢了他们，传说四魔金蛊神魔田新球是十魔当中最可怕的人。这次我们似乎漏掉了这个人，若是得罪了这九个人，与这个可怕的人物结为仇家，恐怕也不会是一件好事。”

“不错，金蛊神魔田新球，传说乃是南朝之人，祖籍为湖北蕲春，曾游走各地，在苗疆待过五年之久，后来是带艺投入烈焰魔门，其武功如何，没有人知道，恐怕只有烈焰魔门的老门主高金生与他自己才知道。江湖之中的人知道他，是因为这人满身都是毒，更可怕的却是金蚕毒蛊，我虽然不知道这种毒物到底有多么可怕，但据我师父当年介绍说，这种毒物至少可在天下毒物排行榜上排于前五位。而他杀人，根本无须动手，单只毒物足以让所有的敌人死无葬身之地，所以便没有人知道他的武功到底有多么可怕。”游四吸了口气凉气道。

蔡风浅浅地一笑，悠然道：“金蚕毒蛊虽然可怕，但我却知道，金蛊神魔最可怕的并不是这种毒物!”

“那是什么？难道还会有什么比金蚕毒蛊更可怕的吗?”游四骇然道。

“我也不知道那是什么，但据我爹说，金蛊神魔从来都未曾动用过这种毒物。而我爹曾说过，金蛊神魔真正可怕的应是武功，用毒物，只不过是因为对手从来都不配与他动手而已，所以他很少动手。”蔡风吸了口气道。

“金蛊神魔的武功会有如此可怕?”游四有些不敢相信地道。

“你千万不要小看这个用毒的人，他在使用这些毒物之前，便已经是一个不世的高手。当年，他曾与南朝第一勇士郑伯禽交过手，那时候他才只二十岁，而郑伯禽却已经是名满天下，且是武帝萧衍身边的大红人，没有人知道他为什么会与郑伯禽交手，但那次他却败了，但却是败在第三百招之上，那是二十二年前。后来，他便下了苗疆，因为他无法在南朝立足，郑伯禽曾派出大量的高手追杀，他便一路西逃，直至苗疆他才避开追杀，并为一苗女所救，只是这苗女后来为一种极奇怪的毒物所伤，这种毒物竟比金蚕毒蛊的毒性更可怕，传说是由金蛊蚕毒蛊之中变异出来的品种，是这苗女亲自培植而出，却毒死了自己。在苗女临终前，便将这种新品种的金蚕毒蛊培植方法告诉了金蛊神魔田新球。在苗女死后，他便一直未续弦，而是一心研究这毒物的解药，他满天下走，便是想寻找一种草药，只可惜，当他行至大漠之时，自己也中了这种毒物的毒，在将死之时，碰巧遇到高全生，是高全生的修罗火焰掌劲逼住了这种毒物，而金蛊神魔所需的药物正长在烈焰魔门之内，因此，他便投入了烈焰魔门，并研制出了这种可怕的毒物的解药。但却发誓不会再用金蚕毒蛊与这种毒物，就是为纪念他的亡妻，可是便是不用这两种毒物，他的毒物也一样可以让江湖中人谈之变色，你所说的知道他武功的人，恐怕便是高全生也不会清楚。”蔡风极为悠然地道。

“你怎会知道得这么清楚？”游四吃惊地问道。

“我爹也曾游历天下，对这样的人又岂能不加以了解？而我师叔更是对这么一个厉害的奇人有所注意，岂能不对他另眼相看呢？”蔡风有些微微地傲意笑道。

“二十二年前便能够与郑伯禽这种有数的高手交手三百招才败，二十二年后，那武功会有多可怕呀。”游四不由得咋舌道。

“不错，二十二年，对于一个练武的人来说，的确不是一个很短的时间，想来他的武功的确是已经到了登峰造极之地了。”蔡风感叹道。

“那他为什么不去找郑伯禽报仇呢？”付彪不由得疑惑道。

“这个我也不大清楚，不过想找郑伯禽这种人报仇并不是一件简单的事情，以郑伯禽眼下的势力，在南朝能相比之人几乎不多，其徒子徒孙无一不是好手，更有被称为郑伯禽继承人的彭连虎，武功也已是深不可测。郑伯禽也知道有这么一个可怕敌人的存在，十几年前，也曾几次北上，可是他并不知道金蛊神魔便是他所要找的那个可怕的年轻人田新球，江湖中人知道金蛊神魔武功的人的确不多，便算有人猜他的武功很好，也只不过是将十魔并列而已，其实他的武功早在十魔的师父高全生之上，以郑伯禽的武功，眼下的九魔便是齐上也困不住他，若想与郑伯禽战成平手，至少需五魔联手，可想金蛊神魔的武功是怎样的可怕。”蔡风淡然道。

“但郑伯禽当年便曾败在庄主的手中。”游四有些不以为然地道。

蔡风优雅地一笑，道：“天下以刀法而论，自然是‘怒沧海’第一，郑伯禽的刀法虽然很好，又如何能与‘怒沧海’相比，天下又有几人可以胜得过师叔呢？不过师叔也曾说过，当初他胜过郑伯禽也很侥幸，郑伯禽那时的功力比他深厚得多，几乎让他没有施展‘怒沧海’的机会，可想而知郑伯禽是如何强横。不过师叔的武功进步自然要比郑伯禽快上很多，此时，更不是郑伯禽可以比的。”

游四的目光射出无限向往的神色。

“那我们是不是应该放了他们呢？”付彪疑惑地问道。

蔡风不由得哑然失笑，道：“你这岂不是说我们怕了金蛊神魔？我们自然没必要这么早就放了他们，此刻金蛊神魔犹未曾出现，但他也一定来了大柳塔，我们留着他们见机行事便可以了，不过，恐怕连破六韩拔陵也不会知道金蛊神魔的武功会如此可怕，他们应该没对金蛊神魔寄多大的厚望。”

“我们早已派兄弟去监视卫可孤诸人的动静，只要有什么消息，自然会来通报。我想，卫可孤这次只好认栽了，这也是没办法的事。”游四自信地笑道。

“孙三寨主可曾离开大柳塔？”蔡风话题一转淡然问道。

“三弟已按照公子的吩咐去与崔将军联系了，到时候定会按照公子所指定的地点接应。”付彪肯定地道。

“我们必须将天上的那只扁毛畜牲给弄下来，否则，只怕我们乖乖信鸽会逃不过它的利爪。”蔡风忧虑地道。

“此刻我们胜券在握，又何必多此一举地要让他们来接应呢？”一旁的三子有些不解地问道。

“小孩子懂什么？行事必须求更好，不能最好，但也不能满足现状，时局的变化往往只在眨眼间。此刻我们虽胜券在握，但谁敢保证中途不生变故呢？事事想得周全一些总是利大于害。更何况，我们想要对付破六韩拔陵，那便得让这次招安不成，这次招安不成，最好最直接的方法，莫过于让破六韩拔陵认为我们是受着李崇或是朝廷的指使，才会做出这般行动，那样破六韩拔陵又岂会再相信什么和谈安抚?”蔡风神秘而又得意地笑道。

“公子之说果然绝妙，果然绝妙。”游四不由得赞道。

“天下的乱子，现在可够大的了，朝廷如此一招降，便极明显地是向反贼示弱。这只会让对方更猖狂，让各路思变的人各举义旗，整个北方将会陷入一种前所未有的乱局。”蔡风目光中射出无限的睿智，淡然道。

游四不由得有些异样地望了蔡风一眼。

蔡风悠然一笑，扭头望了游四一眼，淡然笑道：“那时，便有游兄一展抱负之机了。”

游四只觉得微微有些不自在，声音有些干涩道：“游四到时愿为公子效犬马之劳，以公子武功才智，他日定能成就一番大业。”

蔡风漠然地吸了口气道：“我也很自信可以成就一番事业，但若是那般的话，我便不是蔡风了。蔡风一向不喜身入官场，今次与破六韩拔陵相决，是迫于无奈，只要能让我有猎可打，自由清闲岂不更乐哉？何苦要让这些凡尘俗事所牵挂。”

游四微微低下头，不再言语，心中升起一种异样的感觉。

蔡风含笑不再言语，眼中却闪过一丝不屑。

卫可孤眉头紧锁，偏偏在这节骨眼上，金蛊神魔要闭什么关，他心中有许多的怨言，只是不想说出来。

“几位大人久等了，田某实在是不好意思，请里面坐。”一个微带寒怆的声音自屋里悠悠地飘了出来，竟像是响在几人的耳边，清晰无比。

破六韩修远诸人不由得骇然，相视对望了一眼，面面相觑。

卫可孤不再言语，大步行入屋内，破六韩修远与鲜于修礼也紧跟其后踏入室中。

室内缭绕着一层淡淡的烟雾，那香炉之中的檀香依然悠悠地燃起。

卫可孤并没有丝毫的异动，因为他知道对方绝对不会在烟雾之中下毒。

破六韩修远的神色微微有些紧张，目光丝毫不眨地盯在那端坐于蒲团之上的中年汉子，那微微束起的头发，仍然极自然地散披于肩头，消瘦而清秀的脸上微显出沧桑之态，却掩不住那种来自内心的傲气。

那便是金蛊神魔田新球，谁也不会想到如此一位恬静而清奇的人却是江湖中人人都畏敬三分的用毒高手。

“三位大人请坐。今夜得三位大人造访，想必是有极重要之事，若有用得着田某的，何不明言？”金蛊神魔缓缓地睁开眼，眼中闪过一丝极淡也极锐利的目光淡然道。

“圣者既然如此讲，我也不用拐弯抹角地说了。”卫可孤淡然道，顿了顿又吸了口气道：“这次，我们三人是栽得很厉害，被蔡风这小子戏耍了一阵。这里都是自己人，也不怕你笑话，对这小子，我们已经是没办法了，只望圣者能为我想到一个好的办法，让我们挽回败局。”

“哦，小小一个蔡风竟会有如此可怕？”金蛊神魔讶然问道。

“不瞒圣者，你的九位师兄弟全都失踪，而神犬天狼也死于非命，我们怀疑这一切是蔡风所为。”鲜于修礼补充道。

“什么，他们什么时候失踪的？”金蛊神魔骇然问道。

“今天下午！”卫可孤漠然道。

金蛊神魔神色微变，疑问道：“难道大家竟没有什么知觉，他们是无声无息地消失了？”

“的确是如此，因为此刻大柳塔的地底之下，已经全是地道，虽然不过巴掌大的一块地方，可我们根本就无法得知他们的藏身之地，形势已经对我们完全不利，所以我们才冒昧地来见圣者，请早一些用上我们的最后一招，否则，我们将全无胜望。”卫可孤神色微微有些焦虑地道。

“可是此刻，我的九位同门都可能已经落在了他们的手中，若用最后一招，岂不是逼他们以辣手对付我的师兄弟?”金蛊神魔神色间有些犹豫地道。

“可是圣者若是不施出最后一招，恐怕我们永远也无法找到九位圣者的下落，更无法知晓他们的生死，难道这么一点圣者也会不明白。”破六韩修远有些不耐烦地道。

田新球冷冷地望了他一眼，漠然道：“田某自然有分寸，我不必用最后一招，却也有办法将他们逼出地面。”

“你有办法将他们逼出地面?”鲜于修礼眼中立刻射出无限的希望，惊喜地问道。

“这个方法并不难，只是对我的九位同门可能会造成一定的威胁。”田新球微微有点担心地道。

“若是圣者有顾虑的话，我们也不想勉强，我们可以立刻将咱们的将士撤出大柳塔。”卫可孤声音极为平静地道。

田新球望了望卫可孤那一脸冷漠的样子，不由得淡然一笑道：“即使有所顾虑，也不会在这一刻，田某自然是以大局为重。”

“圣者知道这么想就好。”卫可孤神情稍缓道。

“不知圣者将用什么方法将他们逼出地下呢?”鲜于修礼有些好奇地问道。

“鲜于将军等一会儿自然会明白，事不宜迟，我们立刻行动。”田新球故作神秘地道。

“我们当如何配合圣者的计划?”卫可孤平静地问道。

“你们只要作好作战的准备即可，但我却不希望你们伤了我的九位同门。”田新球淡然道。

“圣者请放心，卫某做事会有分寸的。”卫可孤微微欠身立起，洒然道。

“有卫帅这样一句话，我也就放心了。”田新球衣袖轻轻一拂欣然道。

第五十一章　军中魔隐

脚步声惊动了蔡风与凌能丽，同时抬头向洞口望去。

“报告公子，卫可孤与鲜于修礼及破六韩修远一起去见了一个人，此人的身份似乎极高，竟让三人在门外守候了半个时辰。”一名健汉行了进来恭敬地道。

蔡风松开凌能丽的手，讶然立起，问道：“你可曾见到那人是什么模样?”

“没有，属下不敢行近，门外有玉手罗刹、宇文肱等好手把守，根本没办法靠近。”那人摇了摇头茫然道。

“哦，那会是什么人呢？对了，他们可曾出来?”蔡风又问道。

“卫可孤几人倒是出来了，可是那神秘人却没有出来。不过，属下见他们三人进去之时愁眉未展，而出来之时却似有喜意，属下以为，他们可能会另用诡计来对付我们。”那人沉声道。

“你立刻去通知付寨主与游公子，叫他们小心防备。”蔡风望了望天边渐渐淡去的晚霞道。

“是!”那人应了一声，立刻又钻入洞穴之中。

蔡风望了凌能丽一眼，温柔地道：“能丽冷吗？我们不如进去吧?”

凌能丽不应地摇摇头道：“地道里都闷死了，我想多在外面待一会儿，透透气也是好的。”

蔡风悠然一笑，解下肩头的淡黄色披风，温柔地披在凌能丽的肩上，关切地道：“裹紧些。”

凌能丽心头一阵温暖，不由得轻轻地偎在蔡风的怀中，美目一动也不动地凝视着天边那逐渐淡下去的亮斑，似有些伤感地道："清明已经过去七天了，可惜今年不能陪爹爹去娘的坟前上香，不知道娘是否会怪我！"

蔡风的心立刻揪得很紧，声音有些苦涩地道："你娘怎会怪你呢？你也是身不由己呀，她还一直在你的身边保佑你呢，否则的话，你怎么平安地回到我的身边。"

"是呀，定是娘在天有灵，一直保佑着女儿。对了，你为什么不问我这一段日子怎么过来的呢？"凌能丽有些奇怪地问道。

蔡风收拾情怀，悠然笑道："我知道我不问，能丽也会对我说的。"

凌能丽的目光紧紧地逼着蔡风，似乎觉察到蔡风语言之中的那丝苦涩。

"你为什么这么看着我？"蔡风有些心虚地问道，目光想移出凌能丽的视线，但却没法办到，神情更显得尴尬。

"你在说谎对吗？"凌能丽淡然地问道。

"我为什么要说谎？"蔡风的头微微垂下，心虚地反问道。

"你的表情告诉了我，我知道，你是怕问起一些让我伤感的事，而让我难过对吗？也的确，一个女孩子身在虎狼群中，而能安然无恙，谁都不会相信，你怀疑我，我也没话可说。"凌能丽不由得黯然伤神道。

蔡风心头大痛，伸出那双微微有些颤抖的手，轻轻地搭在凌能丽的肩头，有些动情地道："相信我，我爱的是你的人，是你的善良，是你那与众不同的气质与性格，只要你心属于我，其他一切我都不在乎。"

"真的？"凌能丽有些不敢相信地问道。

"嫁给我，好吗？只要一回去，我便会向我爹禀明此事，我要在葛家庄宴请天下的武林豪杰，我会将我们的婚礼办得更胜大族豪门，愿意屈嫁给我吗？我发誓这一辈子要好好地待你，好好地爱惜你。"蔡风目中显出极其坚决之色，更多的却是柔情满怀，之中仍夹有一丝痛苦之色。

凌能丽俏脸骤然变冷，重重地甩开蔡风的双手，惨然道："我不需要怜惜，也不要人家的可怜，我凌能丽只能怨命苦，我有手有脚，将来与我爹一起四方行医也能够养活自己。”

蔡风脸色霎时变得苍白，双手再一次搭在凌能丽的肩头，定定地望着她那双美丽的大眼睛。

凌能丽一阵心虚地移开脸，冷然地道：“你还不放开手！”说着重重地去扳蔡风的手，可是却若蜻蜓撼石柱一般。

“看着我！”蔡风的声音中充满了威严。

“你想干什么？”凌能丽心慌地反问道。

“我要你看着我，听到没有？”蔡风在一刹那间竟变得无比霸道。

凌能丽不情愿地扭过头来，却只是低低地望着地面，并不敢望蔡风的目光。

蔡风伸出一只手轻柔地端起凌能丽的下巴，认真而深沉地望着她那美丽的眸子。

凌能丽的心一阵乱跳，有些惊慌地道：“你要欺负一个弱质女流？”

“不，我再重复一遍，我爱你，是爱你的善良，爱的是你那美丽的灵魂。我要你嫁给我，不是怜惜，也不是报恩，更不是可怜。我要你嫁给我，就只有一个理由，我爱你，你明白吗？”蔡风声音中带着一丝微恼的情绪大声道。

“可是我已经不再是以前的我了，难道你还要一个不贞洁的妻子？”凌能丽有些怯怯地问道。

蔡风仰天一声长啸，啸声穿云裂雾，良久仍不绝于耳，这才深深地吸了口气，淡漠地道：“所有欺负过你的人，我都不会让他活下去，便让过去的一切随他们的死全都埋葬。我蔡风乃是顶天立地的男子汉，连自己心爱的女人都保护不了，这只能怪我没用，罪责又岂在你？”

“我不要你继续承担这份罪责，你是顶天立地的男子汉，所以我更不想影响你。你放开我，天下比我好的女子多的是，何愁没有你所喜欢的呢！”凌能丽的声音极坚决地道。

“好，很好！”蔡风惨然一笑，声音中充满悲愤地道。

凌能丽只感到蔡风的手一松，忙骇然倒退两步，低下头不敢看蔡风的表情。

“锵!”蔡风从腰间重重地拔出葛荣给他的那柄剑，向凌能丽紧逼了两步，又来到凌能丽的面前，只吓得凌能丽再次倒退三大步，惊骇地问道：“你要杀我……”话刚说完不由得呆住了，因为蔡风竟在不知不觉之中将那柄剑塞到她的手中，不禁让她大为不解。

蔡风淡漠地望着凌能丽，有些怆然而又坚决地道：“你只有两条路可走。”

“你想怎么样?”凌能丽惊疑失措地道。

“要么你便嫁给我，要么你就杀了我。”蔡风说着竟真的将双手后负，双目紧闭，苍白的脸上闪着一丝痛苦而又坚决的表情。

凌能丽不由得呆住了，她没有想到蔡风给她的却是这么一句话，而且说得是那么坚定那么认真，心头不由得一阵感动，一阵欣喜。

“使不得，凌姑娘，千万使不得!”付彪此时刚从地道中爬出，听得蔡风如此说，不由得担心不已，虽然他知道凌能丽绝不可能杀蔡风，仍禁不住为之着急。

“二寨主不要过来，这是我们俩人之间的事，旁人休要插手，否则休怪我不客气!”蔡风声色俱厉地道。

凌能丽不由得一声娇笑，手中的长剑向下一垂，神情欢快已极地向蔡风怀中扑去。

突然，凌能丽的脸色一变，变得铁青铁青，众人的耳内传来一阵极古怪的乐音。

蔡风听到凌能丽一声欢快的娇笑，又再听到这乐音，便不由得张开眼，可便在这一刻，付彪一声惊呼，蔡风只感到一阵凉意袭至胸口，本能地便让了一让。

“嗤!”一声轻响，蔡风只感到一阵冰凉的感觉来自体内。

是一柄剑，他的剑，葛荣送给他，而刚才他又交给凌能丽的剑，这一刻，竟深深地刺入他的体内，很深，很深。

痛，先由蔡风的心头升起，他完全麻木了一般，一双本来修长而有力的手，此刻只是重重地抓着那淌血的剑身，眼神之中充满了痛苦与伤感，软弱而无力地道："你，你选择了杀我？"

一旁的付彪竟骇得呆住了，傻傻地望着眼前发生的一切。

"不，不，这不是真的……"凌能丽失魂落魄地倒退两大步，拼命地摇着头，眼中却急出了泪水，可是眼前绝对不是梦境。

蔡风感觉不到痛，因为他的心早已麻木，生命似乎再也没有任何的意义，微弱而惨然地道："人总是要死的，能死在心爱的人手中，可……可算是一种……幸运。"

"对不起，我不是有心的……"凌能丽泪眼婆娑地摇着头，痛苦地道，说着竟自怀中抽出一柄匕首向自己的心窝重重地刺落。

"不要！"蔡风与付彪同时高声呼喝道，但他们根本无法阻止凌能丽的刀势。

"叮！"斜斜地飞射出一块小石子，那柄匕首被激得自凌能丽之手脱飞而出，竟向付彪的面门射来。

付彪一呆，来不及思索，便伸手向那柄匕首抓落，同时耳边又听到那奇怪的乐音响起。

凌能丽面色之间又一次变得铁青，一声狂叫，向那乐音传来的方向狂奔过去。

"留住她！"蔡风虚弱的声音呼道，同时重重地咳出一口鲜血。

付彪身形若野鬼一般向凌能丽的身后掠去，数步之间已赶至凌能丽的身后，伸手正要抓她时，突然感到左侧传来一股炙热而滚烫的气劲，而且浑厚无比。

"呀！"付彪一声厉啸，身形再次冲天而起，在下落之时，长剑已经化作一道亮丽的彩芒，向那神秘的偷袭者刺到。

"哼！"那人一声冷哼，也不见如何动作，手指一阵乱弹，竟将付彪这凌厉的一剑化于无形，而且有数缕火劲，顺着剑身传至手上，只让付彪感到一阵烁烫，心头大骇之下，斜斜向凌能丽掠到，借机伸手重重地抓住凌能丽的一只手臂。

“想得倒美!”那人如影随形地追至，口中冷然喝道。

付彪只感到劲气自四面涌到，而且炙热无比，正是烈焰魔门的“修罗火焰掌”劲，不由得又惊又怒，知道来人定是金蛊神魔田新球，否则，天下间不可能有如此可怕的魔门高手，于是一咬牙，手中的长剑若一道道太极之势在面前划过无数剑圈。

那四面八方涌至的火劲立刻被剑式分化，但付彪也差点让火劲把胡子全都烧焦，正在他有些力不从心之际，忽觉手上一轻，凌能丽竟被对方以奇奥无比的手法夺了去，而他手中抓的却是一副衣袖。

暗影一闪的同时，付彪竟呆住了，凌能丽的手背之上一点殷红，鲜艳欲滴之物正是一颗守宫砂，只是此时的凌能丽似完全失去了知觉一般倒在一名相貌清秀的中年汉子怀中。

付彪根本没有考虑的机会，因为此刻蔡风已命若危卵，袭击蔡风的赫然正是宇文洛生。

这是一个极为狡猾也极有心机的人，知道乘这个时候捡一个便宜，而此时的蔡风完全已陷入昏迷状态，哪还有还手之力。

眼见宇文洛生的剑就要斩上蔡风脖子之时，突然一声暴吼自地底传出，地面上竟有一大块泥土冲天而起，跟着一道身影若矫龙一般飞出。

宇文洛生大骇，他没料到，对手自地下冲出，仍会有如此惊人的准头，若是他想斩下蔡风的头颅，那他也只会有一个结果，被对方斩成两截，他当然不会为了一个将死之人，而送了自己的命，他绝不是那种无私的人。

“轰!”他一改攻势，双脚重重地踢在那块泥土之上。

泥土立刻碎裂成无数的小块，迅疾地冲向蔡风的面门，去势之疾，足以将蔡风的脸面击得满是创伤。

那由地下冲起的人“嘿”的一声冷笑，肩头的披风有若一片云彩横过天空，那飞射的土块竟全都包裹于披风之中。

宇文洛生倒翻而出，避开付彪的攻势，重重地落在那抱着凌能丽的中年汉子身边，心头暗叫可惜，如此一个大好的立功机会竟然丧失。

“公子，你怎么样了？”由地下冲出之人正是长生，这一刻不由得焦急地呼道。

“快扶公子进地道。”付彪急道。

“想走，没那么容易！”破六韩修远的声音自不远处响起。

长生与付彪脸色疾变，长生扶起蔡风的身子，电射般向那洞口掠去。

“嗖！嗖！”数十支劲箭若飞蝗般向长生的背后射到。

付彪一声狂吼，手中的长剑便若是闪过的流云，幻起一片可怕的凄迷。

“叮，叮……”十数支劲箭竟没有一支可逃过剑圈之外。

“好剑法！”说话之中，破六韩修远的刀已经若电芒般划破虚空，刺入付彪的剑网之中。

“呼！”一道疾若奔雷的声音自付彪的身边飞插而过，竟是冲向长生的背部。

长生一声冷哼，身子丝毫不停，手中的长剑反击而出。

“当！”的一声清脆若晨钟的声音在虚空中响起，长生的身子一震，那股巨劲只震得他有些气血翻涌，却不知道是哪一位高手，可在仍未有反应的时候，手中的长剑一紧，竟被那件兵器给缠住，心中大急，匆匆一回头，却见正是鲜于修礼的飞爪，心知自己的功力与鲜于修礼差上一个级别，忙松开手，长剑化作一道电芒向鲜于修礼的面门射到。

鲜于修礼没想到对方竟可以舍却兵刃不要，要知道，一个武人最重视的便是自己的兵刃，简直可用第二生命来形容，可是长生却毫不犹豫地弃之不要，怎么不叫他大感意外。

长生一声厉啸，与蔡风的身形疾没在地道口，但却有一声惨号传了出来，竟是卫可孤的一支劲箭钉在了长生的肩头。

“轰——轰——”地面竟似是在片刻之间全都开了花似的，泥土便像是一张地网，由地下向上狂扑。

“当，当……叮……叮……”付彪一声闷哼，身形倒射而出。

破六韩修远也脸色微变地疾退，手臂之上，鲜血顺着长刀缓缓地淌下。

鲜于修礼一声暴喝，根本就不理地上翻飞的泥土，手中的飞爪向付彪抓去。

付彪身形疾坠，“噗”的一声闷响，竟沉入地面之下。

“嘶！”鲜于修礼的飞爪之上抓起一大块破裂的衣服，并没有抓到付彪。

众人无不大惊，付彪竟似是遁地而走，沉入地下，那些泥土立刻若浮沙一般带着草茎及小灌木，向破六韩修远、卫可孤诸人飞扑而去，数十支劲箭也夹在飞扑的泥土之中冲起。

天空立刻变得极为昏暗混乱，战马狂吼地嘶叫着，一声声惨叫不绝于耳。

当天空再次沉静下来，现场留下的只是一片凄惨，地面之上已陷落一个大坑，显然是对方将地道口全数封闭，摧毁，不给破六韩修远诸人任何的攻击机会，并借这种方法来帮助付彪诸人顺利撤走。

卫可孤冷冷地望着身后狼藉的尸体，刚才那突然而如此狂暴的攻击，竟使他手下的战士数十人死伤，受惊的战马此刻倒受到了控制，卫可孤又望了望抱着凌能丽的中年人，神情极欢悦地道：“多谢圣者鼎力相助，若非圣者出手，恐怕今日之战局真是无脸见人，此刻蔡风便是不死，也不会有什么好活的了，不足为惧，不知圣者可还会将他们自地下逼出来？”

田新球望了怀中的凌能丽一眼，微带歉意地道：“此刻，我也无能为力，我之所以说能将他们自地下逼出来，全都因为有这女娃的存在，在她的身上，我早已下了一种极奇特的药物，我必须用她身上药物散发出来的气息去吸引我那些小宝贝进攻。而这种气息是不会在空气中留下任何异味的，只会存在于她身体四周十丈范围内，因此，此刻我那些小宝贝已无法察知他们究竟会是在地下哪一点，也就无法将他们逼出来了。”

“哦，原来如此，那我们是不是该把这女娃杀了呢？”卫可孤心中暗叫可惜地问道。

“不，大王在临行之前便曾吩咐过我，要将这女娃带回去交给他，而且还要完好无损地交给他。”田新球悠然道。

“哦!”卫可孤不由得向凌能丽多打量了几眼，心头升起一种异样的感觉，似乎有些不屑，但又有些酸涩。

“那么刀疤三与九位圣者，我们如何才能够救出来呢?”鲜于修礼神情又有些凝重地问道。

“不错，这一刻虽然让蔡风吃了这一亏，可对于我们的救人计划却是没有很大的帮助。”破六韩修远有些气馁地道。

“现在我们只能等待机会。”卫可孤凝然道。

“等?”破六韩修远有些无可奈何地反问道。

“不错!”卫可孤沉重地道。

游四的眉头皱得好深好深。

“怎么办呀，现在该怎么办呢?”三子若游魂一般在地道中反复地走来走去，口中却总只有这么一句话。

“你别老像个游魂似的好不好，吵得人心烦。你这样晃来晃去能解决问题吗?”蔡新元不耐烦地道。

三子没好气地望了他一眼，不服气地嘀咕道：“想法子，有个屁法子，再不去治只怕流血也会流死人。”

“你少说两句行不行?”长生恼道。

三子怯然地望了长生一眼，对于长生，他有几分畏怯，当下不敢多言。

游四吸了口气道：“不错，当务之急，我们必须先为公子止血，然后再以水路尽快入长城与李崇的援军汇合，军中自有高明的大夫可以治疗公子的伤。”

“水路，一路之上太过危险，随时都会有被卫可孤追上的可能，船根本无法胜过马的速度，而瑶镇又属于破六韩修远的势力。卫可孤自然也会想到我们要急着救治公子，当然不会不设置千重阻碍，我们这番出去只会是送死。”付彪神色凝重地道。

“付寨主的伤势怎么样?”游四关切地道。

“还要不了我的老命，但破六韩修远这小子的一脚可真不轻，虽然只有四成功力落实，仍叫我筋络移位，只怕没有三天的休息是无法复原了。”付彪叹着道。

“全是那个女人，若不是她怎会弄成这样一个局面。”三子怨声骂道。

“你给我闭嘴!”长生显然有些怒意地吼道。

三子脸色微变，一脸悻悻之色，对于长生像大哥一般的威严，也不敢怎么顶撞，只是心中却憋了一肚子委屈。

长生也发觉自己是动怒了，有些过火，不由得歉然道：“对不起，我不是有意的。”

“不，是我不对，我太激动了。”三子也有些不好意思地道。

“的确，这不关凌姑娘的事，这只能怪金蛊神魔田新球，凌姑娘的心神受了他的控制，若不是他弄鬼，凌姑娘怎么可能下手呢?”付彪有些狠狠地道。

“让我去杀了那九个老鬼，替公子报仇。”三子又不由得激动了起来。

“我们不能杀了他们，凌姑娘现在仍在他们的手上，便是杀了九魔，我们也无法报得了仇，我们之中没有人是那魔头的对手，再加上他那神秘莫测的毒功，我们不可能杀得了他。”付彪极为认真地道。

“金蛊神魔真的有那么厉害?”游四有些惊异地问道。

“丝毫不假，我与他交过手，但我却知道他根本就未曾用全力，可我已经不是他的对手，我不知道是他手下留情还是不想让卫可孤、鲜于修礼及破六韩修远见到他的真功夫，但这个人正如公子所说，是个可怕的敌人。”付彪不无忧虑地道。

“那我们该怎么办?我们冲也冲不出去，而公子的伤又不能够拖延得太长。”三子焦烁地道，一脸的惶急之色。

“现在公子的伤势怎么样呢?”游四关心地问道。

“公子仍旧昏迷不醒，那柄剑又不敢拔出，虽然五师父给他止了血，却仍止不住自剑身渗出来的血水，这始终是一个大患。”长生苦恼地叹道，满屋之中的人全都是愁眉苦脸之相。

“我看我们不若就利用今晚的时间，去闹他奶奶的一番，杀几个狗贼解解气。”蔡新元气鼓鼓地道。

“我看这里便由游公子照顾一下吧，我飞龙寨的弟子也全听从游公子调遣，蛇无头不行，如何安排相信游公子定比我这大老粗更懂得，我要找个地方静静地疗伤。”付彪深沉认真地道。

“不错，游兄文韬武略都胜过我们，便由你指挥，我长生也愿听从指挥。”长生坚决地道，说着却一咧嘴，肩头的伤口竟在洞壁上碰了一下。

“既然这样，我恭敬不如从命了，我们必须兵分两路，一路是送公子回去疗伤，而另一路却要在这里牵制敌人，公子目前的情况自然是无法承受一路的颠簸，所以我们只能走水路，要么便由四名兄弟做好担架抬着公子走，而以我们目前的人力，大可以两种方式同时进行，这样我们便可以分散对方的高手，达到减少危险的目的。”

“好，这个方法的确可行，我们大可做五路而行，四路走旱路，一路走水路，一路上，我们都得故作出神秘之状，全都隐秘行事，只能这样赌上一次了。”付彪高兴地道。

“我们每路十二人，便由六十名兄弟去负责，每路分三组分担，一路上直奔长城之内，相信卫可孤再厉害，也得费上一番工夫，而我则留下来牵制敌人，一定要闹他个鸡犬不宁。”游四神色稍缓道。

“那我们便在今晚出发，出发之前，便让我们去扰得他们一场大乱之后再见机行事。”长生果决地道。

“好，便这么决定，长生兄你迅速去挑选出五路人马，送公子去治伤之事便交由你安排了。”游四重重地拍了拍长生的左肩膀认真地道。

“放心吧，我会的。”长生目中射出几缕坚毅而又微有些伤感的眼神。

夜色已渐深，大柳塔犹如死域，安静得有些可怕，地上虽有几堆篝火，但只是显得气氛更加阴森。

风呼呼地吹，像是在奏着一种极悲哀而又凄凉的乐曲，寒意早已将大地笼罩得没头没脑。

破六韩修远诸人的营帐仍亮着灯，但却没有丝毫的声息。

卫可孤的营帐似乎没有人能够知道，特别是到了晚上，卫可孤几乎没有营帐，他的营帐便是将士的营帐，或者他根本用不着这个东西，这是他的习惯，也是他小心的作风，但却绝没人敢笑他这是怕死的表现，因为每个人都会怕死。

“啪——”一支旗花箭在夜幕的虚空中爆开，那种花雨般的亮丽，在这漆黑的夜晚的确有一种异样的凄艳。

然后，大柳塔内的场景便自这一刻起，变得热闹了起来。

火头四起，呼喊声，马嘶声，在夜空之中交织成一种难以描述的慌乱。

到处都似乎是杀机，其实，每个人都知道处处都埋藏有杀机，可是这些似乎都成了无法避免的，战争本来就是残酷的，没有一点人情可讲，命运完全不由自己主宰。

游四的目光四处寻找，但却仍无法找到卫可孤的影子。敌营的慌乱的的确确是一件事实，事已至此，他已经无法再考虑什么，各路暗处的兄弟早已按照信号发起了进攻，但是每人都只是自暗中放箭，这种一明一暗的战局似乎极明显，优劣早分，可是游四的心中老似搁着一种阴影，却不知道这是因为什么。

敌营之中的人极多，与游四的百来位兄弟，几乎不太成比例，但是对方却处在绝对的慌乱之中，而且游四身边的人更都是一些好手，又处于有利的地势，自然不是卫可孤的人所能比拟的。

各处的地道口，几乎全都打开，对方根本摸不清敌人到底来自何方，手忙脚乱之下，几乎根本没有还手之力，慌乱中只是越来越集中，全都向中间汇集，似乎全都有一种趋向安全的本能。

游四的兄弟也全渐渐地向中间攻击，一个个若猛虎一般，一个个都是山寨上的好手，或猎人，步下的功夫自然是这些战马上坐惯了的人无法比拟的，纵跃之间，更显出其灵活与动感，在黑夜之中，便若是飘动的幽灵。

游四心中的阴影愈来愈浓，忽然之间，似知道了这种感觉来自哪里，不由得将手中的旗花箭冲天甩起。

"砰！"一蓬火焰冲天而起，却与刚才的那一支色调完全不同。

那些正杀得起劲的众寨中兄弟，极为乖巧地回头退开，而此时却有无数支火箭若流星般向游四这个方向射到。

一阵阵长啸自四周响起，营地的地面之上竟燃烧起来。

游四心头骇然，火光亮起之后，他才发现，黑暗之中的地面，全都倒上了一层古怪的东西，遇火即燃。

"杀啊——"破六韩修远一声怒吼，自黑暗之中跃出。

游四发现火势迅速要断去他们的退路，不由得大急，高呼道："撤——"

不用游四说，那些兄弟也明白中了敌人的诱敌之计，迅速后退，但他们已经深深地步入了这一层古怪的引火物之间，对方的火箭不断射至，四处都是火起，只有偶尔的缝隙才可以跃出。

这时，一直向内退缩的敌人也疯狂地反扑而上，个个凶猛异常。

游四一声长叹，知道这一刻已经无法退回去了，虽然他一个人，或少数几人可以退回去，但如此惨败，独活又有什么意思，不由得仰天悲啸，高喝道："杀啊——"说着长剑飞扬向火圈内杀入。

火圈之内显然是对方故意留给他们自己人的落脚之处，也就未曾洒上这浮滑而又似油脂之类的东西，不会着火。

游四明白，与破六韩修远诸人交手，只会是死得更惨，不若与兄弟们一起死得痛快，是以反向火圈之中扑去。

"游公子！"那数人一声惊呼，他们本已冲出了火圈，见游四反扑入火圈，心下无比的激动。

"你们给我先走，去告诉刘寨主及庄主，叫他们为我们报仇便是。"游四口中坚定地喊道。

"想走？没那么容易！"鲜于修礼极为凶猛地扑至。

"哼，你算什么东西！"一名汉子悲愤地冷哼道，竟不退避，向鲜于修礼迎去。

"柳大哥！"另外四人惊呼。

“你们先走！”那汉子怒叱道。

鲜于修礼料不到此人会如此回答他，不由得气炸了肺，从来都没有人敢向他说“你算什么东西”，何况此人只不过是一个名不见经传的小人物而已。

那四人见事已至此，多说也无法挽回局势，只得纵身跃入地道。

“你去死吧！”鲜于修礼手中的铁爪并不飞出，而似是两只手一般向那人胸口抓到。

“未必我柳青便怕你！”那汉子身手不弱，手中的剑竟若穿花飞蝶，灵活得便似有灵性一般自两只铁爪之间向鲜于修礼的胸口刺到，虽然没有鲜于修礼的动作快，但剑却占了灵活的优势，如此距离，只要鲜于修礼的飞爪击在他的胸口，而他的剑也定会刺穿鲜于修礼的胸膛。

鲜于修礼大惊，双爪立刻向怀中一收，要夹住那柄长剑，但对方似早已料到这一招，长剑在虚空中一扭，灵活已极地划了一个圈，不依不饶地再切向鲜于修礼的小腹，如此一来，反而将先机都占了去。

鲜于修礼一声冷哼，右手的铁爪向下一搭，而左手的铁爪却击向柳青的脑袋，招式极为狠辣。

柳青依然是不为所动，手腕再一扭，手中的长剑竟再次翻转而上，直削鲜于修礼的手臂，同时上身微侧，身子斜斜后扭，反踢出一脚，直撩鲜于修礼的下阴，招式之狠比鲜于修礼有过之而无不及。

鲜于修礼若甩出飞爪，至少可以将对方的后背击出一个大洞，但如此一来，他自己却难保不被对方断去右手，废去他的命根子，他自然不会傻得去换，因此，他只得倒收铁爪，直捞柳青的脚。

谁料柳青这一脚却是虚招，只听他低啸一声，冷笑道：“再见！”整个身子突然一收，便若一支劲箭般射入地道之中。

鲜于修礼赶到地道口，已经太迟了，刚才所发生的一切只不过是眨眼间的事，却让鲜于修礼有喘不过气来的感觉。

“告诉你，别欺天下无人，一山更有一山高……”最后的声音是似乎柳青早已深入洞中，变得有些模糊。

卫可孤不由得与鲜于修礼面面相觑，刚才那汉子只不过是一个名不见经传的小人物，居然有如此可怕的身手，真是大出人意料之外，但这却是事实。

破六韩修远却有些幸灾乐祸地笑道："柳青，嗯，倒是没听说过的无名小辈。"

鲜于修礼一听，立刻气往上冒，怒叱道："你……"但却无话可说。

"怎么，鲜于将军以为我说错了吗？修远的确未曾听说过这人的名字。"破六韩修远故作一副无辜之状，再补充一句，只气得鲜于修礼七窍生烟，但又不能发作。

"卫帅，此地事已经快结束，修礼留于此地也是多余的，我便先告退了。"鲜于修礼气恼地道。

"鲜于将军……"

"鲜于将军走好啊，这个世上也不知道有多少柳青这样的无名之辈。"破六韩修远打断卫可孤的话，极尖刻地道。

鲜于修礼扭头冷冷地望了破六韩修远一眼，漠然一笑道："多谢三王爷的好意，也愿王爷好生保养，勿多用力气，否则，恐怕手臂难好。"

"多谢关心！"破六韩修远暗怒道。

"哼！"鲜于修礼一声冷哼，一拂袖，飞身跃上一匹战马，向一旁的几人低喝道："我们走！"

游四手中的剑若游龙一般，挥洒而出别有一番风韵，那些本来有些慌乱的飞龙寨弟子与葛家庄的好手，见游四如此义气，心头不由大为感激，人人存有拼死的决心，更是杀招连连，虽然对方的人数至少是己方的五六倍，但却占不到丝毫的便宜。

"兄弟们，杀呀，杀一个够本，杀一双赚一个，死也要像个英雄汉，死也要死得痛快。"游四一声高呼，左手之上竟在刹那闪亮出一道银龙，竟是一柄怪异的弯刀。

一剑一刀在虚空之中划出一道道优美无伦的圆弧，几乎没有能挡住他三招的敌手，这些人平时在马背上号称无敌，可是在马下与这些高手相比，却差得太远，一个个若斩瓜切菜一般倒下。

鲜血狂喷，乱溅，在火光的辉映之下场面显得无比的惨烈，每个人满身都是鲜血，也不知道是敌人的还是自己的，惨叫之声不绝于耳，而卫可孤等人在外面也无法冲入火圈，只能听着火圈之内的喊杀。火苗极高，混乱之中，虽然能看得清楚敌我，但箭却很易伤及自己人，便连他这箭道高手，也没有把握不伤自己人。

让卫可孤吃惊的是，游四这一帮人的武功比他们想象的更可怕，连破六韩修远如此自负的人，也不由得为之惊异，因为游四如此年轻，便有如此成就，十年后，那还不是更要胜过他，或许根本不用十年，而游四的那一帮飞龙寨弟子与葛家庄的弟子，无一不是凶狠如虎，虽有死伤，但每人至少杀死了七八人才倒下，这是在旁观，若是真正地进入战场，这样一群人的确是可怕至极。

本来火圈之中五六百起义军，可是只不过片刻时间，人数便减少到一半，而游四的兄弟死伤人数不过三四十人而已，这简直是根本不成比例。

“杀啊——”黑暗中一声惊天暴喝，所有的战马都禁不住骇然惊嘶。

破六韩修远与卫可孤大吃一惊，只这么一声吼之中所蕴藏的劲力，几乎足以将一个普通人震毙。

“杀啊！杀啊……”一阵若狂涛一般的吼声自四面传来，显然又赶来了大队人马。

“蔡伤来也，识时务者免死！”一声高呼将夜幕完全撕裂，也像是一个巨杵重重地击在所有人的心上。

第五十二章　战场神话

游四不由得欢喜地高呼道：“兄弟们，老爷子来接应我们了，我们杀呀！”

火圈内的众好手无不斗志大盛，所到之处，那些早已丧失斗志的人哪是对手，死伤更快。

破六韩修远与卫可孤更是神色大变，他们怎么也想不到会是蔡伤这可怕的人物突然而到，而且还带来了如此多的人马，黑暗之中，他们根本就不知道对方有多少人马。

那些起义军一听说是北魏第一刀的蔡伤赶到，早已经胆寒心惊，而且又被对方先声夺人，更以为敌军人数众多，哪里还敢恋战，竟策马四处逃窜，未战便已溃不成军。

“大家镇定，来人不是蔡伤。”卫可孤为了稳定军心，以内力将声音逼出，立刻让那些惊慌的敌骑镇定了不少。

“让你们见识一下，什么才叫天下第一的刀法，杀呀！”只见蔡伤纵身自马背之上若大鸟一般飞起，划破夜空，在冲天的火光映衬下，显出一种妖异古怪的姿态，却有说不出的震撼。

所有人的目光全都被这种在虚空中的仍能变幻莫测的身法所吸引。

破六韩修远更是骇然，他只感到全身都不自在，一股来自心底的寒意让他感觉到对方潜藏在内心的杀机。

“呀——”破六韩修远与卫可孤两人同时跃起，向蔡伤那若御风于空中的身子迎去，一刀一剑闪烁起一种让人无法理解的动感。

夜空似乎因为卫可孤的这一剑与破六韩修远的那一刀而亮了起来。

风雷自天际滚过，但每个人都知道，这只是两位可怕高手所牵动的劲气。

没有多少人见过卫可孤出手，但这一刻卫可孤的剑并没有让人失望，这种剑法的确应该算得上是可怕，但可怕的并不是这些，而是另一柄刀。

蔡伤的刀，夜空中，不知道出自何处，也不知道要去何方，刀便是刀，与整个天地既分离又合并，没有人能说出那种感觉。

天与地似乎因为这一刀而有了明显的界限，有了明显的分别，可是这一刀又似是天与地相联的轴，没有了这柄刀，便似乎会让整个天地消失。

这其实也不再是刀，这是人的精气，神化而成再融入天地的精灵，一种可怕的精灵，一种要命的精灵。

蔡伤不见了，完全融入夜幕，火光的照映也找不到他的踪影，但是他的的确确存在，存在于那柄刀中，存在于每一寸虚空之中，那是他的杀机，他的精神。

“当!”那幕刀芒在天空中若灿烂的晚霞般爆起，越展越大，竟将卫可孤、破六韩修远完全罩入其中。

“蔡伤，是蔡伤！天下第一刀蔡伤……”地上的众人一阵慌乱的狂呼，再也没有比这样一刀更让人震撼的了，再没有比这样不真实的一刀更真实了，世界本来便是极为矛盾的，矛盾得便像是自己不是自己一般。

没有人再能够挡得住起义军颓败之势，没有人能够挽回这种乱得不能再乱的局面。

空中，那幕刀芒再一次扩散，竟然使地上的火苗呼地一下窜上了半天，这种怪异的现象更是让人感到不可思议。

地上的草茎、灌木全都摧枯拉朽一般腐坏，变成尘末向天空中升起。

天空中那幕晚霞更亮，更诡异。

“轰!”“呀!”两声惨叫，破六韩修远硕大的身体，便若是纸鸢一般飞向火坑，鲜血自他的口中狂喷而出，刀已远远地射出，谁都知道他只有死路一条。

卫可孤的身子却重重地坠落在地上，一个踉跄，竟栽入了一个地道之中。

蔡伤若天神一般自天空中冉冉降下，缓缓地落在一匹战马的背上，但眼中却闪过一丝异样，因为栽入地道中的卫可孤竟在转眼间消失了，唯留下一摊血迹。

“杀呀……”火光的映照下，自黑暗之中，冲出的竟是官兵，那些憋足了气的官兵，此刻有如此好的打胜仗的机会，自然人人如出笼的猛虎，横冲直撞，片刻便已将起义军冲得七零八落，人仰马翻，四散逃逸之人乱成一锅粥。更有的弃械投降，在一旁呆呆地蹲着，而一些狡猾的，也就不顾一切地向地道之中钻去，他们估计游四诸人早已出来，地道内即便是有敌人，总是有限，而地道的支路又那么多，逃生的机会便要大得多，谁还想去与蔡伤对敌呢？连主帅卫可孤与破六韩修远这两人联手都不是他的对手，他们去拼，只有送命一途。

蔡伤的刀招早已在他们的心头烙上了不可磨灭的痕迹，那种狂野无敌的气势，便若一柄利刃一般撕裂了所有起义军的斗志。

蔡伤再也没有出手，只是静静地立于马背之上，目光四处游弋，似乎是想寻找什么。

火圈之内的敌人，见主将破六韩修远都被蔡伤击入了火堆之中，那被烧烤的惨叫之声，让他们心寒，更何况，游四这一群虽然人数仍少，却个个如狼似虎，武功高强，哪还敢再斗，竟全都弃械投降。

游四诸人这才松了口气，扭头却发现外面的战局也逐渐平和，虽然喊杀声、马嘶之声不绝于耳，但敌人的反抗也只是极轻微的。三下五去二，蔡伤带来的人马极轻松地便解决了问题，剩余的全都投降，领队的竟是张亮、高欢诸人。

“快些灭火！”高欢高声吩咐着那些新降的战俘，神情显得极为欢快。

那数百战俘哪敢违命，忙以兵刃挖土，用马鞍装土向火堆中倒去，数百人迅速行动，速度也不慢，迅速地便铺开一条不太宽的道路，偌大的一个火圈，只有这么一条路可以通过。

游四不由得一声欢呼，若一道凌厉的电芒般自火圈中飞跃而出，迅速来到蔡伤的马前，恭敬地单膝跪地，掩饰不住欢喜地道："游四见过老爷子。"

火圈之中的诸人，将伤者全都扶了出来，他们神色都极为疲惫，却难掩一种死里逃生的兴奋，来到蔡伤的马前，全都跪下来请安。

高欢刚才见过游四的身手，心头大为震惊，这人如此年轻，却是如此可怕，绝对不会比他们速攻营中的兄弟差，甚至不会比他差，而那些自火圈之中行出之人，每一个都是绝对的好手，这让他有些不明白，这是哪里的一群人，全聚集这么多的人物，不过，这些人却对蔡伤是如此恭敬，心头不由得对蔡伤更加倾慕，刚才见过蔡伤出手，这可能是他这十几年来第一次出手，那种神乎其神的刀法，只让他们心神俱醉，心中暗叹，果然是有其子必有其父。

"风儿呢？"蔡伤目光扫了一下众人，有些疑惑地问道。

"公子中了敌人的奸计，此刻受了重伤，我没想到老爷子会来，便让长生吩咐诸兄弟自暗道送公子回长城内救治去了。"游四忙应道。

蔡伤的嘴角一阵抽搐，极力控制着自己的情绪，淡然问道："长生是否跟着他们一起走？"

"长生与付二寨主全都受了伤，并没有跟去。"游四沉重地道。

"那他们在哪里？快带我去见长生。"蔡伤自马背上飘然落下沉声道。

游四向高欢与张亮望了一眼，极客气地道："张兄好，这位兄台好，我便先行一步了。"

"好的，你请放心，这里便由我们两人照顾好了。"张亮淡然应道。

"老爷子请跟我来。"游四说着窜入地道之中。

蔡伤毫无顾忌地跟着游四的身后进入地道，飞龙寨的弟子与葛家庄的好手也全都跟在其后。

地道之中，一行轿迹延伸而去，微显凌乱，深夜之中，虽然众人有火把在握，依然显得异常阴森。

游四的眉头不由得大皱。

“这里的机关怎会全都被破开呢?”一名飞龙寨的弟子奇怪地自问道。

“肯定有敌人闯了进去。”游四心头大急，脚步立刻加快。

蔡伤紧随其后一弯一拐地绕行了一段路，面前忽然一亮，竟是一个大地下室，几有四丈见方，室顶却高有一丈多，但地下室之中却是狼藉一片，地上静静地躺着几具躯体。

“长生，柳青，付寨主……”几人一声惊呼，迅速扑上去。

地上所躺之人，正是长生、付彪与刚才自火圈中纵出的五人。

“啪！啪……”“砰！砰!”几声脆响之下，那几个扑向地上的人，全都倒跌而回，却是蔡伤出的手。

谁也没想到蔡伤出手竟会有如此之快，只这么稍稍一动，便将七名高手甩了回来。

“老爷子——”游四有些不解地望着蔡伤欲言又止。

“他们碰不得，他们已经死了，满身都是毒，谁摸了谁便会如他们一样。”蔡伤的声音无比冷漠地道。

“他们中了剧毒而死的?”游四骇然问道。

“不错，以他们的武功，天下能让他们没有任何反应便死去的人，相信是没有的，连我也不可能，所以，那便只有一个可能，是人下了毒。”蔡伤语气转为淡淡的悲哀，谁也没想到会是这样一个局面。

游四依然有些不信，神色间有些古怪。

“你不相信，可以仔细地看看他们的衣服，此刻已经全都寄生了一种细小的虫子，但你看他们之时，必须屏住呼吸，连风也不能够带起，否则它们会立刻飞散，谁被这种虫子附上，谁都会与他们一样。”蔡伤说到这里的时候，目中散射出无尽的杀机。

游四脸色有些发白，此刻倒真像是看到了那些正在蠕动的虫子，头皮都禁不住发麻，骇然问道：“这是什么毒物?”

“蛊毒，玉蛇碧蚕蛊。”蔡伤的声音这时已渐渐变得平静地道。

“玉蛇碧蚕蛊?”游四禁不住骇然倒退两步，似乎是被这种毒物的名字吓住了。

“你听说过这种蛊毒?”蔡伤平静地道。

“晚辈当初听恩师讲过这种毒物，这是仅排在金蚕蛊之后的绝毒之物，还曾听说，这种毒物见火便泛青碧之色，不见火则为透明之色，而附在人身上之后，便会将其毒汁注入人体，然后在一个时辰之后，再尽数钻入人体之中，这比那种必须通过饮食才能注入人体的蛊毒更要可怕。”游四骇然道。

“不错，这玉蛇碧蚕蛊，在蛊虫之类列于金蚕蛊之后，是因为金蚕蛊所得处罚太过惨烈，可要说到毒性，玉蛇碧蚕蛊比金蚕蛊更要胜几筹，而且，玉蛇碧蚕蛊比金蚕蛊更有效、方便。”蔡伤神色有些惨然地道。

游四立刻接过一支火把，伸到柳青的衣服表面一烤，那件灰布衣衫竟奇迹般地泛出一阵青碧的色彩，显得诡异而又妖艳。

游四的额头之上出现了汗水，虚弱地倒退两步，神情有些呆板地喃喃自语道：“这会是谁下的毒呢?这会是谁下的毒呢?”

“金蛊神魔田新球，天下间只有他一人有此能力既破机关，而又能无声无息地下这蛊毒。”蔡伤肯定地道。

“金蛊神魔田球新，又是他!”游四的目中泛出深刻的仇恨道。

“去搬些柴火来，将他们全部烧了吧。”蔡伤有些黯然地吩咐道。

飞龙寨的众弟子与葛家庄的诸人不由得全都神色黯然，迅速行出去找柴禾。

“刀疤三与九魔也给他们救走了。”一名汉子气愤地道。

“我会找他们算账的，他们几个不会白死。”蔡伤此刻真的动了十几年都未曾动过的杀机，说出来的话，只叫旁人都自心里打寒战。

“可是现在公子的下落不明，我们应该怎样去查呢?”游四担心地道。

“此刻破六韩修远已死，卫可孤也自身难保，而卫可孤的数千人马，全都四散逃逸，不会构成任何威胁，而风儿有那么多兄弟在一旁保护，相信出不了多大的问题。”蔡伤安慰道。

“吉人自有天相，公子福大命大，怎么会有事呢!”一旁的人也附和道。

卫可孤没死，救走他的是宇文肱与宇文洛生，同时更有那个在长街之上看守地道口，一直让人忽视的刘军旗。

刘军旗终还是忍不住步入了那个地道，而此刻，地道之中把守的人已全都抽离地面，所以让他捡了个便宜，而宇文洛生与宇文肱却是极为精明之人，一听到蔡伤到来，便已知道会是如何战局，所以便迅速投身入地道，刚好与刘军旗相遇，而此刻卫可孤正坠落到他的地道口，正因为如此，他们就将卫可孤救了下来。

地道极空，虽然偶有机关，却也难不了宇文肱，因为许多机关都是需要人操作，而此刻根本无人，所以让他们顺利地借地道遁走。

卫可孤却没有办法再骑马，别人或许不知道他的伤势，但他自己却很清楚，蔡伤的刀可怕之处，不是他可以砍人的头，而是他的刀气可以无形地侵入人的体内，不伤皮肉，却能割断体内的经脉，这种可怕的罡气，是谁也不敢想象的。

他没有死，让他感到幸运，因为，他已经深深地体验到蔡伤“怒沧海”杀伤力的厉害。在那虚空之间，他已记不清交过多少招，因为蔡伤的刀根本不是以招来计算，那是一种无穷无尽、绵绵不绝的气势，劲力，只有开始至结束的过程，无首无尾，达到这样，便已经不能算是招式。

卫可孤知道，如果这次能够好好地把握，那将是他武学之上的又一大转折点，他的武功会更进一层，达至一种不可以用语言表说的境界，寻找蔡伤刀招中的启示，但他却知道，他很难达到蔡伤那种境界，很难很难，不过，那已经不太重要。

宇文洛生早已做好担架，卫可孤伤的虽不是手足，但体内的经脉却已受损，更受了内伤，根本无法自行行走，此刻宇文洛生为他做了一副担架正好供他使用。

卫可孤依然很冷静，毕竟，他是见过大风浪之人，这一刻他变得更冷静。

“卫帅，我们是去沙圪堵，还是去瑶镇呢？”宇文肱依然极恭顺地问道。

“我们先入瑶镇，再另行通知大王派人来接我吧！”卫可孤有些虚弱地道。

“卫帅的伤要不要紧？”刘军旗关切地问道。

卫可孤感激地望了他一眼，平静地道：“还死不了，不用担心，蔡伤不会再出手的。”

“蔡伤也受了伤？”宇文洛生眼中闪过一丝兴奋地问道。

卫可孤冷冷地望了他一眼，悠然笑道：“我们还不足以伤他，若是由大王与我联手，或许有伤他的可能。”

宇文洛生心头不由得一凉，听卫可孤如此一说，真的将蔡伤说成了天下无敌一般，在他们的眼中，破六韩拔陵的武功已经是极致了，可是先有蔡风，后又有蔡伤，而天下还不知道有多少人胜过破六韩拔陵呢，这怎么不叫他们心凉？

“洛生，来，我们扶卫帅上榻，快离开这个鬼地方，对方之中除了蔡伤之外，仍有许多可怕的高手，若是被他们发现了，却是不好脱身！”宇文肱沉声提醒众人道。

宇文洛生与刘军旗这才反应过来，忙赶着去扶卫可孤。

卫可孤倚在树干之上，根本没办法使出真气，只得任由他们两人相扶。

宇文肱望着弯下腰去的刘军旗一眼，眼角闪过一丝难以觉察的杀机。

卫可孤却清楚地发现这缕杀机，立刻明白是怎么回事，虚弱地呼道：“宇文肱，你想干什么？”

宇文肱一震，但却又立刻推出一掌，重重地击在刘军旗的背上。

刘军旗听到卫可孤这样一呼，也明白不好，但宇文肱的动作的确太快，他只是微微地移了一下身子，消去了一部分掌力，却依然狂喷出一大口鲜血，飞了出去。

“你想叛变！”卫可孤极为平静地问道。

宇文洛生一愣，有些惊疑不定地望了他父亲一眼，却不知道如何是好。

“宇文肱，你这个叛徒！”刘军旗口角泛出一缕血丝，惨烈地喝问道。

“我想告诉卫帅一个很不好的消息。”宇文肱慢条斯理地道。

“什么消息？”卫可孤有些狐疑地问道。

“我收到飞鸽传书，上面是这么写的！”宇文肱似要吊足众人的胃口一般悠然道。

卫可孤不再作声，因为他知道对方一定会说的，他开口问，只会让对方更为得意，所以，他不再作声。但刘军旗却吼道：“你这个叛徒，我与你拼了。”说着拔出腰间的刀，踉跄着向宇文肱扑来。

虽然在平日，刘军旗的武功并不会比宇文肱差多少，可是这一刻却根本没法比，因为宇文肱的那一掌早已先击得他内腑离位，重伤之下，更是不行。

宇文肱一声冷笑，道：“想死还不容易。”说着，右脚微抬，化作一道幻影，一口气踢出五脚，有四脚是踢在刘军旗的胸口，另一脚却是踢在那口刀上。

卫可孤只听到刘军旗胸口肋骨的碎响，跟着便是痛苦绝望的声音随着鲜血一起狂喷而出，那柄刀远远地飞出，插在地上，他甚至连眼睛都没眨一下。

“好腿法，宇文家近身搏斗的功夫的确是一种绝技。”卫可孤极淡然地赞道。

“爹，这……”宇文洛生惧于卫可孤的余威，不由得有些骇然地道。

“你听爹的！”宇文肱自然地道，又道：“多谢卫帅夸奖，只可惜，我宇文家在你卫可孤与破六韩拔陵的手上总不会有出头的日子。想我东胡族宇文部也是一代豪强，我曾祖宇文陵乃后燕驸马都尉玄魏公，便是太祖拔跋珪手中仍拜都敬主，为一代豪杰。而你卫可孤与破六韩拔陵只不过是一时兴起的穷寇而已，处处防着我宇文家，哼，跟着你们根本就没有任何前途。”

“哦，你们是为了前途，我卫可孤似乎没有亏待过你们父子呀，你想当统帅是吗？我可以让你挂帅出兵，今日的事我可以不再追究。”卫可孤平静地道。

“太迟了，你卫可孤是个聪明人，难道不明白破镜便算能重圆也会有一道裂痕的？更何况破镜根本不可能重圆。”宇文肱冷笑道。

“你不是要告诉我一个不好的消息吗？”卫可孤转换话题道。

“不错，我是要告诉你，安抚已经失败了，破六韩拔陵决意要与朝廷一战到底。”宇文肱淡然道。

“这不是让你们有一展身手的机会吗？”卫可孤丝毫不感到意外地道。

“哼，我们才不会傻得与你们一起去送死。”宇文肱不屑地道。

“飞鸽传书是谁写的呢？”卫可孤神色有些微变地问道。

“卫帅大概知道，宇文家与贺拔家乃是生死之交吧！”宇文肱得意地道。

“武川镇的贺拔岳？”卫可孤有些惊讶地反问道。

“反正你已是要死之人，我也不妨对你直说，在自道之战时，我儿黑獭便已与崔暹将军有过密商，那当中还有公孙福，公孙福乃是贺拔岳的内侄，怪只怪你当初不该故意派我儿去送死！”宇文肱狠声道。

“原来如此，怪不得那晚只有宇文泰与公孙福能够活着回来，原来他们竟是与崔暹有过密商。”卫可孤恍然道。

“你明白就好，安抚失败的确是我们建功立业的好时机，但却不是向你们，而是向朝廷，若是拿着你们的人头送给李崇，你猜会是怎样的情况？”宇文肱极为得意地道。

“哼，始终不过是一个叛徒而已，不忠的走狗，没有一家主人会喜欢。”卫可孤极为尖刻地骂道。

“你——”宇文洛生听至这里哪还不明白宇文肱的意思，他一向相信他的父亲足智多谋，此刻既然已挑明，他也便豁出去了，见卫可孤出言不逊，“噗——”立刻一脚踢在卫可孤的下巴之上，只痛得卫可孤一声闷哼。

“哈哈，你不是一个堂堂的大帅吗？居然也会有今天，真是意想不到，是吗?”宇文肱得意地笑道。

卫可孤气得猛喷出一口鲜血，却洒在宇文肱的身上。

宇文肱在得意之中，竟未曾防备，被喷了个正着，怒火大炽，但见卫可孤平日不可一世的高傲与气魄，此刻却成如此惨样，心头也不由得一阵寒怆，他强压下心头的怒火，冷笑道：“生气吗？也用不了多久，你便不知道生气了。”

“爹，他死了!”宇文洛生惊讶地道。

宇文肱仔细一看，果然卫可孤瞳孔已经放大，这才发现刚才那喷出的一口鲜血之中，有一截咬下的舌头。

“他咬舌自杀了。”宇文洛生骇然地道。

“哼，还算是个人物。”宇文肱心头微微有一丝敬意地道。

安抚已经失败了，破六韩拔陵根本就不接受安抚，他的行动已经证明了这一点，他出兵了，十万大军攻打平城，对于郦道元，在他的眼中似乎根本看不上，这让朝廷极为震怒，也让许多人更为震怒，但为之担扰的人则更多。战争，苦的不是当局者，而是百姓，已经贫苦不堪的百姓，借战争爬起来的人，他的脚下，便会踩着千万的枯骨，正应了“一将功成万骨枯”之语。

没有谁可以改变这种局面，没有人能够有更好的解决办法，野心家们始终是无情的。

大柳塔神秘之战，天下很快便已传颂开了，十数载未曾出过江湖的蔡伤居然出了手，破六韩拔陵的亲弟弟命丧刀下，不可一世的战将卫可孤居然也命赴黄泉，虽然人们传说卫可孤并不是死于蔡伤的刀下，但却也伤了他。于是蔡伤那一刀被天下的人夸得好神好神，惊天地，泣鬼神，便连蔡伤那在夜空之中浮游的动作，也夸成了仙舞，特别是在军中，更沸沸扬扬地流传着蔡伤那可怕而又可敬的一刀，没有人能够替代这一点。

卫可孤的人头送上了朝中，这样一个不可一世、让朝中闻名心惊的人物，如今连眼睛都未曾闭上。

杀他的人是宇文肱父子，更有贺拔岳父子，只在数天之间，这几个人便已经成了天下闻名的人物了。

满朝欢庆，本来因为破六韩拔陵拒绝安抚，而使朝中之人寝食难安，而此一时却传来如此捷报，真是比打过一场大胜仗犹要让人惊喜。

李崇在这之间早已经向朝中提起借兵柔然之事，这也正是朝中一些王公大臣所想之事，只要能够扑灭起义军，让他们有永远的安详与幸福可享，他们又何乐而不为呢？这事更得太后大加赞赏，并说这是唯一个能对付破六韩拔陵的方法，只是眼下，派什么人去柔然借兵，却成了一个难题。想要去柔然，必须穿过数千里沙漠，要提防破六韩拔陵的袭击，也要防着各路马贼的攻击，这绝对不是一件容易的差事。便是到了柔然，也不一定能让阿那瓌出兵。因此，前去借兵之人不仅要武功好，而且要才智过人、胆量足够才行。这样的人又哪里去找呢？

蔡伤的心有些发冷，这已是大柳塔之战后的第十六天，半个多月过去了，依然没有等到蔡风的影子，甚至连一点音讯也没有。

五路人马，便是由水路行走，也已由神木转回了府谷，另外三路作掩护的兄弟，几乎是没有遇到什么阻碍便回来了，可蔡风呢？

没有人知道蔡风是怎么回事，便像是他们十几个人全都自世界上消失了一般。

所有的人心中都充满了阴影，明白的人，谁都知道，蔡风的伤到底有多重，半个月对于人的这一生来说，或许极短，但对于一个急于救治的伤者来说，却完全是另外一回事。

游四不由得痛恨起自己来，要是他没出那个主意分数路将蔡风送走，或许长生也不会死，蔡风也不会失踪，可是这一刻，却成了这种毫无结果的局面，数百人组成的探查队也陆陆续续地回来了，但却没有一个人带回来了什么消息。军中，飞龙寨，葛家庄，各路的势力全都出动了，依然没有丝毫的结果，蔡风便像空气一般在虚空中消失了。

蔡伤竟似在半个月之中，便苍老了许多，本来仍红润的脸上也显出了皱纹，那青黑的头发出现了灰白之色。

葛荣不断地安慰，可是依然没有多大的用处，崔暹也来看过他，却是来请安，军中之人，无不敬仰蔡伤，不仅仅是因为蔡风，更因为蔡伤乃是军中老前辈，十几年前无敌的大将军。虽然此刻被朝廷当作草寇，但其在军中的威望仍是无人能及，正如他的刀在江湖中一般，否则，也不会有人在去年提出请出蔡伤来做元帅，以击败破六韩拔陵了，可见十几年之中，蔡伤仍深深地烙入人们的心中。

最后一队寻找之人是在大柳塔事件之后的二十五天回来的，此时的天气也变暖和了，四处花草茂盛，已是春天的鼎盛时期，想牧马南下的破六韩拔陵，虽然在丧失了两员虎将之后仍然锐气不减，但许多人都知道，对于起义军的军心，绝对有影响。这一队人没寻到蔡风，却在路上与起义军交上了手，五十人损失了三十多人，但终于还是回来了，拖着疲惫，拖着满身的鲜血，总算闯过了起义军的战网。

蔡伤再也坐不住了，对身边的葛荣道："你去忙你自己的事吧，为风儿，你已经放下得够多了，男子汉应以事业为重，私情可放至一边，你想怎么干便怎么干，别顾虑师兄，我的事，我会自己安排妥当的。"

"师兄要走了?"葛荣平静地问道。

"风儿不在了，我一刀为伴，四海为家，无论到哪里都是走，我只想去做几件自己想做的事情，事完之后，青山为家，你也不必挂虑。若是风儿仍未死的话，将来你见到他，便叫他走自己的路，不要为我挂怀。"蔡伤有些怆然道。

"我会的!"葛荣也极为伤感地道，他知道无论说什么，对蔡伤也不会有用，自小到大，他一直很明白蔡伤的个性。

蔡伤欣慰地点了点头，淡然道："或许我不会再回阳邑，你以后不用再去那里找我，有事的话，我会让人来找你的。"

"好的!"葛荣的声音有些微微的哽咽，他明白蔡伤是一个极重感情的人，这一生虽然极有传奇色彩，但却似是演绎一种悲剧。从小俩人一起长大，便全都是孤儿，蔡伤对他既有兄长之爱，更夹有亲切的关怀，只是后来蔡伤入朝为将，二人才真的分开。而葛荣更白手创业，以超凡的武功与才智，创出名动天下的葛家庄，知情的人，自然知道葛荣是自黑道起家，但知道葛荣便是蔡伤的师弟之人却很少，是以十数年前，蔡伤之事，并未牵联到葛荣。

蔡伤起身而行，行李不多，由一名老人背着，刀，也是由蔡新元背负。

他所有的行装便是这些，三个神秘的人，一个小包，一柄刀，一柄剑，那老者什么东西也没有。

葛荣也不知道这老者究竟是何人，蔡伤没告诉他，他也没有问，但却知道，这老者只是最近一个多月才跟在蔡伤的身后，便像是一个影子，蔡伤的影子。

那灰白色的长发，银白色的胡须，加上那似水沟一般深的皱纹，谁看见他都会嗅到一种棺材味，微微驼起的背，看他抓行囊那只干瘦的手，不由得让人大为怜惜。

蔡伤是一个极有同情心的人，葛荣知道，但这一刻他为什么不同情这个老者呢？葛荣没问，也不想问，但他却知道这个老者绝对不似他所想象的那么简单，甚至比任何人都可怕。

蔡伤走了，像是一个孤独的行客，那般苍凉。其实，这是春天，到处都是欣欣向荣的一片，可是蔡伤给人的感觉，却似是永远的孤独，这是一种很奇怪却又很实在的感觉。

马背之上颠簸着三道人影，葛荣不由得心下一阵骇然，他竟没有看到那老头子是如何上马的，虽然他想事情想得很入神，可以他的功力何以竟会没觉察老者是如何上马的呢？

蔡伤的书童蔡新元行在最后，也是最后消失在众人的视线之中，葛荣的心头植上了一种深深的失落之感。

第五十三章　烈焰魔门

烈焰魔门，在毛乌素沙漠的深处，很少有人知道它的地址，但知道关外十魔的人，在北国却是极多。

烈焰魔门之奇不只是因为它身处险恶之地，而是传说中魔门的所在地盛产一种极古怪的奇花，烈焰魔门的成名绝学“修罗火焰掌”便需要用这种奇草结合沙漠之中的酷热才能够练成。

江湖之中的人，是这么理解魔门的。

真正知道魔门的人，不是没有，只是人们一直就不大清楚而已。

沙漠之中常常会有可怕的沙暴出现，更有可怕的风暴，可以移动沙丘，可以撕裂人马，沙漠的可怕，还在于浮沙，像是没有底的溺水一般，走入浮沙之中，那你只能体会到生命终结的滋味——死亡！

在沙漠中，跟马贼一般可怕的是狼群，饥饿的狼群，具有极大的摧毁力，在沙漠之中，狼似是百兽之王，最喜出没在满月的晚上，对月长啸，似是一种极优雅的艺术。

很少有人敢单独穿过沙漠，很少有人愿意走沙漠，除非是万不得已，才结队为群，那多为商队。

不过，今天似乎有些不同，骆驼倒是有六匹，但人却只有三个，孤零零地行在沙漠之中，一个老头，一个中年人，一个年轻人，三个人都那么沉默，沉默得像地上的黄沙，那微斜的竹笠，给人一种比阳光与风沙更肃杀的韵味。

六匹骆驼除了水与粮食之外，再无其他。这是几个与众不同的行者，但又有谁敢小看这三个孤寂的旅客？

苍茫大漠，悠悠落月，喧响的驼铃，却成了一种极具动感的神秘。

被骆驼踏过的蹄迹，很快便被风沙掩上，没有人知道他们来自何方，也不知道他们将去何处。

只能望着太阳而行，太阳已成了沙漠之中唯一的航标，一个个隆起的沙丘，像是埋葬一堆堆枯骨的坟墓，掠动的沙影，更显出无比的凄凉，无比的仓皇。

天上流过的云，稀薄得像是山野里升起的散漫而无序的炊烟，似纱似雾，根本无法掩饰那湛蓝湛蓝的天幕，偶有掠过的苍鹰，显示出那大翅的矫健，似是饱餐一顿腐肉后的满意，也是这大漠之中唯一的活力。

单调的世界，苍白得满眼都是苦难的黄沙，偶有一棵灰褐的小草从黄沙底顽强地挺出，那种缺水的感觉使得每一片叶子都那么憔悴，虽然在上结着一层油脂，仍不能消除那种饥涩的感觉。

“依我们眼下的行程，天黑之前应该可以赶到乌审召。”那老者沙哑着声音悠悠然道。

“老爷子，我们是不是晚上便在乌审召住下？”那年轻人平静地问道。

“可以，烈焰魔门又不会飞走，我们也不必急在一时。”那中年人冷漠地应道。

那老头子凝了凝神，悠然道：“乌审召已经属于烈焰门的地盘，我们正好可以到那里查探一下魔门的动静，只怕金蛊神魔田新球仍未曾回到魔门。”

“哼，他不在，烈焰魔门总会有人在，我要让他们看看，蔡伤是否是只中听不中用的。”那中年汉子正是蔡伤。

“只怕金蛊神魔知道老爷子要来，便事先躲了起来，到时便不怎么好找了。”蔡新元担心地道。

“跑了和尚跑不了庙，他可以躲，我却可以烧掉他的烈焰魔门，长生与付彪的仇是一定要报的。”蔡伤极为冷杀地道。

那老者不再言语，事已至此，他们什么都不想说。

乌审召，在毛乌素沙漠之中可算是一个大镇，四周的土墙筑得很结实，在这荒漠之中，难怪这里可算得上是绿洲，有水源，也有一些低矮的树木，不过街道不怎么宽，那些低矮的土房子之中住着一些饱受风霜之苦的村民。

茫茫大漠之中，常有马贼出没，更多的时候，马贼闯入镇上四处杀虐、抢劫。因此，这里民风极为强悍，景象也微显得有些破败，但与其他的镇子相比起来，可就要繁荣多了，各地的商旅聚于此镇以物易物，更有的是马贼劫掠来的物件在这里脱手，什么羊皮呀，还有自关内运来的陶器、花布、水粉之类的物件，有的甚至是外国的商旅。

乌审召里面的汉子都极为粗犷，女人却很少出来，四处都有驼马相系，更有许多附近出没的沙盗、马贼，邻近镇上的人赶至这里来赌钱，狂呼乱喝的声音并不因天黑而减小，反而更粗犷，更激烈。

蔡新元与蔡伤诸人早在入镇之前，便自骆驼的背上下来，牵着六匹骆驼步行入镇，像他们这么三个人牵着六匹空骆驼入镇的人不多，所以他们立刻吸引了很多人的目光，也立刻有几人上来搭腔。

“喂，伙计，是来卖骆驼吗？看看开个什么价，我哈不图做生意在这里是最公道的了。”一名极粗壮也极野悍的汉子行过来，伸手拍了拍其中的一匹骆驼，粗声问道。

蔡伤淡然一笑道：“我不是卖骆驼的，只是要用它载人，我们只想找家客栈住下。”

那自称哈不图的汉子听了上半句，神色间显出一种悻悻之色，但听蔡伤一说完，眼睛立刻又亮了起来，一拍胸脯道：“这好说，找家客栈，那太简单了，这里的店家我都熟，只要我说一声，不是吹的，他们肯定会将你们三位照顾得好好的。”

蔡伤一拉骆驼，淡然一笑道：“多谢兄弟好意，这里的地方不大，我们自己找也便是。”

哈不图听蔡伤如此一说，不由得微感扫兴，一甩手，叨骂道：“奶奶的，今日真是见他娘的鬼，这么走霉运……”说着扭头向那一旁的赌摊走去，呼喝道：“奶奶的，再来再来，老子把最后一张羊皮也给赌了。妈的，我就不信赢不回来。”那跟他一起行向蔡伤的几人也都悻悻地退去。

蔡伤不由得暗笑，原来只是一个赌徒，想这般搞点小费而已，不由得又呼道：“喂，哈兄弟，还是你来帮我去找一家客栈好了。”

哈不图正向人堆里挤，听这么一说，不由得扭头气恼地骂道：“妈的，老子又没招惹你，干吗要要老子？摆什么屁官腔……”

“不找就算了。”那老者冷冷地道。

“今日真他娘的倒霉，赌了这最后一把，呸！呸！什么最后一把，老子要是赢了怎会是最后一把呢？他娘的，败兴的家伙。”哈不图骂骂咧咧地望了望地上的赌汉，又从背上解下最后一张羊皮，向地上一放，呼喝道：“赌了，奶奶的老子今天不信赢不了。”

“哈没头，你他娘的昨天晚上肯定是被那个骚娘们给掏空了货，所以今天才提不起劲来赌。”一个光头道。

“放你秃鹰的狗屁，老子今晚还可以把那骚娘们弄得叫爹叫娘，你信不信？”哈不图涨红了脸，口沫乱飞地骂道。

“别乱吵，开始了，看看老子摇他娘的暴子出来，让你哈没头今晚没脸见那骚娘们。”一个满脸络腮胡子的大汉笑道。

“妈的，你可以摇出暴子吗？也不看你的模样。”哈不图骂道。

那汉子不再答话，只是把三颗骰子送到口边吹了口气，大喝一声“暴子”才重重地丢入地下一个大碗中。

“瘪三、瘪三、瘪三……”所有人的目光全都盯在那个大碗之内，心情都紧张得不得了，口中一齐呼喊着。

骰子在大碗中跳来跳去，呼啦啦的，最后竟是三个六点朝上。

“暴子！庄家统吃，哈哈，哈没头，这会儿你没话说吧，还是快点回去侍候那骚娘们吧。”那光头汉子笑道。

“秃头，你别得意，风水轮流转，明天再来。”哈不图气恼地骂道，这时却记起了刚才蔡伤的呼喊，飞也似的向蔡伤赶去，大呼道，“伙计等等。”

蔡伤扭头微微望了他一眼，笑道：“怎么，回心转意了。”

“他奶奶的，今日个赌气不好，火气重了一些，伙计你别见怪，刚才不是骂你们的。”哈不图不好意思地道。

“给我们找一家这里最好的客栈，要有最好的客房。”蔡新元冷冷地道。

哈不图望了冷冷的蔡新元一眼，笑道：“这个可是简单得很，几位爷要不要娘们?”

“免了吧。”蔡伤淡然道。

“也对，这里的娘们只是够骚，却不漂亮，怎能入几位伙计的眼呢?那边有一家‘沙窝’，可以说是我们镇上和这方圆数百里之内最好的客栈了，我跟掌柜的是老朋友，我带几位去，肯定会便宜很多。对了，几位伙计怎么称呼?”哈不图口若悬河地道。

“你便叫我们伙计好了。”蔡伤敷衍道。

“好喽，那我就叫你们老伙计，伙计，和小伙计好了。”哈不图自作聪明地道。

蔡伤不由得大感好笑，不过这个人似乎看起来倒真的挺有趣的，不由得哑然道：“随便你。”

“嘿，几位伙计是从关内来吧，听说关内乱得很呢，什么破六韩大王要打仗啦，那边可好玩?”哈不图嘴巴不空地道。

“你也想打仗吗?”蔡伤很平静地问道。

“那倒不想，奶奶的打仗有什么好，老子不如在家里抱着娘们睡觉多好? 对了，关内娘们漂亮吗?”哈不图好奇地问道。

“你为什么不去看看呢?”蔡新元有些不耐烦地反问道。

哈不图一声干笑道："关内这么远，我还要在家里照顾着，哪能出去哦。"

蔡新元不由得一阵好笑，指着不远处的一块招牌问道："那便是沙窝？"

"不错，正是，那里可是好得很哦……"

"为什么起这么古怪的名字呢？"蔡伤打断哈不图的话问道。

"这个我也不清楚，反正那掌柜的说，名字越古怪，客人便越容易记住，岂不是很容易出名。"哈不图有些茫然道。

"哦，说得倒是很有道理，不知这里面是否真的如你所说得这么好。"说话间，几人已抵达客栈门口。

"几位客官，从远处来吧，请里面坐，里面坐。"立刻走出几个伙计抢着把几匹骆驼系在那木桩之上，热情地招呼道。

"快去给三位爷准备最好的上房，要侍候得周到一些，知道吗？"哈不图粗声粗气地呼道。

那店小二冷冷地看了哈不图一眼，并不答理他，显然彼此之间关系不怎么好。小二扭头对蔡伤诸人热情地道："几位客爷要上房，本店可是最好的，我这便去给几位爷准备去。"

蔡伤大步行入店里，只见几张桌子倒极为整齐干净，四周的窗子也开得极多，虽然是黄昏，光线却极亮，布局也算得上是优雅，虽然比不上关内那些酒楼的细致，但却又有着另一番粗犷豪迈的感觉，不由得微赞道："果然不错。"

"伙计，我没骗你吧，这里可是方圆几百里内最好的一家。"哈不图得意地道。

"的确没骗我们，那你去为我们点几样最好的菜来，咱们一道边喝边谈。"蔡伤向蔡新元打了个眼色道。

蔡新元立刻自怀中掏出一锭约有五两重的银子递给哈不图道："先给掌柜的，多了便是你的，少了，我们再出。"

哈不图眼睛一亮，忙伸出双手捧住银锭，禁不住放在嘴里一咬，失声欢叫道："哇，是真银子呀，哦，发财了。"说着兴冲冲地跑到掌柜的柜台前，粗声道："给我将你们这里最好的酒菜拿上来，给这几位爷吃好。"

"你请客吗?"掌柜有些不屑地问道。

"怎么着，瞧不起哈爷吗?瞧，这是什么?"说着便将那锭银子向柜台上一放。

掌柜眼睛一亮，嗤之以鼻道："你的肯定是假货，拿去骗小孩吧。"

"妈的，你敢小瞧你爷，睁大你的狗眼看看吧，这是真是假呢?"哈不图气恼地道。

掌柜的将信将疑地拿起银子在牙齿上磨了磨，敲了敲，又放在耳边听了听。

"别把哈爷的银子磨到你的牙齿上啦。"哈不图极不客气地道。

掌柜的神态立刻变得恭敬起来，不由得讪笑道："哈爷今日个可真是财大气粗呀，不知是在哪儿发了财呢?"

"那几位爷可有数不尽的金银，你们可得好生侍候，明白吗?"哈不图得意地道。

掌柜将信将疑地望了望蔡伤几人，又望了望外面的六匹骆驼，忙高呼道："快将好酒好菜送上来。"

哈不图这才得意地回到桌前大马金刀地坐下，口中却呼道："搞定了，说真的，几位爷可真豪爽，这里最好的女人都不值这么多银子，而几位爷却用这么多银子吃一顿饭……"

蔡伤见哈不图竟会如此感慨，不由得笑道："只要你表现得好，我可以给你买下十个女人的银子，怎么样?"

哈不图眼睛立刻发亮，失声问道："只要是几位爷的吩咐，哈不图便是上刀山下油锅也敢干。什么事?是不是要我去帮你杀人?"

"杀人?"蔡伤有些好笑地反问道。

"不错，我虽然没杀过人，但我却知道有什么人会杀人，上几次便有人要我帮他找这些会杀人的人，竟给了我五十张羊皮呢!"哈不图一本正经地道。

“哦，你有朋友会杀人?”蔡伤好奇地问道。

“哈哈，说出来不好意思，我哈不图哪能做这些人的朋友，连一个小卒都谈不上，他们这些人可厉害了，连马贼他们也敢杀，凶得不得了。我们方圆两百里有谁不知道他的大名，只是没有几个人能找到他在哪里而已。”哈不图毫不在意地讪笑道。

“那你是怎么知道他住在哪里呢?”蔡新元有些好奇地问道。

哈不图老脸一红，道：“不谈了，总之我知道他住在哪儿便是，如果你们想找他，这里恐怕只有我一个人知道他的住处。”

“那他是谁，我怎么知道你是不是骗我!”蔡伤淡然问道。

“他自然是王胡子喽，难道这方圆百里内还有比他更厉害的人?”哈不图奇怪地问道。

蔡伤不由得觉得好笑，王胡子，听都未曾听说过的人，不由得笑道：“我不是来找他杀人的，我是想问一个地方。”

“什么地方?这方圆百里，哪里长着一棵草我都摸得很清楚，只要在这百里之内的，我定会不让你们失望。”

“酒菜来喽。”几个店小二忙得不亦乐乎。

“嘿，我们这个地方，只有这些什么羊肉、牛肉之类的，好也好不到哪里去，几位爷便将就着吃吧。”哈不图说着极亲热地为三人倒好酒，极尽阿谀地把菜摆好。

蔡新元不由得好笑，此人的确是个市井小人的典型，不由得淡然问道：“你可曾听到‘烈焰魔门’这个名字?”

“哗——”那酒壶一下子从哈不图手上落到桌上，但在未曾倒下的时候，已被蔡新元抓稳，淡然道：“小心些。”

哈不图脸色变得有些苍白，干笑道：“我，我不知道。我没听说过，你别问我。”

“哈!”蔡伤极为轻松地笑了笑，道：“瞧把你吓得都成这个样子了，烈焰魔门很可怕吗？我与他们都是老朋友，也没见他们将我怎样，有我在他们难道还会害你不成。”

“你是他们的朋友？”哈不图脸色阴晴不定、怀疑地问道。

“我为什么要骗你？我还知道他们一个多月前被破六韩大王请了去，我不知道这时他们回来没有，特地来看看他们，若他们仍没回来，我便省了这么多的路。”蔡伤自然地端起酒杯笑道。

哈不图这才松了口气，道：“原来如此，怪不得你们这么有钱，这么豪爽，原来是十位大仙的朋友，小人这钱是不敢要了，你们还是拿回去吧。”说着将那锭银子又放在桌面之上，有些惶恐地道。

“我叫你拿着便拿着，再这样我就不高兴了。”蔡伤绷紧脸道。

“几位爷与十位大仙可有点不一样。”哈不图怯生生地道。

“哦，怎么不一样？”蔡伤有些好奇地问道。

“小的不敢说。”哈不图怕怕地道。

“不敢说便不说了，那你知道他们可曾回来？”蔡伤淡然问道，说着夹起一块牛肉塞入嘴中重重地嚼了起来。

“这段日子倒是没看到，不过听说好像有九位大仙回来了。你这去，可能会有人的。”哈不图思索着道。

蔡伤向那老者望了一眼，发现老者却只顾低着头吃菜，喝着酒，一副全不在意的样子。

蔡新元又自怀中掏出一锭金子塞到哈不图的手中，悠然笑道：“拿去把那个秃子的脑袋给砸破！”

哈不图一惊，有些不敢相信地望着手中闪着耀眼光芒的金子，嘴巴张得根本就合不拢，在这种荒漠深处的小镇之上，有些人便是一辈子都没有摸过金子，多是以货易货，今天，哈不图能够握着那一锭银子已经是极为难得，几十年难有一次，而此刻手中的金子竟比那锭银子更重，怎不叫他呆若木鸡，喃喃地道：“这，这……这……”却再也说不出话来，良久方才醒悟。

重重地放在嘴里一咬，只痛得一咧嘴，差点没把牙齿给崩掉两颗，然后才欢快地欢呼道："这是真的，这是真的。"

"来喝酒，别太高兴，那对你没有好处。"蔡新元重重地把哈不图按下，将那一大碗酒一下子灌入他的嘴中，只灌得哈不图直咳嗽，但也却跟着清醒了，知道财不能露白，在掌柜那贪婪的眼神之下，迅速纳入怀中。

蔡伤不由得暗自叹了口气。

"沙沙……"几个店小二拖着极重的步子，行到桌边，又放下几大盘菜与几壶酒，恭敬地道："这是本店最拿手的几道菜，也是地下埋藏最久的酒，乃是从关内运来的。"

"哦!"蔡伤接过酒壶，嗅了一嗅，不由得赞道，"果然是好酒，香而不俗，只不知道是怎样的味道。"

"客爷试过不就知道了。"那店小二笑道。

"哦，我却想借你的舌头来试一下，不知你可高兴?"蔡伤优雅地道。

那店小二脸一变，有些不自然地笑道："客爷说笑，小人怎敢呢?"

"怕什么？这几位爷很大方的，难道还在乎这么一壶酒吗？何况只要你尝一口，又不是害你，这可是好酒哇。"哈不图不耐烦地唠叨道。

那小二冷横了哈不图一眼，讪笑道："我们掌柜曾交代过我们，不能收任何客人的小费，也不能受任何客爷的恩惠，否则便要辞退我们，因此，还请客爷见谅。"

"哦，有这么回事，那你去把你们掌柜的叫来，我跟他评评理。"蔡伤不耐烦地道。

"好，我这就去叫。"那小二正准备去叫，突然觉得脖子之后有一阵冷风袭到，竟自然地一低头，反踢出一脚。

"哈，原来真是个贼窝。"蔡伤不由得拍了拍桌子。

"扑……"蔡新元竟以两指直插入那店小二的脚底。

那店小二一声惨叫，脚掌竟被这两指插穿，同时，脚脖子一紧，整个身子便被提了起来。

“呀！”另两名店小二将手中的木盘子横击而出，重击蔡新元的手，招式却也极为凌厉。

蔡新元一声冷哼，手中的店小二身子平推而出，竟向一张木盘子撞去，吓得那握盘子的小二一声惊呼，忙迅速撤招，蔡新元依然坐在椅子之上，空着的一只手抓起一只筷子重重地点在那木盘子之上。

“哗……”那大木盘竟裂成数百块，只震得那店小二飞退。

蔡新元手一抖，手中的店小二还没来得及惊呼，脖子便已经被捏住了，然后他便看到一壶酒被提了起来。

“敬酒不吃吃罚酒！”蔡新元声音极冷漠地道，整个身子依然坐得极为端正。

电光火石之间，一切动作都是那般利落，落在哈不图的眼中，只把他惊得目瞪口呆，不知道究竟发生了什么事。他也不明白什么时候，这几个他熟悉的店小二竟然会功夫，更没想到，坐在他旁边的这年轻人的功夫更好。

酒壶此刻已凑到那店小二的口中，蔡新元才问道：“这酒中有没有毒？”

那店小二脸都骇青了，忙不迭地道：“请饶命，请饶命，这酒不能喝，不能喝呀。”

“哼，想弄鬼，你们还嫩了点。”蔡新元不由得又向一旁两个不知该怎么办才好的店小二道，“快滚去把你们掌柜找来。”

“妈的狗杂种，你居然想下毒害死我们。”哈不图此时方才明白是怎么回事，平时可能是受这几个店小二的气受够了，此刻有人为他撑腰，岂能不好好发作一场？一边骂，一边端起桌上的一张盘子，“啪”地一下，便击在了店小二的额头上，只打得他鲜血直流，油腻的菜全都抹在他的脸上。

“你若不想死的话，便快点走开。”蔡新元悠然道。

哈不图一想，这里是贼窝，而对方个个都会打，脸色不由得变得铁青，瞬间又似失去了血色一般苍白。

“你现在走还不要紧，在外面解一匹骆驼去，这家伙告不了密。”蔡伤拍拍哈不图的肩膀，淡然笑道。

“我，我我去哪里呢?”哈不图禁不住有些茫然道。

“你想去哪儿便去哪儿。”蔡新元淡然又不失冷漠地道。

“我……我……”哈不图想走，腿却有些发软。

那老者抬头望了哈不图一眼，又望了蔡伤一眼，恭敬地道：“老爷子，这人不算坏，不如就留在我们身边，将来可以种地、养养花之类的也不错。”

蔡伤打量了眼前这粗壮的汉子一眼，悠然道：“那你便留下来，给我安静地在这里坐着吧。”

哈不图胆战心惊地坐下，虽然明白对方愿意收留他，可是却又怕这几个人不是这店里人的对手。

“想不到几位眼力这么好，居然连这么点药味也可闻得出来。”那掌柜的极自在地踱了出来，优雅地道。

“便是田新球亲自下毒，也不会瞒过我们，何况你们这些跳梁小丑?”蔡新元冷漠地道，同时将手中的店小二轻轻一扔，便像一个草把子一般，飞出老远。

“哗啦”一声，竟撞碎了一张大桌子，两张椅子，但众人却没有听到任何惨叫声，那店小二在桌椅的碎片之上动也不动，竟然已经七窍流血死了。

那掌柜的似乎也吃了一惊，没想到对方年纪轻轻，居然会有如此厉害的劲道，不由得冷然赞道：“好一个魔爪折骨手，看来我今日是碰到高人了。”

“这是对你们想害人的一种惩罚，要你们知道，不要以为世上没人。”蔡新元依然冷冷地道，身形连动都不动一下。

“哼，你们想找我们烈焰魔门的麻烦，你以为我还会对你们客气吗!”

掌柜不屑地道。

“哦，你是烈焰魔门的吗？我好像没有说要去对付你们呀！”蔡新元哑然道。

“但你们却冒充我们几位尊长的朋友，这便已证明你们来意不善，更知道我们十位尊者被元真王请了去，却不知道回没回，这分明是骗人的谎言。因为知道我们尊长去的人，都知道我们尊长的下落。”那掌柜冷然道。

“你们也是圣门的人？”哈不图骇然问道，眼神中充满了惊骇与绝望之色，似是对魔门畏惧甚深。

“那金蛊贼魔田新球可曾回来？”蔡新元冷漠地问道。

哈不图有些吃惊地望着蔡新元，他不敢相信世上居然还有人敢叫田新球为贼魔，敢如此冒犯在他心目中高不可攀的尊者，但眼前的事的确是事实。

“你们是什么人？敢对我们尊长如此不敬。”那掌柜的脸色有些铁青地怒道。

“就是你们老掌门高金生见了我们都得低着头走路，你说我们是谁？”蔡新元冷漠地道。

“大胆，想找死！”那掌柜一声怒吼，身旁的几名店小二立刻飞身扑上。

蔡新元一声冷笑，屁股底下的椅子突然飞了起来，带着一阵沉重的呼啸横砸而出，声势极为惊人。

“嗞——嗞——”那掌柜的双手一扬，满天的银芒丝丝点点地飞射而出。

“呼！”蔡新元的双袖一拂，一股强烈的劲风便在身前鼓起，双袖化作一片流云，在虚空之中造成一股强大的吸扯之力。

那星星点点的银芒，竟全都消失在那片流云之下，没有发出半丝声响。

“嗞……”那些银芒再次响起，却是扭头回飞，向那掌柜与店小二飞去。

那掌柜一声长啸，立刻自怀中掏出一个极大的黑铁，推了出来，那些银芒，竟全都吸附了上去，那竟是一块极大的磁铁。

“砰——”那张椅子被几名店小二击得粉碎，但也让他们连续倒退了数步，撞歪了一张桌子。

“你们还不配跟我动手，但既然你们想找死，我也不会吝啬送你们去极乐。”蔡新元声音极为冷酷，表情更是让人的心头发寒。

那掌柜一声冷哼，手中的黑色大磁铁，化作一道冷厉的黑电向蔡新元的面门攻到。

蔡新元的目光就像是刀，一柄很锋利的刀，刺破那烟幕般的黑网，那黑铁竟是一柄剑。

一柄全是磁铁做成的剑，因为通体黝黑，所以才让人难以觉察到他的锋刃，但那的的确确是一柄剑。

蔡新元一声冷笑，反手抓起背上的披风，轻轻一抖，竟若一片云彩般飞了出去，只让那掌柜的眼前完全失去了光彩，便在他一愣之时，那片云彩竟变成了一条软棍，重重地击在那柄磁铁剑上。

掌柜的没想到对方竟然变招如此之快，而且兵刃更为怪异，本想以磁铁剑的优势来对敌，但此刻那种优势却全然不存在，没有半丝作用，但觉得那条软棍若重杵一般，只让他心头直发慌。

那几名店小二也极为凶悍，手中的长刀拖起虎虎的风声，向蔡新元砍到，但这种刀法在蔡新元的眼中却是破绽百出，全无是处，哪里会放在心上。

那掌柜的一声闷哼，铁剑一绞，想将蔡新元的披风绞碎，可是他立刻发现，这支软棍若巨杵一般向他的胸口捅到，劲风之凌厉，虽然仍未击到他的胸口，却让他感到胸口发闷，似乎一口气怎么也缓不过来，他哪里还敢硬接，忙倒翻而出。

蔡新元一声冷笑，巨杵一软，又若一根短鞭一般绕过一名店小二的长刀，却击在另一名店小二的腰肋之上。

“喳——”

“呀——”一声惨叫，那名店小二的刀未来得及砍下，便已经被击碎了肋骨，惨叫着横撞而出，使另外几名店小二的攻势大阻。

蔡新元空着的一只手，顺手抓起一双筷子，身形一扭，从剩下的那名店小二的刀下滑开。

“呀——”那名店小二一声撕心裂肺的惨叫，长刀重重地落地，双手捂着喷血的眼睛，倒地狂号，两支筷子从他的两手指缝之间露出一大截，血水和着惨绿的眼球汁，有说不出的惨烈，只吓得哈不图脸色苍白，直颤抖，甚至闭上眼睛不敢看。

那几名店小二再怎么凶悍，此刻也有些手软，蔡新元在举手投足之间，便让他们的攻击化为乌有，甚至连伤两人，便连掌柜的也是无功而返，如此可怕的敌手，早已让他们胆寒。更何况，眼下只不过是这个年轻人出手，仍有两位坐在那里沉稳如钟，也不知道是否同样是可怕的人物，或者更可怕，是以他们竟呆呆地望着蔡新元，不敢进攻，唯有地下惨号的两名店小二打破客店里的清静。

掌柜的脸色也变得有些苍白，他自己本身身手也不差，可是与眼前这位年轻人相比较起来却相差很远，刚才若非几名店小二在他退后之时正好攻上，他知道，被击碎肋骨与胸骨的人肯定是他。

蔡新元漠然一笑，手中已成软棍的披风一抖，又成一片云彩，飘然地飞落到肩头，重披于身上，冷酷地道：“金蛊老魔田新球可曾回来?”

“你，你们到底是什么人?”那掌柜的有些骇然地问道。

“我们是要他命的人，你明白吗？谁要是想替他死，我也不会介意。”蔡新元淡然地逼上一步。

“新元，快把披风脱下。”蔡伤急促地呼道。

蔡新元一愣，忙把披风“呼啦”一下扯下。

“哈哈，太迟了!”那掌柜的得意地大笑起来。

“哼!”蔡伤不屑地哼了一声，左掌轻轻一翻，竟闪过一团火红的光芒，重重地推出，却是击在蔡新元的背上。

“嗞……”立刻传来一片焦臭之味。

蔡新元连哼都没哼上一声，背上一大块皮，全都烧焦，但衣服却丝毫无损。

“修罗火焰掌？你也会修罗火焰掌？”那掌柜的骇然惊呼道。

蔡新元这才发现那件披风之上，竟有许多爬动的小虫子，若不是仔细看，根本无法发现，心下不由得骇然。

“修罗火焰掌算得了什么？便是你烈焰魔门的祖师爷复生，也不可能将修罗火焰掌练到这样，邪魔歪道之功，岂敢相比！”蔡新元不屑地道，同时右手一抖，脚步一挫，一道亮丽的电芒飙射而出，他实在是对这掌柜的极为痛恨，因为他用心太恶毒，竟然在铁剑之上下如此歹毒之物，若非蔡伤，他恐怕会要命丧黄泉了，怎叫他不怒呢？

那掌柜似早已料到他会愤然出手，而刚才他见到蔡伤所露的那一手，若说是修罗火焰掌，他的确明白恐怕几位尊长也不能达到这样的地步，自掌心出现那团耀眼的红芒，若说不是修罗火焰掌，相信这人的功力绝对不会比眼前的年轻人差，单凭那可怕的眼力，便会让人自心底发寒，所以打一开始，他便没有打算交手。

当蔡新元手中的剑划出那幕亮丽的弧之后，便发现虚空之中，四处飞散的芒点，有若夕阳西下，河面泛起那片鱼鳞般的光亮，却是那掌柜撒出的暗器。

谁都知道，这掌柜所使用的定都是一些极毒之物，因此，蔡新元必须先将这些毒物扫下，否则他无法追赶。

掌柜的分析得很清楚，当他撒出这么多毒物之后，身子便向窗外疾跃而去。

他打的算盘极好，似乎也的确是这么一回事，但他却算漏了两个人，两个可要他命的人，一个是蔡伤，另一个便是那老者，那像是只剩下半条命的老者。

蔡伤没有出手，但掌柜的却死了，一声惨叫之后，扑跌在窗子之内，并未能冲出窗外，因为，他的后脑勺上钉着一只筷子，一只很普通的筷子，刚才仍在那老者手上夹了三大块牛肉，上面仍沾着老者的唾沫。但这一刻，却有白色的脑浆，红色的鲜血在那筷子之上渗出来，但那不是喷，因为，那脑壳太硬，刚好被筷子击出筷子那么粗的小孔，自然没有空余的空间让脑浆之类的喷出来，可是这已经足够，足够让那掌柜的死去。

蔡新元的长剑淡淡地收回，天空中的斑点也在同一时刻完全消失，没有一点可以做漏网之鱼。

那老者这才极淡然地道："有这么多酒菜已经够吃了，我们先来吃饱再说吧。"

蔡新元冷冷地望了那一旁缩着的两名小二一眼，吼道："还不把店里的东西收拾一下，是想死吗！"

那两名店小二本来都担心得要命，这一刻却闻得蔡新元如此一说，显然是不杀他们了，哪里会不喜，忙点头应是，将地上惨叫的两人迅速扶开，然后果真听话地把地扫好，破碎了的桌子收拾停当，乖得不得了，他们的确是已经被三人的威势所震慑。

蔡伤淡然一笑，哈不图却似是从梦中醒来一般，有些不敢相信地望着眼前的三个人，却不知道说什么好，似乎什么都无法表达他心中的惊讶。

"你还不吃菜，待会儿便没得吃了，那可就要做一个饿死鬼啦。"蔡新元淡然道。

哈不图想到这死去的人正是烈焰魔门中的人，哪里还能有什么心情去吃饭，的确已到食不下咽的地步。

"烈焰魔门很可怕吗？"蔡伤含着笑意地问道，神态极为悠然。

"嗯！"哈不图不由自主地点了点头，在他的心目中，烈焰魔门的确是可怕至极。

"那么那个王胡子可敢去惹他们呢？"蔡新元打趣地问道。

"王胡子，他，我不知道。我，我没见过他去惹他们，可是听人说，王胡子最怕的便是什么四大圣。"哈不图有些语无伦次地道。

“四大圣？是啥东西？”蔡新元好奇地问道。

“四大圣不是东西，便是魔门的金蛊大圣。”哈不图解释道。

“什么大圣不大圣的，叫老魔头，贼魔头。”蔡新元微怒道。

“我，我不敢！”哈不图扭头四处望了望，生怕田新球会突然出现似的，动作极为滑稽。

“有什么不敢的，今后你便跟着我们，还怕什么，他们见到我们都吓得不敢出来，像个缩头乌龟，哪里像大圣呢！”蔡新元恶声道。

哈不图见蔡新元如此一凶起来，想到他刚才一出手便把那人给捏死了，又把两人打得要死，心里便一惊，忙道：“是，是，是缩头乌龟，大大的缩头乌龟老魔头。”

蔡伤诸人不由得莞尔。

“好哇，有客自远方来不亦乐乎，几位在这里，实在是怠慢了，不好意思，不若便到本门去坐一坐如何？”一个苍老的声音自门外悠悠地传来。

哈不图的神色大变，失声惊呼道：“大圣！”

“扑！”一声闷响，哈不图一声惨叫，竟被蔡新元敲了一下筷子，只痛得眼泪一滑，双手捂着痛处，却不敢再作声。

“叫大狗熊，知道吗？”蔡新元沉声问道。

哈不图惊骇地点了点头，虽然心中骇怕得要命，可仍然是不敢拂逆蔡新元的话，因为眼前的痛是最现实的，他如何敢不响应呢。

“那还不快叫。”蔡新元吼道。

哈不图骇得一跳，却不敢出声，不由得把头扭向蔡伤，他知道蔡伤是个很和气的人，也许会说话一些，可是他却发现蔡伤根本不理他，不由得有些气馁地小声道：“大狗熊！”

蔡新元不由得笑骂道：“真没胆，叫大一些，听到没有。”

哈不图一脸苦相地扭头望了望正大步走入的银蛇野魔谢春辉与无颈飞魔，神色变得好难堪，不由得小声道：“我等一会儿再叫好不好？”

蔡新元与蔡伤及老者不由得都逗得笑起来，笑骂道：“真没种。”

哈不图也不在意，只是苦涩地笑了笑。

“哦，真是冤家路窄，我们在这里又见面了。”说话的竟是神犬矮魔，他是立在两人的身后，最后行入客栈。

“这不叫冤家路窄，这叫有缘千里来相会。”蔡新元夹了一筷子羊肉塞入嘴中，边嚼边含糊道。

“想不到你还有种找到这里来，真是有志气。”孔无柔满眼揶揄地尖声道。

“哼，今日只是想找金蛊老魔，帮他做一点事而已。”蔡新元淡漠地道。

“哦，帮老四做一点事，你要做什么呢?”谢春辉有些奇怪地问道。

“帮他超度，顺便送他去西天极乐世界。”蔡新元声音冷漠得不带丝毫感情，但却充满了火药的味道。

“你找死，小子!”董前进怒声道。

“尊者，便是他杀死了胡老大。”那两个店小二见来了人撑腰，立刻又神气活现地跑过去禀报。

“我知道，不管你们的事。”谢春辉冷漠地道，神色间微微地露出杀机，同时也打量了一下坐在蔡新元身边的两人，神色不由得骇然大变，惊骇地倒退两步，声音有些颤抖地道：

“你，你是蔡伤?”

“总算你的眼睛还不怎么花。”蔡伤淡漠地道。

哈不图不由得骇然，他哪里知道，在他眼里敬若神鬼的谢春辉，居然也会如他惧怕谢春辉一般惧怕他身边的人，不由得仔细地打量了蔡伤一眼，只觉得他慈眉善目，随和之中又有一丝冷傲之意，总会让人有一种想接近，却又感到高不可攀的感觉。

“你怎么会找到这里来?”孔无柔也神色有些慌乱地问道。

“早在二十年前，我便到过你们烈焰魔门，难道你忘了? 那次不过是由高金生亲自来接我。而今天，却是我自己来的。二十年前，我是来领教你们的修罗火焰掌，今日来却是要试试金蚕蛊毒，要么是玉蛇碧蚕蛊，金蛊神魔田新球可曾回来?”蔡伤声音极为冷漠地道。

“我四弟，他，他还未曾回来，有什么事情找我们就好了。”董前进有些微惧地道。

“很好，我今天来此，便没有打算空手而回，既然你们愿意一力承担，我也便成全你们。我们有七人死于玉蛇碧蚕蛊之下，再加上我儿子，也可以说是间接地死在田新球的手中，八条人命，那便由你们其中的八人承担足可。”蔡伤双目之中杀机暴闪冷厉无比地道。

谢春辉的目中闪过一丝怒意，漠然道：“你的兄弟是人，难道我们门下的弟子不是人吗?你的人死了，便找人报仇，那我们的弟子死了，又去找谁报仇呢?”

“你问得很是道理，你们的人死了，你便找我报仇即可，有多少，我也是一力承担，只要你能拿走我的命，没人会说你不对，这便是江湖规矩。”蔡伤冷漠地道。

“好个蔡伤，便是我谢某胜不了你，也要与你斗上一斗。”谢春辉脸色铁青地道。

“你应该感到高兴和荣幸，我十几年都未曾出手过，今日却大老远行至大漠，特来超度你们，这是你们的骄傲。”蔡伤说的话的确很绝情，无论是谁都可以从他的话锋之中听出杀意。

“好，那便让我来领教领教你那所谓天下第一的‘怒沧海’吧!”谢春辉上前大踏一步，整个人自然有一股不灭的威风。

“你一个人不够分量，我会让你有出手的机会，不要忙，等你们九人会齐了，我再行出手也不迟。”蔡伤淡然而无比自信地道。

“你太目中无人了。”谢春辉怒火上冲 ，竟不顾一切地向蔡伤扑到，同时向身后的孔无柔与董前进吼道：

“你们快走。”

孔无柔与董前进两人神色惨然，他们自然知道蔡伤的可怕，以谢春辉的武功，便是那坐于一旁的年轻人也不一定比他差。董前进曾与蔡新元交过手，自然知道他的厉害之处，而那稳坐如山的老者却不知道是什么人，依他们眼力竟看不出这老者的深浅。

哈不图更是惊异莫名，他想不到事实真的像蔡新元所说得那般，这几个人见了他们，会吓得乱跑，不过他仍为谢春辉这一强攻的威势所震撼。

客栈之中的桌椅，全都若活了过来一般，向蔡伤疯狂地飞撞过来，竟是谢春辉那根闪烁着光彩的银鞭所致使。

鞭影如龙，缠绕在虚空之中，的确别有一番意境，风声“呼呼”而动，整个客厅之中都充盈着一种绞裂的碎劲，像是连这撑起房顶的木柱都要撕裂一般。

蔡伤的眼睛眨都未眨一下，似乎便是天塌下来，也不能让他稍动一下，哈不图却受惊地大叫起来，他的确是从来都未曾遇到过这样惊人的场面。

“你不必白费心机。”蔡伤淡漠地笑了笑道。根本不在意这些场面，依然极为优雅地夹上几块牛肉塞入口中。

谢春辉的目中闪过一丝惊骇，他实在是弄不清，蔡伤为何会如此镇定，镇定得让他心惧，但他却知道，蔡伤马上便要给他一个答复，因为，那些卷起的桌椅在眨眼间便会撞翻蔡伤所坐的桌椅，对于蔡伤，他当然不会枉想能够用此将他击伤。

蔡伤这一边的确不能没有反应，虽然，这些桌椅对他根本构不成威胁，可他却不想因此而败坏雅兴。不过，这些自然用不着他出手，那似乎太杀鸡用牛刀了。

出手的是蔡新元，他的剑绝对及时，绝对快，没有人敢否认，甚至绝对准确无误。

每一件飞来的东西，都绝对没有逃过蔡新元的剑，包括一只已死的苍蝇，都在蔡新元的剑下化成了两截，然后向他所坐的桌子两旁分散开来，便像是被巨石相阻的流水所形成的水纹一般，那般生动而有活力。

蔡新元的身形没有片刻的停留，在那碎末之中，有若苍鹰掠过，身子与剑一起投入谢春辉的鞭影之中，没有半丝畏怯。

孔无柔向董前进打了一个眼色，虽然他知道凭他三人的力量绝不可能是蔡伤的对手，便是蔡风也需他们七人联手才能制住，而蔡伤的功力又岂是蔡风所能相比的。

或许，金蛊神魔田新球在场，十魔联手才有可能与这个可怕的人物相对敌，但此刻叫他们两人放下谢春辉不管，那已是不可能。他们十人出生入死数十载，早已情同手足，自然不想看着其中一人死去。

董前进也向孔无柔打了个眼色，但谁也不愿意先行离去，两人只好暗自叹了一口气，静静地立在大厅之中，谁也不上前帮谢春辉，因为他们知道，他们不出手的话，蔡伤绝对不会出手，那么由谢春辉对付蔡新元至少不会吃上什么大亏，但若他们一旦出手的话，局面又是另一回事，蔡伤岂会坐视不理。

第五十四章　幽灵蝙蝠

那几名店小二早已悄悄地溜走，哈不图不由得担心地向蔡伤嘀咕道：“他们又去叫人去了，恐怕我们会吃亏。”

蔡伤笑得极为淡漠，却并没有理会哈不图的话，因为，他根本不在乎这一切，心里比哈不图更明白其中的道理。

哈不图自然不明白蔡伤正是希望这样，见蔡伤仍没反应，以为他是不知道烈焰魔门的厉害，不由得急着解释道：“他们人多势众，一个个都厉害得不得了，我们这时不走，待会他们来了，可就走不了啦。我们还是快走吧。”

“要走你便先自己走，别在这里啰里啰唆的烦。”那老者放下手中的酒杯不耐烦地骂道，说完却又埋头喝起酒来。

哈不图有气地望了望那老者，怨骂道：“你这个老头子真是不知好歹，人家是为了你好，你却不领情，你活了这么一大把年纪，死了倒也没什么可惜，却要这位爷与那位公子爷陪着你去送命，我可是不愿陪你等死哦。”说着便要起身而去，可是立刻又停住了。

蔡新元与谢春辉两人打得异常激烈，大厅之中剑影鞭芒，劲风四射，竟让哈不图不敢穿过去。更何况，门口更有孔无柔与董前进两人立着，叫他如何敢自他们的身边穿过呢？不由得呆愣愣地最后又颓丧地坐下。

“咦，你怎么不走哇？你也愿意陪我这个老头子在这里等死吗？”那老者故作惊讶地问道。

哈不图在那里发呆，眼神中却是颓丧和绝望之色，喃喃地道："这回可真是死定了，可真是死定了，他们的人那么多，又那么厉害……"

蔡伤见哈不图一副死定了的样子，不由得哑然失笑，道："你为什么不从你后面的窗子爬出去呢？死看着大门，可真是死路一条。"

哈不图激灵灵地颤了一下，欢喜地扭过头，向身后的窗子望了望，重重地拍了一下脑袋，傻笑道："我可真傻，慌得糊涂了。"旋又突然脸色一变，一副苦相道："我不走了。"

蔡伤与那老者不由得大感奇怪，那老者不解地问道："咦，难道你不怕死吗？刚才是不知道怎么逃出去，现在知道了怎么走，却不走，你搞什么鬼？"

哈不图神色惨然地道："他们早已看见我与你们在一起，我便是出了这'沙窝'的门，他们仍会找我算账的，这一出去，岂不是自动送到他们的口中吗？与其死在外面被风吹，被狼啃，不如死在这里好。"

"哈，你倒很会想。"老者说着又闷头喝起酒来。

"呀——"蔡新元的长剑一绕，身子有若灵蛇一般，自一根支撑大梁的木柱跃绕过去，从谢春辉的侧身攻到。

动作快捷无伦，剑气若蛇行之声不绝于耳，配合着那在空中扭动的身子，竟比谢春辉的银蛇鞭更灵活更有动感。

"灵蛇剑法！"谢春辉惊异地呼了起来，同时银蛇鞭在化为千万道光影之后。突然收敛，天空中只有蔡新元与他的剑，幻化成一种怪异无伦的气势，显得更为诡秘。

谢春辉在退，他的长鞭此刻却是缠在腰际，因为他知道，他的鞭再不会起任何作用，他早便从他师父的口中得知一个传闻，天下间只有一种武功可以让他的银鞭失去控制，甚至反噬，而这种武功却正是"灵蛇剑法"。他很相信他师父的话，因为他知道他的师父绝对不会害他，因此，他便在发现蔡新元所用的正是"灵蛇剑法"之时，他便收起了鞭子，也必须收起鞭子。

高全生是他的师叔，是一个极自负的人，甚至有些目空一切的意味，但这个人的聪明，在烈焰魔门之中没有人会怀疑这一点，所以掌门人的位置不是谢春辉的师父，而是高全生。

高全生绝对不喜欢听人说自己门中的武功不如别人，可谢春辉的师父说了，高全生不信，绝对不相信，这便是他的脾气，他也总相信自己的“修罗火焰掌”是天下掌功中第一的，可是后来他也改口了，这是因为那时候只有二十出头的蔡伤千里行过大漠，来找他比掌。

那时候的蔡伤已经是天下闻名的刀客，虽然未尊为“北魏第一刀”，但早已击败了北方所有他找过的高手，也是人们所公认的高手，没有人可以胜得过他，他那神出鬼没又致命的一刀。当然，更没有人明白那一刀为何物，从刀中存活过来的人，只有一个疯子，一个失踪的疯子，那是蔡伤刀下留情之故，所以，那时候的蔡伤被人定格成刀客之中的魔鬼般的人物。

真正见过蔡伤出手的人不多，真正知道蔡伤武功有多深的人也不多。说到蔡伤，人们定会想到刀，可是那次蔡伤却是来比掌，与自认为掌法天下第一的人比掌，的确有些让人不可思议。

那时候的高全生要比蔡伤大三十多岁，也便是多了三十多年的功力，可是高全生绝对不敢小看蔡伤，那时候，天下没有人敢小觑蔡伤，高全生也不能。

那时高全生主动去迎接蔡伤，放下一个绝顶高手、一个武林前辈的身份去迎接蔡伤。

蔡伤很守诺，没用刀，他用的是掌，一种与“修罗火焰掌”相近的掌力，没有人知道这是什么掌，没有人明白蔡伤究竟是怎么练的。

那一次比试，蔡伤胜了，完完全全靠掌力胜的，连刀把都未曾碰一下，而且高全生的三阴焦脉也给烁伤，这让高全生修养了两个月。那次比试，使高全生知道，这个世界之上并非只有他一个高手，但他仍然不相信世上有一种灵蛇剑法，可以破除他的“灵蛇鞭法”。若说胜过倒也有可能，但他很不服气他师兄的劝说，最后，他却死在自己的鞭下。

谢春辉永远都记得那一刻，那是一个蒙面人，一个苍老的蒙面人，所使的正是蔡新元所使的这种剑法，而高全生所使的正是灵蛇鞭法，结果，他真的死在自己的鞭下，很惨，临死的时候，才呼出“灵蛇剑法”四个字，只可惜，那已经很迟了，人死了一切都无法挽回。那一次关外十魔有四人不在家，只有六人亲睹这一幕，可谁也没有看出“灵蛇剑法”的奥妙，当他们发现门主死在自己的鞭下之时，这六人便立刻联手出击，而“烈焰魔门”的所有弟子也全都出击，可是，谁也没办法留住这个神秘的剑客，只是伤了对方一点皮肉。

开始有人还怀疑这人是失踪了的黄海，可是后来便知道这人绝不是黄海，无论是年龄、作风什么的，都不相同，而此刻，谢春辉面对的也正是当年那让高全生命赴黄泉的剑法，他自然不会再傻得以银蛇鞭攻击，他便退，只好退。

孔无柔与董前进也听说过灵蛇剑法的事，此刻听到谢春辉居然呼出眼前这怪异的剑法便是灵蛇剑法，不由得为谢春辉担心起来。

谢春辉的身子竟迅速地撞上身后的木柱，身子便若怒剑一般倒冲而回，他竟以双腿向木柱之上猛撑，借反冲之力反攻，气势无比的强霸。

大厅之中，立刻便若放置了一个火炉，温度骤然升起。

哈不图从来都未曾见过这种怪现象，也从来都未曾看到过如此精彩而可怕的打斗，便像是在做梦一般。呆愣愣之际，只觉得自己身子一轻，然后耳畔响起一声狂野的爆响。

当他立稳足之时，才发现他刚才所存的大厅已经若枯败了一般，全部塌倒。

四散冲起的沙尘，更是惊心动魄至极。

“轰——”倒塌的房顶若开了花一般，狂冲开一个大洞，两道人影便若两条升天的苍龙，破瓦而出。

赫然正是蔡新元与谢春辉两人，两人的身影在空中一阵狂舞，幻化成一道光幕，将老远的生意人与赌钱之人全都吸引了过来。

“呀——”蔡新元一声轻啸，身子再一次冲上云霄，整个身子若一只苍鹰，再向谢春辉倒射而回。

人和剑便若一个完整得没有破绽的整体。

“哇！”远处的人群传来一阵长长的惊叹，似乎是在为如此精彩的比斗喝彩、加油。

谢春辉的左脚在右脚之上点了一下，身子微微一斜，双掌便若两只巨蝎的大钳，向中间一合，竟奇迹般地夹住了那飞刺而下的长剑，但两条人影也全都若陨石一般飞降。

“嗵——”谢春辉的双腿先行着地，那长剑加上蔡新元那下冲的滑力，竟自谢春辉的手上下滑，剑尖只差一点便可以刺中谢春辉仰起的鼻尖。

一点点，便是生死之间，谢春辉的鼻尖冒出了一丝汗意，双目之中充盈着一种狠辣的凶意，嘴角边露出坚定而冷厉的神色。

“叮！”蔡新元的长剑竟然断了。

是被谢春辉双掌熔化掉了，那股炙热无比的火劲竟将蔡新元的剑熔断了。

“小心——”哈不图紧张得大叫起来。

“轰！”“砰！”谢春辉的双掌击在蔡新元的双肩之上，而蔡新元那自虚空中坠下的双腿却重重地踢在谢春辉的胸口。

谢春辉的身子若抛出的石头一般，倒跌而出，拖出一阵沙雨，因为刚才他的双腿已深深地陷入地面之下，直埋至膝盖之处，才会使得他无法避开蔡新元的两脚，否则，绝不会是这种局势。

蔡新元在谢春辉闷哼之前，也发出一声惨哼，两人口中的鲜血几乎是在同一刻喷出，他的身子也若纸鸢一般倒飞而出。

众人眼前人影一闪，蔡新元早已被那一直默默不语的老者抱在怀里。

谁也没想到这干瘦得一阵风都能吹倒的老头竟会有这么快的身手，一只手提着酒壶，一只手搂抱着一百多斤的躯体，依然能在空中如此灵活快捷，只让孔无柔和董前进心凉了半截，如此骇人听闻的轻功，的确是世间少有。

那老者极为优雅地落在地上，甚至连沙尘都不曾扬起，一切便像是做了一场梦，一场稀奇古怪的迷茫的梦。

孔无柔与董前进根本就无暇多想，迅速地扶起谢春辉，担心地问道："怎么样，师兄?"

谢春辉又轻轻地咳出一小口鲜血，苦涩地笑道："要不了我的命。"

孔无柔不由得抬头望了那躺在老者怀中的蔡新元一眼，却见那老者居然将手中的酒向蔡新元的口中灌去。

"哇——"蔡新元仰头又狂喷出一口带酒的鲜血，脸色竟奇迹般地转为平静，红润而安详，在老者的怀里微微地挣扎了一下。

"现在你在一旁好好地坐一下吧，休息休息，不用多久便会好的。"老者放开蔡新元慈祥地笑了笑道。

"多谢吴叔出手相助。"蔡新元苦涩地笑了笑道。

"应该的。"那老者"哈哈"一笑道。

孔无柔骇然地望着蔡新元缓缓地走到一旁静静地坐下，脸色显得极为安详，他不明白这其中是什么道理，明明蔡新元比谢春辉伤得更重，而且中了谢春辉的修罗火焰掌，怎么会像是一个轻伤者一般可以自己走路呢?再看蔡新元那双肩被烧焦的衣服下，两个火烙的痕迹也渐渐淡去，这几乎有点不可能，但却是现实。

那老者似乎极满意，又一次举起酒壶向口中灌酒，根本就没有把孔无柔诸人放在眼里。

人群一阵骚动，并迅速向两旁疾分，人群之中传出一阵惊呼与吆喝之声。

那刚逸走的几名店小二飞也似的奔来，更有一群气势汹汹之人，冲至现场，但看见一旁喘息的谢春辉，不由得给呆住了，似乎一下子蔫了一半。

“师兄，你怎么了?”董根生诸魔也极快地赶至场中，急切地问道，同时扭头，向蔡伤诸人狠狠地瞪了一眼。

蔡伤极优雅地立身而起，拂了拂衣上的灰尘，冷漠地道：“关外十魔已到了九个，不知道金蛊神魔田新球却是躲到哪儿去了。”

“蔡伤，你欺人太甚了。”董根生愤怒地道。

“我也不想这样，但这个世道太不公平了，这个世界已经太寒人心了，我休息了十几年之后，仍有人要让我不得安宁，我便只好对不起这个世界了。既然天意如此，你我都不用有任何的怨言，我不想做什么大侠，也不想做什么义士，我蔡伤的名头本身就是用别人的鲜血换来的，所以，我不在意再多沾一些血迹。我再问你，田新球在哪里?”蔡伤的声音无比冷厉，似乎整个宇宙都因为这个声音而变得无比惨淡一般。

“我们不知道，你有本事便找我们好了。”董前进狠声道。

“哼，便是你不找我们，我们也不想就此了结。”一名极瘦的老者冷漠地道。

“哦，这位倒是眼生得很，不知道你是关外十魔的哪一位入室弟子呢?”蔡伤揶揄地笑道。

那老者脸色一变，眉间闪过一丝冷厉的杀机，重重地落在蔡伤的脸上。

“哼，人说你蔡伤见多识广，连这大名鼎鼎的尔朱家族的大管家，‘剑舞指上’尔朱文护老爷子也不知道，真是让江湖贻笑。”孔无柔不屑地道。

“哦，‘剑舞指上’尔朱文护，我只记得尔朱家以前的管家尔朱宏，他死了吗？看来尔朱家真是山穷水尽，没人物了，居然让这么一个脓包当管家。”蔡伤毫不客气地辱骂道。

“你……”尔朱文护气得双目喷火，却不知道该如何骂，不由得恼骂道：“别人怕你蔡伤，我尔朱文护却只不过当你是一只乱咬人的狂犬而已。”

“骂得好，尔朱荣这几年想来嘴皮上的功夫也长了很多，居然教出来的下人也有如此功力，如此会咬人，尔朱家果然还行。”蔡伤不由得笑道。

“哼，今日，我倒要看看你的‘怒沧海’有何厉害之处。”尔朱文护微怒道。

“你们不配，若是尔朱荣亲来，我或许还让他见识见识。”蔡伤傲然道。

“你若是很手痒的话，我这把老骨头，倒不介意陪你玩玩。”那喝酒的老者，移开酒壶，似醉眼朦胧地望了尔朱文护一眼，不屑地笑道，似乎充满了鄙视的味道。

“你是什么人?”尔朱文护不屑地问道。

“你身为尔朱家的大总管，居然连掌管天庭的玉皇大帝也不认识，真是眼睛不知长在哪儿去了。”蔡伤笑道。

围在一旁的人，听到蔡伤学着孔无柔的调子如此说，不由得哄然大笑，只气得尔朱文护脸色铁青，冷漠地道：“既然他想去做玉皇大帝，不若让我送他一程好了。”

那老者将酒壶向后一扬，装作天真地问道：“真的吗？那太好啦，我还以为你只会指上玩剑，没想到你还是个赶大车的。”

众人又是一阵大笑，这一直沉默寡言的老者，说起话来却是有趣得紧，孔无柔知道再这样下去，尔朱文护根本就不可能骂得过这老者，而且会激起怒火，扰乱心神，不由得插口道：“若是凭嘴皮子便可以解决问题的话，我倒不如去找个骚娘们来跟你对上几招。”

“矮胖球，你那么圆，没想到你的嘴巴却这么锋利，比这个大猪可就要厉害多了。”那老者悠然笑道。

尔朱文护哪里受过这等的闲气，要知道，他的身份和高全生可算是平级，而他尔朱家族，虽然只是塞上北秀容川北秀容川，指今日山西堡德县朱家川一带契胡族，但其实力与财力早已是天下少有，也算是鲜卑的一个实力极强的族种，便是朝廷上下，都不敢小看。更因为尔朱荣在江湖中的地位，能与之相比的便只有蔡伤一人而已，便是“哑剑”黄海也要稍逊一筹，身为尔朱家族的管家，本身便是江湖之中名气极响的人才有资格担当，可今日却被这名不见经传的老头给羞辱，怎么叫他不怒，但他却知道，能代蔡伤向他接战的人，绝对不能小看。

尔朱文护心里暗暗对自己叮嘱，不能动气，不能动怒，因为他根本看不出对方的深浅，如此一个奇怪的老头，他不能不小心谨慎。

“好了，不用再像耍猴子一般耍人了，来吧，我们俩来玩玩。”那老者提着小巧玲珑的酒壶摇晃摇晃地来到中间一块沙坪之上，仍是那一副毫不在意的样子。

尔朱文护不再说话，大步向老者逼来，两人相对一丈左右相互对望着。

“你用什么兵器?”尔朱文护冷冷地问道。

“哦，兵器吗？我的兵器在心中，好多年都没用了，也不知生锈了没有，待会儿被你打得不行时再用也不迟。”那老者依然极为悠闲地道，神情极为滑稽，逗得一旁观望者都大声哄笑起来，孔无柔诸人不由得扭头扫了那些发笑的人一眼，只吓得他们立刻将笑声咽了回去。

“既然是你自找的，这也怨不得人。”尔朱文护漠然地道。

“那我就怨你呀!”那老者笑道。

众人先是一愣，后来可真是忍不住都大笑起来，数哈不图笑得最欢，刚才他见过这古怪老头露出那一手骇人的轻功，不由得对老头又惊又羡，自是另眼相看。又见这些平时不可一世的人，见了蔡伤，全都矮了一截，他自然再无任何顾虑，心想今日可真算是走运，遇上这般的大人物，想到得意之处，他自然要笑上一通。

尔朱文护先是不在意，后来听到这么多人笑，才明白这老头绕个弯子来骂他不是人，叫他如何不怒，不由得暴喝一声道：“你找死!”

那老者神情一振，因为他的眼中划过了一道极为亮丽的电芒。

那是尔朱文护的剑，既然有“剑舞指上”之称，其运剑自然是无比的灵活，这是毫无疑问的。一般人都是剑握得极紧，那需要的是腕劲和臂力，但若一个人可以达到以指运剑的话，那么他的指劲一定比常人要厉害，更灵活。

剑来得好快，根本没有一点剑气走过的痕迹，只在众人尚未反应过来的时候，剑已经滑过了一丈五尺的距离，刺向那老者的咽喉。

那老者的眼睛依然是那样微微地眯着，便像早已醉酒一般。

剑离他的咽喉只不过一尺远了，但他依然没动，所有的人不由得都为老者担心起来。

谁也不敢相信有人会在这么短的距离之内躲过这么快的剑，所以每个人都为老者捏了一把冷汗。

“没中——”一声尖声尖气的语音自那老者的口中迸出，大家这才发现，尔朱文护的这一剑果然是没有击中，而是刺了一个空，虽然大家都不明白这是怎么回事，可被老者这么一喊，想到刚才的惊险，不由得全都大笑起来。

这么多人之中唯有蔡伤与尔朱文护看得很清楚，十魔则因尔朱文护挡住了他们的视线，未曾见到这之中的险处。

然而便在尔朱文护的剑刚要切上老者的脖子之时，却发现老者的脖子有一股极为滑溜的真气，同时加之老者以快得不可思议的速度一扭头，竟让这一剑自他的脖子旁滑了开去。

尔朱文护心头一惊，但他名为“剑舞指上”，运剑之灵活绝对不是那些普通剑手所能想象的，在他刺空的刹那，剑刃又横切而至，他的剑便若是已经活过来了一般，由心所发，控制自如。

那老者的脑袋却如那待击的蛇头，滑溜得让人不敢相信这是真实的，便在尔朱文护的剑横切之时，突然一缩，有若灵龟缩首一般，缩入衣领之下，口中却呼道：“又没切着——”

尔朱文护哪里受过这种戏弄，长剑再一次下切，拖起一阵锐啸。

那老者这才道：“这才过瘾。”身子同时向后一仰，便若一截被破倒的树木，“呼啦啦”地向他袭来，同时口中射出一道白箭。

尔朱文护一剑又斩空，却见一道匹练向他袭来，不由得挥剑一挡。

“哗——”竟是一口酒水，被这剑一挡，竟四散飞荡，洒得他满身都是。

“好，好，落水狗，好一个落水狗。”那老者的身形迅速立正，放声大叫起来，此刻却与尔朱文护相距五丈之远，谁也没看清他的身法是怎样的，但觉人影一晃，便成了这个样子。同时众人见尔朱文护这样一脸窘态，而那老者却如此轻松自如，相比之下，不觉得又发出一阵哄笑。

尔朱文护脸色铁青，他哪里受过如此羞辱，但知道这老者的身法极为古怪、灵活，他的剑法以灵活、快捷著称，但与眼下这老者比起来，却是相差了很多，所以，老者根本就不把他放在眼里，可是让他搜肠刮肚，仍想不出武林之中怎会有这样一个可怕的人物，光凭这种身法，便足以成为武林之中数一数二的好手。

那老者又提起酒壶悠闲地向口中灌了一口酒，向尔朱文护眨了眨小眼，悠然道：“这酒的味道还真不错。”但却并不趁这个时机进攻尔朱文护。

尔朱文护深深地吸了一口气，将内心的愤概缓缓地压下，使心神平静得有若一潭湖水，冷漠地望了望那老者，淡然道：“多谢你的酒。”

“哦，这老猪可还真有一手，这样也不生气，真是叫小老头佩服佩服。”那老者举起酒壶，滑稽地一拱手笑道。

尔朱文护手中的剑颤了两颤，这才缓缓地扬起。地上的黄沙，也跟着骚动起来。

其实没有风，便是有风也只能吹到人圈之外，四周的人都挤得极密，有些微微的风，也无法穿透人群。

没有风，但是沙土在骚动，随着尔朱文护的剑缓缓的抬高，地上的沙土是越动越厉害，像是一只将自己埋在沙下的狼，用自己的鼻孔吹气一般，轻轻地旋着，是那么优雅，也是那么生动，但却让所有的人都感到一阵冰凉的寒意在扩散，扩散在没有风的虚空中，扩散在晚霞依然亮丽的黄昏之中。

那是杀意，冰寒如雪的杀意，如冷风流过的剑身，此刻显得异样的深沉。

笑声，早在这沉闷的空气中凝固，一切都变得沉重起来，一切都显得有些压抑，包括呼吸，包括那晚霞的余晖。

尔朱文护的剑依然在缓缓地扬起，却赋予了剑下沙土以生命，在跳跃，在缓流，似乎这一种沉睡的生命在苏醒。

那老者的神色变得有些凝重，有些微微的惊讶，但却不改那一副自得之态。

尔朱文护的眸子深处，全都是杀机，一种深沉得有些让人心寒的杀机，犹如沉积在冰川之下的玄冰。

"这才似乎有些气势!"那老者再将手中的酒向口中倒去，含糊道。

尔朱文护的神色间显出一丝惊异，惊异这老者的平静，惊异这老者的洒脱。

的确，这老者似乎处处都透着一丝神秘感觉。

"你仍愣站着呀，我可就不客气了哦。"老者淡然地笑道，但在说话之间，他的脚步一挫，身若灵蛇一般蹿了出去，空着的右手便像是张开的鸭掌一般向尔朱文护扫了过去。

快，快得不可思议，孔无柔号称飞魔，但是与这老者相比起来，却似乎成了儿戏。如此可怕的身法，无论是谁都会自心底生出一股寒意。

尔朱文护的剑斜斜地划出，竟像是拖着千斤的重物。地面之上本来跃动若活的黄沙，这一刻也如发疯了一般，闪成一道狂龙!

那老者的鸭掌手，便在尔朱文护的剑速加快的一刹那间变成了弯曲的勾手，自一个吞吐不定的方位倾斜成一种难以想象的弧度，随着身子一扭，竟绕过尔朱文护的剑，当胸抓到。

尔朱文护大骇，他想都没想到世上居然会有这么古怪的身法与手法，不过他已经没有任何考虑的机会，因为自对方掌指之间所发出的劲气已如灵蛇一般，蹿入他的体内。不过，尔朱文护也绝对不是一个庸手，他并不去理会那老者的手，而是手中的长剑一引，竟比老者的手先一步抵达老者的脖子。

剑始终要占修长的优势，所以反而先抵至老者的脖子之上。

果然，老者不得不收手后撤，身形滴溜溜一滑，竟游至尔朱文护的身后，同时反腿踢出，却像是巨蟒摆尾一般。

“蒙面人！”董根生与几魔同时惊呼而出。

所有人都不由得大骇，不明白为什么在这个时候，他们却呼出这种无关紧要又莫名其妙的话。不由得向几人投去不解的目光。

“没错，就是他杀了掌门师叔！”谢春辉沙哑着声音虚弱地道。

“灵蛇剑法！”孔无柔骇然道。

原来，他们这一刻才发现这老者正与当初杀死高金生的那蒙面老者的身法一模一样，而且武功又高得出奇，才敢肯定当年的蒙面凶手正是眼前此老，怎叫他们不惊心动魄呢？

尔朱文护一惊，这老头的溜滑大大地超出了他的意料之外，但此刻，他只能以不变应万变，跟着劲风及体的感觉，同样反踢出一腿，因为回剑绝对是不及时！

“砰——”一声闷响，尔朱文护的身子一个踉跄，向前冲出几步。而那老者的身子也在刹那之间轻轻一扭，旋身以正面对着尔朱文护，只在一顿之间，又迅速扑上。五指如钩，向尔朱文护的背部大椎穴抓到。

气势极为凌厉，地上的沙石，也若怒龙一般狂涌而起，似大潮一般冲击着尔朱文护的背部。

尔朱文护一声低啸，手中的剑，掠过一道光影，拖着裂空的尖啸，反切而至。

“嘶……”那老者竟比尔朱文护的剑快上一步，一下子撕裂了尔朱文护背上的衣衫，但也被尔朱文护的剑气削下一截衣袖。

老者迅疾地倒翻而出，手中的酒壶竟碎裂成七八块，散落下来。那片由尔朱文护身上撕下的破布仍紧紧地握着。

尔朱文护心头暗惊，但仍是迅速转身与那老者相对。此刻，人人都看清他背上留下的五指红印，只要那老者出手再快一点，恐怕此刻尔朱文护已经不能如此轻松地面对他了。

那老者不由得吐了吐舌头，扮了个鬼脸笑道："差点没把我老头子的两只衣袖全部割下来，还真冒险，只可惜，将这一壶好酒给浪费了！"

众人见他说得如此轻松，不由得都感莞尔，但想到刚才在刹那间所发生的情节，不由得又有些骇然。

空中的沙尘缓缓沉落，尔朱文护的脸绷得极紧极紧。从嘴里蹦出了几个像咬碎了的破字道："你是五台老人吴永明？"

"五台老人吴永明？嘿嘿，多谢你告诉了我我叫什么名字，我差一点便忘了自己叫作五台老人吴永明。"那老者极为滑稽地道，一副让人喷饭的样子。

"五台老人！"孔无柔一声低低地惊呼，脸色变得有些难看。

谢春辉也神色间有些苦涩。在烈焰魔门中，听说过五台老人的只有两个人，那便是银蛇野魔谢春辉，另一个就是无颈飞魔孔无柔。他们皆从吴永华——谢春辉的师父口中得知。

在江湖中流传的有关五台老人的故事并不多，但知道五台老人的存在之人并不少，至少吴永华便知道得很清楚。

那是江湖之中的一个秘密故事，五台老人吴永明的名字没有多少人知道，但若说"幽灵蝙蝠"却没有人不知道。

那是在三十年前，江湖之中最负盛名的杀手"无影子"被人击杀，这个曾被江湖中人认为轻功无敌，且最为神秘莫测的杀手居然被人杀掉。当初孝文帝有意南迁洛阳，而朝中久恋北方的大臣极为反感，加上自己家族之人的大力阻止，更重要的一个原因就是宫廷内乱不息，恒州刺史穆泰、定州刺史陆睿合谋，勾结镇北大将军元思誉、安乐侯元隆、抚冥镇将鲁君侯元业、骁骑将军元超及阳平侯贺头、射声校尉元乐平、前彭城镇将元拔、代郡太守元珍等人推举朔州刺史阳平王元颐为首领，起兵叛乱。当时便是请来“无影子”刺杀孝文帝。若非当时元颐暗中将叛乱的阴谋报与孝文帝知晓，“无影子”也不会有那一次失手的记载。虽然如此，在满朝高手的围攻之下，仍让“无影子”逃之夭夭，可见“无影子”之厉害，实在已天下没有几人能及。

但，无影子仍然死了。将无影子脑袋献给孝文帝的是一个谁也不知其真面目之人，却只让江湖中人知道是个叫“幽灵蝙蝠”的人所干，这来去无踪的人后来又以“幽灵蝙蝠”之名闯萧衍皇宫，更是出入自如，却没有人知道这人是为了什么，后来传说“飞天淫贼”胡密也是死在他的手中，却没有人知道这位神秘莫测的人物究竟长得是怎么一个样子。

幽灵蝙蝠的名字在江湖之中流传了很久，直到后来蔡伤、黄海与尔朱荣等诸多年轻高手兴起，才盖住了幽灵蝙蝠的名头，但是老一辈的江湖人物中，没有人会忘记这么一个可怕的角色。可是，蔡伤诸人的兴起之后，这个神秘而可怕的人物竟自江湖中销声匿迹了。

有人曾怀疑，蔡伤便是这神秘人物，也有人怀疑蔡伤或黄海是这个神秘人物的弟子，更有人怀疑，是蔡伤、黄海诸人与这神秘人比武，将神秘人杀了。江湖中怀疑各有所不同，也都似是而非。

便连尔朱家族也不知道，这个人物是否没有死。但尔朱家族却知道有一隐世高手潜居于北台顶，自号五台老人。似是名不见经传，可是便连尔朱荣都不敢小看这个人，那么这个人定是极为厉害的人物了。

知道幽灵蝙蝠的人只有三个，一个就是他自己，一个就是“烈焰魔门”的宿老吴永华。因为幽灵蝙蝠与他乃是同父同母的亲兄弟，而幽灵蝙蝠也就是五台老人吴永明！这是江湖几乎没人知道的绝大秘密。谢春辉乃是吴永华的弟子，而孔无柔则与吴永华最投缘，所以才得知幽灵蝙蝠的秘密，更知道“五台老人”的可怕程度。

“你就是当年的‘幽灵蝙蝠’?”孔无柔声音有些惊惧地问道。

那老者微微有些惊异，愣了一下神，然后冷冷地望着孔无柔，漠然道："你倒知道得不少啊！"

"你便是'幽灵蝙蝠'？"尔朱文护心头大震，惊异地望着吴永明，沉声问道。

"幽灵蝙蝠早就已经死了，如今只有五台老人，而无幽灵蝙蝠。"吴永明淡漠地道。

"难怪！"尔朱文护恍然道。

"哼，你是不是怕了？咱们两个老头的架可还没打完呢！"五台老人淡然道。

"你亮出兵刃吧，看看你幽灵蝙蝠是不是浪得虚名！"尔朱文护冷然道。

"既然如此，那我便不客气了，你小心了！我可是比你要快得多哦。"五台老人悠闲自得地道，依然是一种无所谓的样子，只叫尔朱文护气不打一处出。

"哼，别人怕你幽灵蝙蝠的鬼名堂，我尔朱文护却当你是狗屁！"尔朱文护怒声道。

"那也是你放的！"五台老人笑应道。众人却跟着一起发出一阵哄笑，只觉得这老头的确很有意思。

"你……"

"嘶……"一道亮丽的虹芒自虚空中闪过，竟将尔朱文护想要说的话逼了回去！

好快！快得连尔朱文护多说一个字的时间也没有。只要他不想死，他便不能再说出下一个字，否则他的身子便会和他的嘴巴一般——分成上下两片！

"叮——"尔朱文护只能够凭着感觉击出一剑，但感觉却很准，他挡住了那快若疾电的一剑。

五台老人冷哼一声，手中的剑便若活过来了一般，斜斜掠上，顺着尔朱文护的剑势上升，有若灵蛇一般噬咬着尔朱文护的心脏！

尔朱文护一惊，长剑一绞，但却骇然发现五台老人的剑竟似有黏性一般，吸附在他的剑上，那种攻击的形式没有一点改变。

尔朱文护心下骇然，五指微张，长剑有如莲花绽瓣一般抖了起来。

五台老人的长剑上升之势立阻，那支长剑却犹如一下子变软了，一挫步之间，又圆滑地掠向尔朱文护的腰际。同时，五台老人的身子跟着反向旋转起来。

尔朱文护哪里见过如此怪异的剑法和身法？只得仓皇而退。

五台老人虽然似是老迈，可行动起来却灵活得比豹子更可怕，身子以无与伦比的速度升上天空，再旋转着飞射而下，以剑尖为中心，飘飘然若自树上滑落的飞蛇。

尔朱文护一声暴喝，手中的剑向天空中斜洒，若满天的星斗撒落，灿烂无比。

“吱吱……”撕裂气体之气不绝于耳，更有一种莫名而可怕的震撼感！

“叮叮……”五台老人的身形再一次升起，那灰布袍子在空中鼓起便如一只硕大的灰鼠，但却又显得极为悦目。

再一次落下，地上的黄沙若被暴风卷起，向四周散射而出。

狂风便从两剑交击之处开始漫起，四周的人群开始惊呼，开始后退，被这凌厉四射的杀气所逼，不能不后退。

那一剑便像是完全没有止境一般。

尔朱文护的双腿已被黄沙埋至膝盖之处，但他的双目之中却充满了野兽般的光芒！

“当……”

黄沙若满天乱窜的蝗虫，满天乱撞的苍蝇，变得疯狂起来，无比的疯狂！

满天、满眼都是，几乎分不清东南西北，分不清方向。

尔朱文护一声闷哼，天空中一道灰色的身影若夜鸟一般疾掠而过，然后似乎是踩着黄沙之尾冉冉地落于地上。

良久，四周静得连一点点轻微的呼吸之声都听得很清楚。

黄沙也渐渐沉积，渐渐如雨点般洒落，空气之中，仍飘散着那种浑浊的微尘。有人捂着鼻子呼吸，但所有人的目光却都是相同地看着一个方向，那便是望着尔朱文护，望着五台老人！

一直以来，这两个人都是最引人瞩目的焦点，一直都是如此！

大颗粒的沙石沉落了下来，那狂野的风暴，自人群那微小的缝隙之中溜走，留下的只是死寂的沉闷。如死一般，绝对没有夸张！

第五十五章　沧海之怒

五台老人静静地拄剑而立，微微的血丝顺着那柄长剑缓缓地滑落，这便是结果吗？没有人能够作出回答。

尔朱文护手中的剑依然平举着，目光盯着五台老人，一直都没有动，他的双膝已经深入黄沙之中，似乎也没有拔出来的意思。是那般冷淡，那般专注。

五台老人深深地吸了一口气，他的伤是在手臂之上，一道不长的剑痕，他的衣衫也拉出了一条长长的破口。

所有的人都依然静默在一旁，没有什么人愿意出声，似乎谁也不想惊醒这个局面。

是尔朱文护胜了吗？很多人都充满了疑问。许多人眼里充满了敬佩而又崇敬之色，刚才那一场狠斗，便像是做了一场梦，一场虚幻而难忘的梦，是那般惨烈，那般刺激。

蔡伤的嘴角依然挂着一丝未改的笑意，那么清淡，那么优雅，可哈不图却大为不解，不由得急虑地问道："他受了伤吧？你难道不管了？"

蔡伤并没有回答，一旁蔡新元的双目依然紧闭着，对外界的一切根本就丝毫不在意。

五台老人缓缓地移了一下身子，像是一个极为懒散的梦者，刚从梦中醒来翻了个身，然后才将长剑极为轻松地在裤角之上擦了擦，那血迹似乎成了他珍爱的纪念品，好好地保存在裤角之上。

众人对这个极为轻微的动作，却有着一种极不简单的见解，可是谁也不知道这是什么意思。

五台老人扭头向四处望了望，似乎想到了一件极为好笑的事一般，摇了摇头，又淡淡而苦涩地笑了笑，只笑得众人莫名其妙。

五台老人动了，静静地向尔朱文护行去。像是多年未见的老朋友一般，轻松自如地行去。

尔朱文护依然没有动，静静地立着，静静地将手中的剑平举着。

众人的心中有一种奇怪的感觉，似乎想到了什么，但却极为模糊。

孔无柔心头升起了一丝阴影，他不明白为什么会这样？但很快，五台老人便告诉了他答案！

只见五台老人缓缓地伸出两个指头，极为优雅地钳住剑身，是尔朱文护的剑身！

尔朱文护竟没有一丝反应，目光依然直直地盯着五台老人刚才的立身之处。

所有的人全都大为惊愕，为什么会这样？只要此时尔朱文护将手中的剑一扭，便足以把五台老人的手指绞下喂野狗，但尔朱文护却没有动，甚至连动的意思也没有，目光依然那么呆直。这并不是最奇怪的，最奇怪的却是五台老人的手指在碰到尔朱文护的剑身之时，那剑身竟自己断了。

居然是一柄断剑，尔朱文护所握的只是一柄断剑，的确让人有些吃惊！

到了这一刻，许多人也明白了一些什么，那便是尔朱文护的剑是被五台老人所断！

五台老人似乎极为无奈地摇了摇头，伸出一个指头，在尔朱文护的额头之上稍稍一点，尔朱文护的身子竟斜斜倒下，将脚下的沙土全都掀了起来。

尔朱文护居然就这般倒下了，他死了，静静地死了，失败者是尔朱文护，也就是说五台老人胜了。

孔无柔等人的脸色极为难看，他们本以为来自尔朱家族的高手能为他们出点力气，却没有想到连正主儿的手都未曾碰到便已经死了，这的确让他们心寒。

围观的众人这时才发出一声长吁，似乎在欢呼，又似乎是松了一口气，但同情死者的人，似乎并不存在，在这种嚣乱的世界之中，死人，那似乎太正常了，一切都是自然，他们的心也似乎完全麻木，完全麻木！

关外十魔神情极为沮丧，天气虽然微微有些凉意，但并不冷，可是他们的心却极凉极凉，此刻只有八人，但对敌的却是被誉为天下无敌、如神话般的高手，更有一个可怕的老者，那深不可测的两个人却这般地走在一起。

“你们可以告诉我金蛊神魔田新球在哪里了?”蔡伤的声音便像秋风一般萧瑟地道。

“他还未曾回来！”谢春辉有些艰难地摇晃着站起来道。

“那他在哪里?”蔡伤又问道。

“他的行踪一向都不是我们所能掌握的，他很可能……”

“大师兄，要找便让他来找我们好了！”董根生打断了谢春辉的话声冷然道。

“那好，你们出手吧！”蔡伤声音显得无比坚决。然后所有的人都感到蔡伤变了。

蔡伤的确变了，就在他说完那句话的时候。没有人能形容出那是怎样的一种感觉！

像是一柄剑，像是一把刀，或者什么都不是，便是蔡伤！

立在蔡伤身后的人全都骇然惊退，似乎在刹那之间，蔡伤的身子燃烧起熊熊的烈焰。那是一种无形，而且冰寒的烈焰。以蔡伤为中心，向四周扩散。

地上的沙土也开始变得躁动不安，开始变得激烈起来。

孔无柔及董前进的脸色也变得很厉害，他们很清楚地感应到源自蔡伤心内的杀机，感受到那种无形气机的可怕！

没有人会觉察到，这个世界似乎便在蔡伤说完那一句话之后便开始改变。

蔡伤向前迈了两步，点尘不惊地迈了两步，便像是踏错了时空一般让人惊颤，让人震撼，每一个细小的动作，都似乎将人的心神牵动，那细小的步子，便像是踏在所有人的心上，更像是踏践着所有人的灵魂。

站在关外十魔身后的人群，不由自主地跟着退了两步，似乎蔡伤的气势早已威逼到他们，使他们不得不退。

所有人的脸上都显出了惊异之色，所有的人心头都无比的震骇。

蔡伤在刹那之间，在所有人的眼里，竟似乎成了一座没有人敢逼视的山峰，一座具有无伦气势的山峰！

风，从蔡伤的脚底流过；沙，在蔡伤的脚底打旋，似乎是要候机而飞。

孔无柔的手心握出了汗来，他从来都没有如此紧张过，也从来都未曾遇到过这般强劲的对手。可这已是无奈的抉择！

江湖便是如此，生与死总不能由自己控制，命运总喜欢与人游戏。这或许便是江湖的本质，没有人能够改变，也没有人可以改变！

董前进的手心亦出了汗，要说不紧张，那是骗人的，纯粹是骗人的！蔡伤被公认为北魏第一刀，也有人称天下第一刀！一个战无不胜的绝世高手，有谁面对这般人物，心神会不紧张呢？要知道，武功，并不是一加一等于二的计算方法，技高一筹，便会占尽优势，而此刻蔡伤根本就未曾出手，未曾出手便会有如此可怕的气势，这般不可思议的威势。若是出手，那又将会是怎样的一种情况呢？没有人敢想象，也没有人想象得了。

这个世上唯一一个在他全力施刀之下而仍活着的人，却是一个失踪了的疯子，也就是说，已经没有人知道他的刀究竟会是怎样厉害！

今天，他会不会全力施刀呢？会不会仍然有人能够活得下去呢？这一切似乎都很茫然，一切都是未知之数。

蔡伤代表的似乎只是一个不败的神话，刀的神话。

他们战过蔡风，一个比蔡伤几乎小了三十岁的小娃娃，一个武功出自蔡伤之手的少年，便有那般可怕，几乎足以让天下为之大乱！无论是才智、胆识、武功都是那般超凡入圣，若不是用诡计，谁也不知道该怎样才能够对付的一个角色。而这位立在他们面前的人却还是这个使他们无力对付的角色之父亲！

他们的目光都不敢移一下，似乎在任意一刻，蔡伤的刀都可以划破他们的胸膛，任意一刻，蔡伤都可以卸下他们的脖子，所以他们不敢眨眼，只是手越握越紧。

蔡伤的目光变得无比尖锐，无比锋利，似乎是切在所有人的心口上。

谢春辉的眼角闪出一丝痛苦的神色，他为自己不能参与这场战斗而痛苦，也为这一战那未知的结果而痛苦，而无奈！谁也不愿惹上这样的敌人，但命运中，他们却偏偏惹上了。偏偏惹上了这个绝不能惹的敌人！也许，这就是命，这就是所谓人在江湖身不由己吧！

蔡伤又跨出一步，沙面之上，连一点痕迹也没有留，发现这些的人，很少！几乎所有的人都只注视着蔡伤那跨步的优雅，而忘却了蔡伤那跨步的目的。

“我不想杀你们，但你们不该固执，害你们的人，不是你们自己，也不应该是我，而是田新球！你们齐下黄泉，一路上也不算寂寞了！”蔡伤冷然道，似乎是怜悯，又似乎是不忍。

“鹿死谁手还不知道，别把话先说满了！”董前进也冷然地回应道，同时八人的身形亦开始缓缓移动，缓缓地改变方位。

蔡伤一声冷哼，目中杀机一闪，脚下的步子立刻加快，在距八人一丈左右的时候，整个人竟消失了。

这是谁也想不到的事，蔡伤究竟去了哪里，究竟到哪里去了？

蔡伤没有消失，他出现的时候已经是在鬼手力魔的身边。只是他的速度太快，已经超过了人们视觉的感观之外。

鬼手力魔董根生在骇异之余，手中粗大的铁棒迅速扫了过去，这还是他们全神戒备的缘故，否则，就是蔡伤的刀斩在他的脖子之上，他绝不会有所攻击的机会！

“噗——”一声闷响！

董根生只觉得手上一重，那粗大的铁棒竟被蔡伤一手抓住，这一惊可非同小可。

“呼——”一道亮光闪过，向董根生脖子飞去。

“当——”一声脆响惊醒了闭目待死的董根生，竟是孔无柔与董前进的两根铁棒，截住了蔡伤的刀。

董前进与孔无柔两人同时发出一声闷哼，震得倒跌而出。

董根生随之觉得身子一轻，飞跌出去。当有知觉时，一阵剧痛自腹内传来，竟是他自己的铁棒刺入了自己的小腹之中！虽然不深，但却痛得厉害，幸亏地上是沙土，不硬，否则，只怕会撞断锥骨。

这一切都只是在举手投足之间便发生了，谁也没有想到会这么快。

蔡伤一声冷哼，手中若带着一道电光，反击而出，正好切在另外六魔与八魔的铁棒之上。

“当……当……”两声脆响，六魔与八魔身不由已地倒跌而出，蔡伤的功力，高得出奇，同时蔡伤的身子反翻而出，便如在空中突变一般，一眨眼间已经飞临孔无柔与董前进的头顶。

孔无柔与董前进大骇，蔡伤的身法竟比五台老人更快。但他们已经完全来不及细想，因为蔡伤的刀气已经将他们完全罩住了，他们不想死便只得挥棒外击。

“当……当……”孔无柔与董前进两人身体大震，手中的铁棒竟被蔡伤手中的电芒斩得弯曲起来，同时两个身子，也被击入沙中一截。

“呀……”董根生眼见两人势危，再也顾不了自身疼痛，疯狂地跃起，手中抡起大铁棒，猛击蔡伤的脑袋。

但他击空了，像是击上了一道幻影般击空了。然后一道闪电顺着他的铁棒滑下。他没有什么反撩的机会，只觉得手中一轻，铁棒重重地坠在地上，还带着他的十根手指。然后他听到了孔无柔、董前进、谢春辉及所有人的惊叫，那也是他最后一次听到人世间的声音，因为蔡伤的脚已经击碎了他的脑壳！

好狠的一脚，好可怕的一脚！没有半点仁慈，没有半点感情，没有一丝怜惜。对于蔡伤来说，这一切已经太正常不过了，当年在千军万马之中厮杀，那比现在就残酷了一万倍。

董根生没来得及发出一声惨叫，便飞了出去，脑浆、鲜血喷了一地，喷得沙地之上一塌糊涂，与夕阳一映，被晚霞一衬，却又有一种异样的凄艳。

"老五！——"孔无柔诸人肝胆欲裂，只得惨呼，但董根生已经不可能再回答他们的呼唤了。

蔡伤一声冷哼，身子毫无阻滞地反旋而起，竟是借踢董根生那一脚的反震力道，弹射而出。

依然是那么快捷，那般凌厉无匹，若不是在这夕阳之下，人们定会以为只有幽灵，只有鬼魅才会有这么可怕的动作，可怕的速度！

六魔与八魔迅速追在七魔、九魔的身后，而十魔却悍然无畏地横撞向虚空之中的蔡伤，董根生的死激起了他们拼死的决心，完完全全地是一种拼命的架势。

蔡伤动作快速地掠过两丈的空间，就在十魔的身子横撞而来之时，横点出一脚，悠悠地击在那挥来的铁棒之上。

十魔心头一喜，可是，他所感觉到的只是一种无端的空虚，力气似乎完全用不上，蔡伤的那一脚根本就没有丝毫的劲道。

这一变化似乎极出他的意料之外，但蔡伤的身子却再一次腾升而起，若虚幻中的苍龙一般。然后身子追随在那道凌厉无比的闪电之后，再次倒向孔无柔与董前进射去！

众人想不到蔡伤在空中说转身便转身，利落得似乎其本身便是向着这个方向一般。不过对于十魔来说，这并不是第一次遇到此种情况，也不会是最后一次。

孔无柔与董前进也根本不在意自己的生死，他们很清楚自己的实力，若是再吝惜自己的生命，那只会死得更快，在交手之前，没有人能够想象得到，蔡伤这么轻易便会让十魔的攻击力完全无用武之地，而且还如此轻易地杀死了董根生，这一切都是那么快，思维稍慢之人，甚至根本就无法理解这种变化。

四周的人群，其呼吸之声都变得沉重起来，奇怪的是，场中竟没有在绝世高手出击之前的那种沉闷逼人的压力，那种若世界末日降临般的杀气竟变得极为淡薄。

惨烈依然惨烈，只看那涂了一地的脑浆与鲜血，便不能不说惨烈。但给人更多的却是一种空洞的虚幻，就像是在做梦，一场奇怪而又惊险的梦。

“叮叮……”蔡伤手中的电芒在短得无法再短的时间之内，竟在孔无柔与董前进那已经弯曲的铁棒之上斩了七十八刀。

“砰……”六魔和八魔也如疯了一般撞向蔡伤的背部。两根铁棒拖出一种勾魂摄魄的乐音，沉重得几乎要把人撕成无数碎片的风，已渗入蔡伤的体内。

蔡伤一声淡淡的轻啸，竟奇迹般地缩成一团，有若重石一般沉沉坠下。

六魔、八魔的两棒一下子竟捅了个空。但七魔与九魔的铁棒却很快就袭入了蔡伤的护体劲气之内。

蔡伤的双脚一沾地，手中的电芒迅速平扫而出，一道凌厉无伦的刀气，散射而出，竟然在电芒犹未曾击中铁棒之时，铁棒便发出一阵“嗡嗡”的脆响。

七魔与九魔只看到手中的铁棒一重，竟似被一只无形的手给拉住，变得无比沉重，骇然之下，铁棒已经重重地击在蔡伤的胸口，却不知怎的，竟若滑溜的泥鳅一般，自蔡伤的胸口滑开，却是钻到蔡伤的腋下，被紧紧地夹住。

两人心头一惊，忙抽身后退，可蔡伤的脚却无声无息地自下方袭到。

“呀——”十魔刚才被蔡伤耍了一回，这一刻见七魔与九魔遇险，而六魔与八魔及孔无柔和董前进根本就来不及回救。孔无柔和董前进本可以回救，可刚才被蔡伤的刀那一轮疾斩，震得虎口流血，手臂酸麻得根本就举棒无力，此刻就是有心救七魔与九魔也是心有余而力不足，而蔡伤的刀此刻正以无与伦比的速度划向他们与六魔、八魔！

十魔以双手抡捧，直砸而下，这一棒下来，蔡伤就是铁头也会被砸出一道棒痕，何况蔡伤并不是铁头！

七魔和九魔的动作极快，全是因为他们早已有一种预感，当他感到手中的铁棒突然变重之时，便似已经感到有些不对劲，所以他们早已预留好退路，对于蔡伤这种可怕的高手，处处小心总会好些。

“铿——”七魔与九魔竟从铁棒之中抽出两柄窄长窄长的剑，却显得无比的突兀。

蔡伤一声冷哼，身子立刻以踢出的那一脚为重心，飞速旋转而出，手中的刀舍去孔无柔与董前进，反切向天空中的十魔，那种清晰无伦的轨迹，似若划过的流星，灿烂无比。

从出手到现在，依然没有人看清楚蔡伤的刀究竟是何种模样，只留给人的是一种茫然的电芒，好像他的刀本身就是一种虚无的异灵。

十魔这一击却仍只能击着蔡伤一个虚影，十魔与九魔一退再退，而蔡伤的刀却向空中虚划而出，随着他的身子上升。

十魔心头大骇，在空中疯狂地一扫，想躲开蔡伤这无比准确的一击。

蔡伤的这一击的确是抓得极为精到，似乎十魔的每招之中的破绽都无法瞒得过他的眼睛，也的确，蔡伤的每一击都是对方的破绽所在。

孔无柔诸人从来都没有想到过自己的招式之间会有如此多的破绽，从来都没有比今日更为惊骇的了，他发现，在蔡伤的眼里，他们的招式根本就一无是处，叫他们怎么不惊，怎么不骇。

蔡伤的眼角显出一丝冷酷，十魔的动作在他的眼中只不过是一种无益的挣扎。

“呀!”十魔的惨叫传出好远，一条溅血的大腿升上天空，洒落的鲜血，像是散飞在天空中的红梅花。

血雨飞过，降下，却是在十魔的残躯重重的坠地之时。

蔡伤若幽灵般闪出血雨之外，他不想让这血迹沾湿他的衣服，虽然他不介意杀人，也不会介意见血，但衣衫沾上血并不是一件很雅观的事。

旁观者的心全都揪了起来，烈焰魔门的人更是胆寒心裂，在他们的眼中，关外十魔的武功早已是高不可攀，可此刻八人合击一人，仍是伤亡惨重，怎叫他们不惊？而在乌审召居民的心目之中，烈焰魔门更是不可冒犯的门派，在毛乌素沙漠之中没听过烈焰魔门的人少，烈焰魔门的行事虽然不怎么好，可是有烈焰魔门的人在，那些马贼便不敢来乌召审放肆，因此，乌审召的居民对烈焰魔又敬又怕之中，又多了一份依赖。而此刻见蔡伤如此厉害，杀人如杀鸡一般干脆利落，叫他们怎么不揪心？谢春辉不由得痛苦地闭上双目，关外十魔横行关外数十年，虽然杀人无数，可是一尝到被人杀的滋味，才发现过来，那是多么痛苦的一件事。当亲人、朋友死在别人刀下的那一刻，一切都变得心悸起来。往昔的记忆又泛起，在心中多的是痛苦，却也有一些悔意，将心比心，才明白报应不爽的教训，但后悔似乎已经迟了。

蔡伤的身子旋转得若风轮一般，那道亮丽的电芒随着他的动作而充满了无限的爆发力，充盈着无限的杀伤力。

哈不图的眼中没有惊喜，反而有些惊慌，不由得拉着五台老人的手焦虑地问道：“你们真的要将他们全部杀掉吗?”

五台老人奇怪地望了望哈不图，反问道：“难道你不希望他们死吗?”

哈不图有些慌乱地望了那形似幻影的蔡伤一眼，再望了望应付得手忙脚乱的几魔，怯怯地道：“不希望他们死。”

“为什么呢?”五台老人大奇问道。

“他们死了，那四处的马贼便会毫无顾忌，他们会把我们乌审召闹得鸡犬不宁，人畜不留的，我想求求你劝劝那位大爷，不要杀死他们好吗?”哈不图认真而恳切地道。

五台老人望了望蔡伤，又望了慌乱的数魔一眼，心中暗叹，知道蔡伤是因为蔡风生死未卜，而动了潜藏十数年的杀机，此刻想劝他停手，恐怕很难。

“大侠，请你手下留情，不要伤害他们啊……”一个老大娘居然在一旁跪下，高声求起来。

一旁围观的人都明白，他们绝对没有办法帮助十魔，可眼见十魔便要全都死于蔡伤的刀下，他们不由得急了，见那老大妈跪下求情，跟着不自觉地跪倒一大片，竟全都是向蔡伤求情，他们的确尝够了马贼的苦头。

蔡伤的刀自七魔那宝剑上轻滑而过，刀锋便在抵达七魔的眉心之时突然一顿，因为他听到了那老大妈情真意切的乞求，十几年潜心所悟的佛道使他内心的仁慈淡化了杀机，只是将刀锋一转，重重地击在那剑身之上，跟着又见到这么多人的哀求，心头一软，但那股失子的痛苦却化作无法发泄的悲伤，在孔无柔与九魔的兵刃攻击之中，蔡伤禁不住仰天一阵悲啸。

在悲啸声之中，蔡伤不见了，完完全全地淹没在一片苍茫的光海之中。

黄沙若被煮沸、炸开了一般，以这片光芒为中心，向四周疯狂地疾射，天空在刹那之间竟似变得无比昏暗，无比阴沉，突然而来的狂风，突然而起的杀机。

那跪在地上的人，全都发出惊骇的低呼，但他们的声音全被那狂野无比的劲风撕裂，变得失去了意义。

这才是“怒沧海”，真正的“怒沧海”!

愤怒之中才挥发到极致的刀法，天地、人间，全都浑浊不清，唯有杀机，无穷无尽的杀机，冷寒冰刺的杀机，劲气在飞旋，光芒在刹那之间吞噬了蔡伤方圆三丈以内所有的人。

没有人能够形容得出这是怎样的一种场面，是怎样的一种惨烈和惊怖。

这团光芒似有着无穷无尽的魔力，使周围的气流若失控了一般，全都向这里涌动，立于周围的，都有身形被扯动的感觉。

所有的人都忘了呼叫，都忘了这是场战斗，忘了这是一个黄昏，忘了存在的危险，忘了过去，忘了未来，他们的眼中，他们的心中，只有这一刻的惨烈，只有这一刻的震撼。

时间全都失去了约束力，比任何人的想象都要丰富。

光芒一亮再亮，直到所有的人全都合上了眼睛，人的眼睛已经无法承受这种灿烂的震撼，只能够合上，紧紧地合上。

除了风声，除了黄沙飞掠之声，其余的便没有了，不闻惊呼之声，或许是惊呼之声，全被这狂野的劲气割碎，随细小的沙粒飞行。

当所有的人再试着睁开眼睛的时候，天空依然很蓝，夕阳依然很灿烂，也很美，黄沙与风都似乎是刚才梦中的闹剧，一切都是那么恬静，那么清新。

没有声音，却不代表没有人，蔡伤静静地立着，静静地立成一座雕像，微微昂首，似是在欣赏着那流过的白云，他没有死，所有的人都有这种感觉，蔡伤绝对没有死。

没有刀，打一开始便没有刀，蔡伤是静静地立着，他的刀却已不再存在，便像没有人知道刀从哪里来一般，不知道刀去了哪里，或者是说，蔡伤根本没有刀，他的刀只是在心中，心的最深处。

天上，依然只有夕阳和晚霞及几片薄薄的云，连只掠过的苍鹰也没有，地上，除了人、黄沙，还有一摊血迹，也有几件残碎的兵刃，像是沙土中褐色的石块。

那是十魔的兵刃，碎裂成无数的小块，铁棒、窄剑，没有一件是完整的，有人会怀疑这些兵刃是不是全都是沙子所做，否则，怎会如此没用?

孔无柔还没死，董前进也没死，六魔没死，七魔、八魔、九魔全都没死，死去的只是五魔董根生，十魔也断掉了一条腿。不过此刻，这条断腿并没有流很多的血，不知道是谁已经封住了他腿上的穴道，完全阻止了这一块的血脉，只有些微的血丝渗出。

所有的人都变得有些沉默，似是做了一场可怕噩梦。

孔无柔没有动，董前进也没有动，活着的人都没有动，死了的人动不了，活着的人也不想动，他们完完全全地沉入刚才那惊心动魄的梦中去了。

刚才是不是梦很多人都清楚，不过有些人总不喜欢当它是梦，因为那太让人震撼，也太令人不可思议!

关外十魔是见过大风浪之人，可是他们却从来都未曾见过刚才那种刀法，完全超出了人类感观与想象之外的刀法，这一切是多么离奇，这一切是多么不可思议。

从刚才的震撼之中找回了自己的只有两个人，一个是蔡伤自己，一个便是五台老人，但是，他们都不想说话，他们也不想动，这里的天空似乎很蓝，这里的气息似乎更让他们投入，其实，这只是一种无奈，深沉的无奈。

蔡新元缓缓地睁开眼，缓缓地站起，不用任何人说，他已经明白眼前的变化是怎么一回事，因为他读懂了蔡伤的动作，读懂了蔡伤无声的语言，所以，他极轻缓地向那几匹稍稍有些惊慌的骆驼行去。

蔡伤悠悠地收回目光，却并不注视地上的血迹，长长地一叹，不再望那仍跪在地上的众人，缓步向五台老人行去。

谢春辉的眼角却微微含了些泪水，虽然五魔死了，十魔断了一条腿，但却并不是全都死去，这是不幸之中的万幸。

没有人会不明白，这是蔡伤手下留情，否则，每个人都只会像各自的兵刃一般，变成碎片，但蔡伤这一刀的可怕之处，却让所有的人都心底凉透。

蔡伤缓缓地行向那几匹骆驼，头也不回，只是淡漠地道："我们走。"

五台老人很明白蔡伤的心情，心底却更加钦佩，蔡伤的确不是一个滥杀的人，十几年的佛性终还是止住了他的杀念。

孔无柔与董前进诸人，此刻才回过神来，有些呆痴地望着地上的兵刃碎末，心头感慨万千，他们都是明白人，他们比旁观的任何人都清楚，蔡伤在刚才那一刀之中，至少有一百次杀死他们的机会，但却没有杀他们，是蔡伤在下手之时住了手。

这不只是蔡伤的手下留情，而是因为这数百居民的请求，没有这些人的请求，蔡伤绝对不会手下留情。

他们见识过了"怒沧海"，可是他们宁死不屈，原以为只要在"怒沧海"中不死，便可以大概地体悟到"怒沧海"的精要，但他们所得到的却是更多的迷茫。

没有人能试着阐释"怒沧海"的精神所在，便像是没有人能够明白天与地究竟何始何止一般，"怒沧海"已经完全脱离了任何武器的范围，已脱离了任何招式的局限，脱离了现实，而进入了那种根本没人明白的意境，或者便连蔡伤也并不明白那究竟是怎样的一种境界。

"你为什么不杀我们?"孔无柔声音中多少仍带着悲愤地问道。

蔡伤微微顿住脚步，淡漠地道："不杀你们并不是因为你们很了不起，更不是我舍不得杀你们，而是看在那些仍跪在地上之人的面子上，你不必存有什么顾虑，我们的账可以从此了清。若是你们想要报仇，他日来找我，我蔡伤绝对不会回避，不过，我劝你们最好打消念头，因为你们便是再苦练三十年，依然不会达到我今日的境界。"

孔无柔一呆，他不得不承认蔡伤所说的是事实，学武并不是每一个人都能达到绝顶之境，勤能补拙并不错，但是武道永无止境，一个人的修为，还要看他的悟性有多高，正如有的人一辈子也悟不通一种武功，而有些人只用数天或数月便能够领会一般。

谢春辉诸人的心头不由得感慨万千，不由得长叹一声道：“罢了，罢了！”

蔡伤淡淡地一笑，悠然道：“尔朱文护的死，你便说是我蔡伤杀的。”说完，纵身跃上骆驼的背上。

“喂，天都黑了，你们还要到哪里去？”哈不图不解地问道。

蔡新元不由得淡漠地笑了笑道：“到该去的地方去，到来的地方去。”

“你们不是说要带我去吗？现在怎么光顾着自己走呢？”哈不图焦急地问道。

“他们不会再要你的命了，你仍跟着我们干什么？”五台老人轻笑道。

哈不图不由得回头向孔无柔诸人望了一眼，心头一寒，禁不住打了个冷战，苦涩道：“你们都是大人物，说话怎么能不算数呢？”

五台老人不禁摇了摇头，淡漠地道：“那还不上去。”

哈不图一喜，忙爬上那仍跪着的骆驼，高兴地道：“你真是个大好人。”

蔡伤再不答话，驱策着骆驼悠悠地行去。

“等等——”谢春辉沙哑着声音呼道。

“还有什么事需要交代？”五台老人有些不耐烦地反问道。

“那位姓凌的姑娘仍在我们的手中，既然今日你不杀我们兄弟，我便将这位姑娘还给你们，当是今日我们两相不欠。”谢春辉沉声道。

“哦！”五台老人与蔡伤同时一愣，反问道：“你不怕破六韩拔陵怪责田新球吗？”

“这个不劳你们操心，我们自有方法去应付。”谢春辉与孔无柔异口同声地道。

“那还不去将凌姑娘带来。”蔡新元高声喝道。

“凌姑娘中了‘潜心回梦散’仍未痊愈，交给你们，你们能治好吗？”谢春辉冷声问道。

“潜心回梦散？”五台老人惊问道。

“不错，正是潜心回梦散，解药只有我四师弟才有，如果你们能治的话，我不妨现在把她交给你！”谢春辉道。

“潜心回梦散还难不倒我。”五台老人不屑地道。

“难怪，她会出手伤了公子，原来她是中了‘潜心回梦散’！”蔡新元自语道。

“那是个什么东西？”哈不图好奇地问道。

蔡新元没好气地白了他一眼，才向五台老人怀疑地问道：“吴叔能够解吗？”

五台老人自信地道：“想当年，便是苗疆的金蚕蛊我也照解不误，这‘潜心回梦散’又能算得了什么东西。”

蔡风悠悠地醒来，却发现自己处在一个石室之中，四周有几个巨大的火盆，将室内烘得极为温暖，那熊熊燃烧的巨烛使石室之中的每一个细节都看得很清楚。

蔡风知道自己并没有死，他的知觉告诉他仍活着，而且他知道他根本就不必死，至少这一次，他不必死，只是他并不知道是谁救了他，是谁让他自死神的手中活了过来。不过，那已经不重要，他根本就不担心死，只是有些遗憾，不是死在自己最心爱之人的剑下。

蔡风的心依然很痛，那不是药物可以治疗的伤口，他始终不明白，为什么凌能丽竟能狠心杀他，她居然真的刺下了那一剑，这的确很可悲，自己一心一意地爱着她，反而只得到如此的回报，他不明白这究竟是为什么。他当然不知道这是因为金蛊神魔的原因，他自然也便不知道凌能丽也是身不由己，他只知道，是凌能丽刺出了这一剑，然后，他便什么也不知道了。

石室之中很静，只有那巨烛在噼啪地爆响，没看见任何人。

蔡风发觉自己已经无法动弹，全身的肌肉都很酸软，能够感觉，但却不能够移动一点点，他所睡的是一个大石床，感觉很僵硬。

石室之中，竖着一个大木架子，极大的十字形，上面有几个环扣还带着些微的血迹。显然还是不久前留下的。

蔡风的心中充满了阴影，身为猎人，这种直觉很实在。

“喳，喳……”一阵脚步声传入蔡风的耳朵之中。

蔡风不由得微微屏住呼吸，闭上眼睛装作仍昏迷不醒的样子。

片刻，那两个脚步之身便传到他的身边。

“这小子还未曾醒，那一剑伤得可还真重。”一个低沉的声音自蔡风的身边响起，却是极为陌生。

“若不是这小子的体质特异，体内的纯阳正气一直护住心脉，恐怕我手段再高明，也无法将他自死神手中救活。”一个十分清越的声音响起，依然是很陌生。

“尊者的用毒之术是天下第一，却想不到医术也是世上罕见，真叫天佑佩服至极。”那沙哑的声音又道。

“三当家的见笑了，说到医术，天下又有谁能及得上陶弘景呢？说这用毒之术，最奇仍莫过于陶弘景，我的毒物只能毒人，而陶弘景却可以用毒物去酿制天下最好的丹药，可以用毒物救人，那才是神乎其技。当年，我便想去偷那老儿的《仙药宝典》，却被郑伯禽那老贼追杀数千里，三当家自然也知道，又何必笑我呢？”那清越的声音道。

蔡风心里一惊，如此一说，他焉有不知身边立着的人，正是在塞北武林人物闻之变色的金蛊神魔田新球？这当中的一段经历他早在蔡伤的口中听到过，自然一听便知是田新球。

“尊者何必提起那个将死的干老头呢？陶弘景的确可算得上是当今医道之中第一人，古今除华陀、扁鹊之流才能与之相比，我辈凡俗又岂能与之相提并论，他虽然活在世上，但他根本就不管尘世间之事，一心只追求他的仙道，与我们根本拉不上边，我说尊者用毒天下第一乃是在红尘世俗之中、江湖之上，尊者又何必过谦呢？”那沙哑的声音又道。

蔡风心里暗忖：这人说得也的确不错，要知陶弘景用药之道的精妙，就是追溯几千年之前，也只能数出几个人而已。而金蛊神魔田新球的用药之道亦是天下少有，那一番话倒也还中肯！

“哼，三当家有所不知，我们所炼制的毒人，天下间只有陶弘景可破，也只有他才能让我费尽千辛万苦炼制的毒人付之东流，如此的心腹大患，一天活在世上，我都不能安心！”田新球声音极冷地道。

“哦，陶弘景可以解除毒人的禁制？”那沙哑的声音惊问道。

“不错，我这炼制毒人之法，本是源自本门的经书秘典，可是当年这部秘典曾由本门师祖与孙游岳共同研究，也可以说此秘典乃是我师祖与孙游岳合力而得的精华。而孙游岳当年授符图经法于陶弘景。当时，孙游岳已经研出此毒人的破解方法，也一并传给了陶弘景，这便是我当初为什么要去偷那部《仙药宝典》的真正原因！”田新球吸了一口气道。

“孙游岳？孙游岳居然与毒宗有这般渊源？”那沙哑的声音奇道。

“这是我魔门毒宗的内部机密，你们剑宗自然不知道，这也是我师父临终前才告诉我的！”田新球叹了一口气道。

蔡风越听越糊涂，金蛊神魔田新球去劫经与郑伯禽相斗是二十二年前的事，那时候他尚未加入烈焰魔门，而现在却口口声声称魔门毒宗，难道两大魔门并不属同一个门派？而烈焰魔门并不擅长使毒呀。蔡风只听得有些糊涂了，又有什么剑宗的，这个魔门到底是个什么门派？他以前怎么从未听人提起过?!

“一个陶弘景并不足为惧，便是不用毒人，我们魔门照样可以让天下成为囊中之物。北魏此刻已经等于是我尔朱家家族的囊中之物了，我大哥早就算好，破六韩拔陵这般一闹，天下将会烽烟四起，等到北魏有名无实之时，那些起义军都会一个个地破灭。只要我们六宗联合，那一群乌合之众又岂能搅得起大浪来?”那沙哑的声音微微有些得意地道。

“大宗主之智计的确是天下少有，目光之深远真叫新球佩服，将来若是大宗主得了天下，我们六宗愿推大宗主为我们魔门圣主。那时候，咱们魔门便又可结束这一百多年来的分裂之苦了。”田新球声音有些微微颤抖地道。

“只不知道烈火宗的意思如何?”那沙哑的声音试探性地道。

“烈火宗绝对不会有意见，高宗主一死，烈火宗基本上已入我的掌握，我说过了便行。眼下，只是担心花间宗与阴癸宗不服。而且阴癸宗在南朝势力极大，到时候，便是北部由大宗主所掌握，南朝与北朝却成了我天魔门的内斗了!”田新球不无担心地道。

“哼，阴癸宗与花间宗就是反对，又岂是我们四宗之敌?”那沙哑的声音不屑地道。

蔡风的心中大骇，对方口中所说的“天魔门”可是他闻所未闻之事，而分散了百余年，连尔朱家族也是这天魔门的一个分支，可见这天魔门是多么的可怕！更可怕的却是它一直潜伏在暗处，似乎从不被世人知晓。只有在暗处的敌人才是最可怕的！而这声音沙哑之人，便应该是尔朱家族的第三号高手尔朱天佑，却不明白田新球所说的毒人又是怎样一回事?

“那老妖妇也并不是好对付的，这些年来，却不知那天魔舞又精进了多少！我们绝对不能小觑，只怕她此刻的武功也不会与大宗主相差很远，或许可与当年的‘哑剑’黄海相提并论了!”田新球淡然道。

“这个老妖妇一直龟缩在深宫之内，的确可虑!”尔朱天佑吸了口气道。

“而那韦睿也同样可虑。因此，我必须要将毒人炼成!”田新球坚决地道。

“可是那几个小子全都不支而死，根本阻抗不住你的药力，你再炼下去能行吗?”尔朱天佑有些担心地问道。

“那几个小子只不过是试验品而已，以他们的武功便是变成毒人，也只能是低档次的，成不了大事。真正的毒人并不是说他满身都是毒，而是用药物将人体的每一个部位的潜在力量全部激发出来，每一寸肌肤都可以爆发出比他平常更可怕十倍的力量。所以这种毒人的炼制要比那种浑身是毒的毒人困难许多。无论是对毒人本身的选择，还是对毒人的控制，都十分困难。但这种毒人一旦炼制成功，就比那种下九流的毒人更可怕万倍!”田新球自豪地道。

第五十六章　无敌之人

“天下无敌!”密室之中的尔朱天佑忍不住惊呼而出。

“可是你怎么知道这小子能够抵受得了你那些药物的冲击呢?”尔朱天佑的话只让蔡风的心头发毛，此刻他才明白田新球居然要将他炼制成毒人。

“若是连这小子都无法承受那份药力的话，天下间恐怕没有几人有这个本事了。这小子体内的纯阳真气刚好可淡化那至阴至寒的药性，也不知这小子从小练的是什么内功，他的每一寸肌肤的扩张力与吸收力也比平常人强上数十倍，做我的毒人再适合不过了，而且我的药物分量在那几个小子的身上已经试验得差不多了，在掌握配药方面不会再出现差错，只要这小子成为我们的毒人，我想，就是蔡伤恐怕也不会占上什么便宜！而这毒人更有一个蔡伤根本无法比拟的能力，便是他拥有比常人快上百倍恢复创伤的能力，甚至内腑支离破碎，他仍能顽强地活上数年，他的生命力会是人的思想无法想象的，只要这小子成了我们的毒人，就是老妖妇与韦睿联手，也不会起到什么作用!”田新球冷酷而又充满自信地道。

蔡风的呼吸不由得急促起来，他不怕死，但是若是要将他变成一具没有自主能力的杀人工具，却让他的心不能不产生恐惧感。

“咦？这小子醒了?”尔朱天佑察觉到蔡风呼吸的变化，沉声道。

蔡风知道再也无法装扮下去了，索性便睁开眼睛，打量了田新球与尔朱天佑一眼，却发现尔朱天佑竟是一个秃头。不过仍装作不知情的样子，虚弱地问道："这是哪里？你们是什么人？"

尔朱天佑与田新球对望了一眼，田新球淡然地笑道："你竟然比我估计的时间还要早醒一盏茶的工夫，果然体质大非常人所能比！"

"是你们救了我？"蔡风装作不知情的样子挣扎了一下道。

"不错，是我捡回了你的性命，否则，恐怕你已成了阎王爷的驸马了，你这么俊！"田新球笑道。

蔡风心头暗恨，却故作骇然地问道："我怎么动不了啦？"

"哦，你伤得太重，休息几天便会没事的。"金蛊神魔田新球声音故作柔和地道。

蔡风知道问下去也不会有什么结果，只好闭口不语，心中却暗思该如何脱身。

"你就安心地休养吧，我待会儿会叫人送药给你的。"金蛊神魔向尔朱天佑打了一个眼色，却要退下。

蔡风突然想起游四诸人仍在大柳塔，而凌能丽呢？飞龙寨的兄弟又怎样了呢？不由得急问道："我那帮兄弟怎么样了？大柳塔情况如何呢？"

金蛊神魔神色不变，将声音放得极为温和地道："待你伤好了之后自然会知道的。现在，你最主要的是怎样养好伤，明白吗？"

蔡风知道再问，也只能得到假消息，不如多争取一些时间疗好伤势，伺机逃出去，便微微点了点头。

金蛊神魔似乎极为满意地行了出去。

唯有蔡风在静静地品味着这种无奈而要命的寂静。

凌能丽的神情无比的落寞，就像是萧瑟的秋叶，似乎早已将灵魂送入了另外一个不可测的世界之中。

五台老人陪着她静静地坐着，不言不动，在两人之间的木桌之上，放着一碗熬得浓黑的药汁，但似乎早已冰凉。

在一旁更有人送来的饭菜，但却早已不是热的了，没有人动过一筷子，静静地放在那里，两天加上两个夜晚！

凌能丽没有吃，五台老人也没有吃，这一老一少似乎有某种默契，都静静地坐着不吃不睡。

凌能丽的目光似乎不是投向这个世界，但她仍然感觉到五台老人的存在，她自然明白这两天来所发生的事情，更为这古怪的老头那种纯朴、善良的关爱所感动，不由得幽幽一叹，语意中充满伤感地道："你这又是何苦呢？"

"你这又是何苦呢？"五台老人只是重复着凌能丽的话，不多讲一个字。

凌能丽缓缓地仰首望着屋顶，眼角悠然地涌下两行晶莹的泪珠，痛苦地道："是我亲手杀死了他，我居然会亲手杀死他！"

五台老人的嘴角微微抽搐了一下，温和而伤感地道："那不是你的错，因为你中了毒，你完全不能自主，凶手应该是金蛊神魔田新球！你这般折磨自己，公子便是到了九泉之下仍不会瞑目的。"

"不，是我杀了他！要不是我多心去试探他，他又怎会被金蛊神魔所乘，这全怪我！你就让我以死赎罪吧，又何必管我呢？"凌能丽悲切地哭道。

"是你闯的祸，你就应该想办法补偿，杀死公子的人不只你一个，至少仍有金蛊神魔，公子是因为你而死，他的仇便只有你去报！你难道想推开罪责，要我家公子在九泉之下看着真正的仇人逍遥自在吗？"五台老人语气一转道。

凌能丽止住哭声，目光之中射出了深沉的仇恨，却有些茫然地道："蔡风他爹不是武林第一人吗？难道他便不为儿子报仇了吗？再说我又怎能杀得了金蛊神魔？"

"姑娘有所不知，我家老爷这几十年诚心向佛，早已抛却了人间的嗔痴之念，不想再开杀戒，你难道在害了我家公子之后，又要让我家老爷他双手再重新沾上血腥吗？"五台老人极为平静地道。

凌能丽的目光再一次变得迷茫，突然道："我想回家！"

"你要回家？"五台老人一惊问道。

"不错，我要回家先看看我爹！"凌能丽神情有些疲惫地道。

五台老人的神色为之一黯，道："可你得先将这一碗'潜心回梦散'的解药喝掉呀！"

凌能丽咬了咬牙，端起那碗已是冰凉的解药，毫不犹豫地一口灌入喉中。

五台老人微微露出一丝欣慰的微笑，道："我去叫人送些饭菜吧，你我都两天两夜未进粒米了，我都已饿得两眼发光了！"

凌能丽却又陷入了一种落寞之中。

"师弟，师兄敬你一杯，祝你功至业成！"黄海神色间露出一丝落寞的孤独，朗声道。

万俟丑奴一愣，深深地望了黄海一眼，有些无奈地举起碗来，道："师兄仍然是未曾解开心结吗？"

黄海苦涩地一笑，道："有些事情是根本无法用言语来表述的，也不是说解便能解开的，或许，我黄海的确是太傻，来来，干！"

万俟丑奴有些伤感地将杯子推过去碰了一下，一口仰灌下去，道："师父终于修成正果，投身入道，这人世间，只有我们两人是最亲的，可转眼之间又要各奔东西，这又是何等的残酷呀！"

"这或许就是命吧，我无法做到师父那般忘情于世，也不可能达到白日飞升之境，我想蔡伤也不能，既然是不能悟通天道，我又何必苦苦追恋呢？人总需要面对现实，生命便如过往烟云，若不能痛痛快快地享受人生，活着又还有什么意思？"黄海悠然道。

"师兄难道就没有想到过留下千秋功业？"万俟丑奴仍想挽留道。

"我只适合做一个剑客，而不喜欢投入那种钩心斗角的争斗之中，人世的荣华只能糜烂一个人的灵魂和身心！"黄海深沉地道。

“师兄可知道我这么做乃是为了一件事?”万俟丑奴语气转为肃穆道。

“我知道，你并不是想与萧衍比，你不是那种小心眼的人，你的作为是为了‘天魔门’对吗?”黄海深深地吸了一口气道。

“师兄也知道‘天魔门’的存在?”万俟丑奴惊讶地问道。

“师父在最后一次跟我说话的时候，便提到过‘天魔门’的故事，他老人家法眼通天，天下又有什么事情能够瞒得了他呢?只可惜他不该收我这个不肖的弟子，我无法按照他的心愿去应付什么‘天魔门’的浩劫，我没有那么伟大，我的心结便是他为我结上的，此刻犹未解开，我没兴趣理会这些，只好交给师弟去做了。”黄海一声轻叹道。

万俟丑奴冷冷地望着黄海，语气有些森冷地道:“师兄仍然是在逃避!”

黄海移开与万俟丑奴相对的目光，有些伤感地道:“不，我不想再逃避，我已经逃避了二十六年，这一生能有多少个二十六年呀?我要去面对这一切，我要去证实自己的存在，正视以前不想正视的人和事!黄海依然是黄海，只求再好好地活一次!”

万俟丑奴也不由得眼圈微红，这与他情同手足的师兄之性格，他了解得太清楚了，在那坚强而冷酷的外壳之下，却是那般的脆弱，那般的容易受到伤害，可是他更知道黄海的倔犟，若是决定了一件事，绝对没有回头的余地!

便如当年黄海毅然选择了二十五年不说话也不愿留在山上看其师父一眼一般。能够体谅他的人，或许只有蔡伤一人而已。所以他情愿在蔡伤的身边居住了二十年，建立起一种可以超出生死的感情，当然也有一些赌气的成分，他明知蔡伤乃是他师父平生大敌的弟子，仍然与之相交。此刻，黄海说出这一番话，万俟丑奴自然明白黄海要去干什么，不由得伤感地问道:“你真的要去南朝?”

“不错!”黄海坚决地道。

“可是你想到后果没有?”万俟丑奴沉声问道，目光之中充满了质疑。

“我不会考虑后果，世事的变幻并不是人所能预料到的，考虑后果也绝对不可能全面，而且，更会影响人的心情。因此，我不必去考虑任何后果，那全是没有必要的！”黄海果断地道。

“可是就算你能够胜过萧衍又能怎样？师姐能够接受吗？都已经二十多年了，这足够让一个人改变很多很多！”万俟丑奴提醒道。

“但我没有改变，我依然是我！”黄海愤然道。说着竟高声吟唱道：“风云变幻我犹定，世事沉浮，痴心未改，负剑狂歌，沧桑未尽，天心何在？在心头！黯然消魂天涯路，孤独总是过客。谁与我同伤，剑心悠悠，谁与我同伤，剑心悠悠……”

四周喝酒的人不由得齐齐将目光移了过来，好奇地望着黄海，变得静寂无比。

“看什么看？很好看吗？”万俟丑奴没好气地恼怒喝道，那冰冷的目光扫过之处，人人惊若寒蝉，忙扭过头去，只顾喝自己的酒。

黄海将手中的小酒杯向地上重重地一摔，“啪！”地一声裂成无数小片，向柜台之上高声喝道：“拿大碗来！再上两坛酒！”

掌柜先是一惊，见两人都气势不凡，威势逼人，哪里还敢再说什么？忙吩咐小二送上两大坛酒，并附上两只大碗。

黄海提起桌上那仍未喝完的半坛酒，向口中猛灌，酒水顺着下巴滑泄下来，淋湿了胸前的衣衫，依然似毫无知觉一般。

“好，今天我们便喝个痛快，不醉不归，不醉不去！”万俟丑奴声音有些激动而悲怆地道。他知道，黄海需发泄，发泄胸中积郁了二十六年的伤与痛，更要将所有别离的心绪在酒杯之中化去。

黄海重重地将酒坛向桌子上一放，伸出修长而有力的大手，重重地在万俟丑奴肩上拍了一下，粗声道：“好兄弟！”

万俟丑奴扭过头去，避开黄海的目光，他已经深深地感到这可能是最后的相聚，更明白黄海今日一去，能回来的机会少之又少。想到这世上唯一的亲人便要死别于此，他的目中竟蕴满了泪水，在眼中转了转却没有流出来，心情稍稍平复后，才转过头来，伸出一只粗壮而白皙的手掌重重地按在黄海的肩上，深沉地道：“无论在什么时候，在什么地方，都不要忘了你的兄弟盼着你重新相聚！”

黄海目中也闪过两点晶莹，深沉地望着万俟丑奴的眼睛，一瞬不移地望着他，并缓缓地抬起放在桌上的右手，重重地抓紧万俟丑奴搭在他肩头的右手。

万俟丑奴也在同一刻移过手掌重重地与黄海的手相握，两人的目光却在空中定定地交缠，不再有任何言语，也不需要任何言语，各自早从对方的目光之中读懂了对方的深情。

酒楼中所有正在喝酒的人全都静默了下来，在此刻，再不会有人仍读不懂黄海与万俟丑奴两人之间的伤别，没有人会不为这种生死而真挚的情谊所感动。

两名抱酒的小二依然抱着酒，他们也只是静静地立在一旁，他们不想打破这种无声而弥漫着真情的沉默，楼中的空气都似乎给凝结了。

“凌姑娘，你要坚强一些！”蔡新元深沉地道。

凌能丽的心头再一次掠过一丝阴影，黑白分明美丽的眸子却失去了往昔的那种让人心颤之色彩，但却更让人心碎！

“是不是我爹已经出事了？”凌能丽的声音竟平静得超出人的想象，却让蔡新元与五台老人感觉到一丝极为异样的感觉，可是他们却没有办法改变这已成事实的命运。

蔡新元黯然地点了点头，道：“公子早在两个月之前，已经将凶手的头颅派人送去了你爹的坟前，主使之人乃是鲜于家族。公子也将鲜于修文打成了废人，本来公子要将鲜于修礼一家人全都用来祭你爹的在天之灵，可是这一刻却是无法完成他的心愿了！”

凌能丽默默无语地望着窗外晃动的树枝，美目之中缓缓滑落两行晶莹的泪珠，两只娇嫩的玉手轻轻地搭在身前的桌上，像是完全没有灵魂的躯壳，只看得五台老人与蔡新元的心都在滴血。

“凌姑娘，你要节哀顺变，自己的身体要紧!”五台老人担心地道。

凌能丽依然没有半点反应，眼泪只顾悠悠地流淌着，缓缓地滑过她的脸颊，滴到衣衫之上，可凌能丽依然没有丝毫的感觉。

“凌姑娘，凌姑娘……”五台老人大骇，忙伸手点在凌能丽的神藏穴上。

“哇……”地一声，凌能丽竟喷出一口紫色的淤血，然后软软地向地上瘫倒。

五台老人忙伸手接住凌能丽的身体，对一旁惊得不知如何是好的蔡新元喝道：“还不快去弄一碗参汤来!”

蔡新元这才知道事情严重了，忙退了出去，很快便端上一碗参汤，这些早已准备好了，只需要热一下便行的救急物，这一刻却派上了用场。

五台老人掐开凌能丽的口，将参汤很小心地灌下去。

“怎么会这样呢?”蔡新元有些不解地问道。

“伤心过度所致，她已经两天两夜未曾吃过东西，这一段日子以来，她的心中一直都只想着以死赎罪，刚才听你说公子对她如此好，这样一来，她便在悔恨交加之下伤了心脉，刚才吐出的就是积郁在心胸中的淤血。真没见识，把好门，我要为她打通七经八脉!”五台老人唠叨道。

蔡新元听了不由得惊骇不已，想不到伤心也会出现如此状况，不过，他并不敢多说，赶快走出并虚掩上房门。

五台老人摇头轻叹，扶正凌能丽的身体，五指如兰花般伸出，这正是他的独门“兰花流星手”，但手指所落之处却是凌能丽的手心，两掌的劳宫穴。

数道似虚无却有实的劲气，迅速地钻入凌能丽的手臂，再行进入身体。

蔡风心急如焚，但却又无可奈何，体内的真气并不听使唤，而且肢体的每一寸肌肤都似乎极僵，根本无法软化，他明白金蛊神魔田新球在他身上下了极为厉害的麻药，才会变成这个样子，在这种陌生而且叫天不应、叫地不灵的地方，他根本就不可能逃出去，虽然他心不死，可一切全都是徒劳而已。

这时候，蔡风竟隐隐捕捉到了一点熟悉的声音。

“呜……”一声低低的惨叫清晰无误地传入了蔡风的耳中，他不由得又充满了一丝希望。

“咔——”石室的门被人推开了。

“公子——”一声微带痛苦的声音传入蔡风的耳中。

“三子！”来人竟是三子，蔡风仅可扭动的头转了一下，却看到满身鲜血的三子，凄惨地立在他的床头。

“怎么会这样？”蔡风惊骇欲绝地问道。

“我们快走，公子，离开这里再说！”三子无奈而又微带痛苦地道。

“我无法动弹，这是什么地方？”蔡风焦虑地问道。

“我不知道，长生哥安排我与十二位兄弟护送你入关求治，却没想到半路上杀出十几个武功极高的神秘人，后来竟与金蛊神魔田新球会合联手，有几位兄弟被害，而我们几个便被带了过来。来！我背你走！”三子急忙解释道。

“这可能是尔朱家族的重地，你一个人先走，赶快出去，通知我爹和师叔，他们会想办法来救我的！”蔡风急道。

“不行，你在这里他们会把你炼成毒人的！其他的几位兄弟全被他们折磨死了，我是借他们送饭的机会，装死才能够冲出来的。走！我背你！”三子固执地道。

“听我的话，快走！否则便永远没有人知道我在这里了，更不会有人为我们报仇！更没有任何逃生的机会！你快走，相信我爹会救我的。”蔡风急催道。

三子一呆，惶慌地道：“这怎么行？这怎么行？”

“你是怎么知道我在这里的?”蔡风问道。

“我本来也是关在附近，到这里只想碰碰看，没想到他们还没将你换地方。”三子道。

“那你快出去，以你的武功连尔朱天佑与金蛊神魔任何一人你都敌不过，带着我只会成为累赘！听我的话，快走！否则几位兄弟都会死不瞑目，毒人天下间仍有陶弘景可以破解，你快走！明白吗?”蔡风急虑地催促道。

三子一呆，问道：“毒人可以破解?”

“不错，天下间只有陶弘景可以破解，你去告诉我爹，他会找到陶弘景的!”蔡风肯定地催促道。

“好，那我就先走了!”三子咬了咬牙道，同时转身毫不停留地退了出去。

“叮——当——”一声脆响，一声闷响再次传入了蔡风的耳中，显然三子已经开始闯关了。

然后又隐隐传来几声惨叫，却牵动了蔡风的心，让他心焦如焚，没有一刻安稳。

三子能否逃得出去呢？能否把消息送到蔡伤的手中呢？金蛊神魔与尔朱天佑会不会截住三子呢？这些问题让蔡风喘不过气来，他唯一可做的事，便是为三子祈祷，保佑他一路平安而已。

“喳……”一阵急促的脚步之声再次传来。

蔡风感觉到有人冲入了石室，听到这些，反而心里安静一些，更放松了一些，对方如此风急地冲入石室，便证明对方并未曾截住三子，至少到目前为止仍未截住三子，否则对方也不会如此焦急地来查看他是否已经逃脱。

“这小子仍在这里!”一名汉子粗声道，似乎放下了许多心事一般舒了口气。

“有没有被移动过?”另一名汉子问道。

“没有!”

“喂，是什么人闯入了石室?”那汉子向蔡风问道。

“哦，不是你们吗？这里还有谁能够闯进来呢!”蔡风装作糊涂地道。

“你装疯卖傻!”那汉子怒道。

“我装疯卖傻又怎样？就是金蛊神魔田新球与尔朱天佑也要给我几分面子，你们算什么东西!”蔡风不屑地骂道。

那两名汉子对望了一眼，却对蔡风的话有些惊疑不定，喃喃地骂道：“算你厉害!”

蔡风不屑地冷哼一声，不再答理他们。

那两人见这里没事，便立刻退了出去，又留下了独自担心的蔡风。

五台老人松了一口气，额头却渗出了汗水，不一刻，凌能丽悠悠醒转，但却并未表现得过于脆弱，而是冷静得连五台老人也觉得奇怪，但却不得不安慰道：“凌姑娘要节哀顺变呀!”

凌能丽扭过头来淡淡地道：“谢谢，我知道该怎样做了!”

五台老人心头感到一阵异样。

“我想见蔡风他爹!”凌能丽淡然说道。

“你要见我家老爷子?”五台老人一愕反问道。

“不错！我要见他老人家!”凌能丽坚决而肯定地道。

“为什么?”五台老人不由得问道。

凌能丽淡漠地吸了一口气，道：“我要学武!”

五台老人眉梢微展，嘴角边微微泛出一丝欣慰的笑意，道：“好，我带你去见他!”

边关的战云拉得好紧，破六韩拔陵的大军驻兵于长城之外，而李崇的兵马根本不敢出城迎战，只是坚守不出!

破六韩拔陵的起义军迅速占领城池附近的村镇，战马所过之处，遍地狼藉。

朝中之人只望远赴北方向阿那瓌求助的人迅速带来好消息，满朝上下都是坐卧不宁，更可虑的是西北部又传来起义军纷起的消息，高平镇（今日甘肃固原），有赫连恩诸人起义，并推举敕勒首长胡琛为高平王；在秦州（今甘肃天水），有羌人莫折大提起义；在关中一带，有被迁至关中的蜀人起义；在汾州一带，有胡人起义。几乎整个魏国的北境、西境、东北境，都在起义浪朝冲击之下。

朝中不得不大派兵将，四处镇压，可是顾此失彼，官兵苦不堪言，更大量征用民兵，使得本来不得安生的百姓更是苦不堪言，小林盗寇四起，烽烟只熏得洛阳王公贵族心神惶惶。

羌人和氐人在秦州和新秦州（今甘肃武都、成县一带），由莫折大提为首，迅速战领两州，一路向东强攻歧州（今陕西凤翔南部），与北魏都督元志，连战数场，朝中损兵折将，起义军气焰更盛。

胡琛本为敕勒酋长，手下自有兵将，更有赫连恩等西部豪强相助，及藏地与河曲各地的良马相援，其攻击力几如破竹。

孝明帝与胡太后同样是睡不安枕，可朝廷内部的钩心斗角犹未终止。

天下，只能用一个字来形容——乱！

天下乱！江湖呢？乱世之中焉有安静的江湖？江湖也是波翻涛涌，杀机处处！

蔡伤静坐如一具木讷的雕像，紧闭着双眸，盘膝摊手之姿都是那么自然而恬静，可是让人感觉到的却是一种莫名的凄凉。

五台老人并没有打扰蔡伤，而是静静地立在一旁，静得像成了一截木桩。凌能丽也是静静地立着，心中却升起了无尽的仰慕，同时也感觉到蔡伤那本身内心的伤感。蔡风的死对他来说，是一个无法弥补的缺憾，一个难以挽回的创伤，可是她却无法安慰对方的内心。

望着蔡伤在几日之间已变得微白的头发，只让她心头一阵抽搐。

当蔡伤睁开眼睛的时候，凌能丽的眼角又挂上了两行泪珠，清澈而晶莹的泪珠。

蔡伤的目光是那般慈祥，那般温柔，望着凌能丽那几近干涩的眼睛，轻轻一叹，无限忧思地道："这一切都是命，不能够改变的命，天意如此，谁也奈何不得，凌姑娘不用太过悲伤，休要自伤身体!"

"蔡伯伯，我对不起你呀!"凌能丽再也忍不住，"扑通"一下跪在地上伤心地哭泣起来。

五台老人向蔡新元打了一个眼色，两人悄悄地退下去了。

蔡伤淡然长身而起，双手虚虚一托，凌能丽只觉得自己的身体已飘然而起，心头却并无丝毫惊骇之色，泪水依然婆娑而下。蔡伤悠然跨至凌能丽的身边，伸出那宽大的手，轻轻地理顺了她额前的刘海，伤感地道："逝者如斯，便让他去吧，活着的人应该做活的打算!"

"蔡伯伯，你打能丽、骂能丽吧。你为什么还要对我这么好呢？是我害死了风哥，我是个罪人呀!"凌能丽哭得更凶了。

蔡伤脸上的肌肉抽搐了一下，轻轻地揽住凌能丽的肩头，像慈父一般怜爱地抚了抚她的秀发，凌能丽却伏在蔡伤的怀中痛哭不止。

"你哭吧，想哭便哭个够，当你不哭的时候便要重新好好地活下去。风儿爱上的人，应该是很坚强的，没有什么事情是可以难倒她的，就像风儿一样，不畏强权！不畏艰辛！不被红尘世俗所牵绊，做自己想做的事，所以，你必须坚强地活下去!"蔡伤微带伤感地道。

凌能丽拼命地点头，却仍忍不住泪水狂涌，蔡伤便似乎成了她唯一的亲人，甚至比亲人更亲。那是对蔡风感情的一种欠缺，一种补偿。

她本以为蔡伤见了她会激怒无比，可是蔡伤却反过来温言安慰，这种安慰反而更增添了她的负罪感，更加深了她的痛苦。想到相依为命的父亲也为人所害，不由得悲从心来，哪里还控制得住奔涌的感情？而蔡伤却成了一个可以哭诉的对象，但她也明白，蔡伤心中的痛苦绝对不比她轻，否则，也不会在数日之间，他便苍老了近十年，头发也由青黑变得灰白。

良久，凌能丽才止住了哭音，不好意思地退到一旁，坚决地道："我要替风哥完成未完的心愿。蔡伯伯，你教我武功吧！"

蔡伤并不感到意外，只是温和地道："风儿未了的心愿，便是要你好好地活下去，要让他所有的亲人和朋友都好好地活下去，他不为名不为利，他只向往山林的恬静与安详，他不想与世有争，只想逍遥人生，如此而已。他还会有什么心愿呢？"

凌能丽不由得一呆，蔡伤所说，正是蔡风的性情。的确，她能为蔡风完成什么心愿呢？蔡风要杀人，只是为了她；蔡风与人为敌也是为了朋友，只是为了自卫。他不想伤害任何人，真正属于他自己的心愿，便是蔡伤所言。所以，她要为蔡风了却心愿，那全都变得虚无，不由得呆住了。不知道该如何说才好！

"如果你想学武功为你爹报仇的话，我可让五台老人教你，他的武功更适合你们女孩子练习，我的武功太过于霸道，就是风儿也不能自如地驾驭。对你们女孩子来说，学起来便会更加难上数倍，我发现你体内存有一股纯阳正气，可是风儿教给你的？"蔡伤悠然道。

凌能丽心头一阵怅然，但蔡伤的问话却不能不答，不由得点了点头，并不否认地道："正是他教给我的，而且还为我打通了经脉，我也不知道那是不是有纯阳正气的原因。"

蔡伤微微点了点头，道："果然如此，一个女孩子身具纯阳正气并不是一件好事，必须以阴气相调，才能够使之发挥更大的作用，以你的根骨，可算得上是练武的上上之选。听风儿说你聪慧过人，想来悟性定也极好，你在习练五台老人之武功的同时，不要忘了修习风儿教给你的纯阳正气。五台老人也是天下有数的高手之一，他的内功心法刚好可以将纯阳正气调和！在十年之内，你有望胜过他；在三年之内，你有望胜过新元；六年之内有望胜过金蛊神魔。但你的内力与他们相比，便会差得很远，这就是你的不足，但在十五年之内，你的纯阳正气与纯阴之气会融会贯通，充分显出纯阳正气的作用。那时，你将会比风儿更要高上一筹，也可列入天下绝顶高手之列!"

凌能丽听着，不由得眉头微皱，道："我要胜过金蛊神魔，必须要用六年时间才行吗?"

"在招式上，两三年便足够，但高手过招，其关键所在并不只是招式，空见架子的招式只是徒劳的花拳绣腿，若是你在两三年之内便去找他为风儿报仇的话，就只会是死路一条。如果你用了五六年时间的话，你仍不是他的对手，但有一战之力，就算打不过，五台老人的轻功，可谓天下少有，便是我想追上他都不容易。那时候，你当可轻松逃脱，但却要小心他的毒物。这便是三年和六年的区别，若是十年的话，那又是一回事。那时，你至少可以与他打成平手，功力的欠缺，可由轻功弥补，只要防到他的毒物，你有赢他的希望。而五台老人再过十年，因为年岁老迈，你才有可能胜过他，否则，你没有一点希望。"蔡伤很平和地道。

"我的武功由他所授，又怎么可能胜得了他呢?"凌能丽不解地问道。

"其原因便在你所学的纯阳正气，在不知不觉中改变你的体质，光是这门内功，便足可以称为天下绝顶神功。你所学的正是我的独门内功'无相神功'中的'小无相神功'，若将来有一天有哪种机缘的话，我不介意将'大无相神功'传给你。那样，你终有一天会胜过我，成为天下一代宗主!"蔡伤淡然道。

"小无相神功?……"凌能丽喃喃地念道，旋即又道："蔡伯伯，我并不想成为什么天下一代宗主，我只想快些艺成杀死金蛊神魔这恶贼，可有什么武功速成之法吗?"

"没有，任何高深莫测的武功都是循序渐进，即使有速成之法，那也只会害人害己，先损伤自身，但如此一来，便永远无法抵达武学的巅峰。这就是人们所说的邪魔外道，你若想好好地继承风儿的遗志，就不要想着速成，君子报仇十年不晚，何必去走那自毁的路呢?"蔡伤果断地道。

凌能丽咬了咬牙，幽幽一叹，道："那便由蔡伯伯为我决定吧!"

"吴师兄，请进来!"蔡伤沉声呼道。

五台老人立刻推门而入，凌能丽马上一拜至地，呼道：“弟子凌能丽叩见师父！”

五台老人一愣，转眼明白过来是怎么回事，却有些不解地望向蔡伤。

蔡伤若无其事地道：“希望吴师兄能够好好教她，也相信吴师兄对这个武学继承人会很满意的！”

五台老人再次打量一番凌能丽，突然“哈哈”一笑，欢喜地道：“多谢主人！”说着双手将凌能丽虚托而起，欢喜地道：“凌姑娘，如此大礼，我便先受了，但却不是师徒之礼，而是传艺之礼，我不敢做你的师父！”

凌能丽脸色一变，凄然地问道：“为什么呢？”

“你是我少主人心爱之人，虽然少主人现在已经不在了，可是在我心目之中，他永远都是活着的，所以我们不能以师徒相称，你便叫我吴伯好了，但我还有一点要事先声明，跟我学武，便得要吃苦，在授武之时，我绝对不会有丝毫怜惜，而且要按照我安排的时间去练习，不能偷懒。你做得到吗？”五台老人神色一肃道。

凌能丽这才松了一口气，神情极为坚决地道：“能丽连死都不怕，还会在意吃苦吗？”

“好，从明日起，我便传你武功，以后你苦加练习，绝不能停，每年清明允许你回村去扫墓三天，这三天你可以休息，然后你就准备比平常武人多吃双倍的苦，我要用三年时间，将你训练成一名一流高手，你有没有信心？”五台老人冷肃地问道。

“能丽相信自己不会有负吴伯所望！”凌能丽毫不犹豫地道。

“好，那你今日即去休息，养足好神，明日一早鸡啼第一声之时，我就在外面等你！”五台老人神情肃然道。

蔡风心头无比焦灼，金蛊神魔终于还是来了，却是在三子逃出之后的第三天才踏入这个死寂的石室。

蔡风淡然地望了望他，却见他的脸色阴沉如水，不由得心头稍定，似乎感觉到三子并未被他们截获。

“你觉得伤势如何了?”金蛊神魔装作极为温和地问道。

“比死要好一些，但也只是好一点点而已，只好在还能够说话，像我这个样子，你将我灌成毒人不是更方便吗?”蔡风冷然道。

金蛊神魔田新球脸色一变，冷声问道：“你全都知道了?”

“哼，你害死了我那几名兄弟，难道还在意将我灌成毒人吗?”蔡风冷然道。

金蛊神魔田新球的脸色稍稍缓和了一些，平缓地问道：“是那小子告诉你的?”

“难道你还舍得告诉我？不过我提醒你，你若不利用这段时间来将我炼制成毒人，待我爹赶到之时，你就不会有任何机会了!”蔡风淡漠地道。

金蛊神魔田新球脸色更为缓和，心中以为真是三子告诉蔡风要将他炼制成毒人的消息。淡然道：“你想等那小子传出消息，恐怕你今生都别想了!”

“你们杀了他?”蔡风惊骇地问道。

“哼，他就是不死，也会变成一个废人，一个什么都忘记了的白痴!”金蛊神魔田新球自信地道。